AESOP  *The Complete Fables*

정본 어른을 위한
# 이솝 우화 전집

이솝 지음
로버트 템플, 올리비아 템플 주해 │ 최인자, 신현철 옮김

문학세계사

옮긴이 · 최인자

연세대학교 영어영문학과와 동대학원 졸업.

1992년 조선일보 신춘문예에 평론 당선.

번역서 『재즈』, 『천 그루의 밤나무』, 『톰 소여의 아프리카 모험』, 『바로 그 이야기들』

『오즈의 마법사(시리즈 14권)』, 『해리포터와 불의 잔』 등 다수 있음.


옮긴이 · 신현철

경희대학교 문리과대학 졸업.

1990년 중앙일보 신춘문예에 평론 당선.

번역서 『걸리버 여행기』, 『푸른 눈동자』, 『바이너리』, 『세븐』, 『공주를 찾아서』 등 다수 있음.

# 정본 어른을 위한 이솝 우화 전집

로버트 템플, 올리비아 템플 주해

발행일

초판 1쇄   2021년 3월 20일

　　9쇄   2024년 11월 12일

| 지은이 | ● 이솝 |
|---|---|
| 주해 | ● 로버트 템플, 올리비아 템플 |
| 옮긴이 | ● 최인자, 신현철 |
| 펴낸이 | ● 김종해 |
| 펴낸곳 | ● 문학세계사 |
| 출판등록 | ● 1979. 5. 16. 제21-108호 |

| 주소 | ● 서울시 마포구 신수로 59-1(04087) |
|---|---|
| 대표전화 | ● 02-702-1800 |
| 팩스 | ● 02-702-0084 |
| 이메일 | ● munse_books@naver.com |
| 홈페이지 | ● www.msp21.co.kr |
| 페이스북 | ● www.facebook.com/munsebooks |

ⓒ 로버트 템플, 올리비아 템플, 문학세계사

ISBN 978-89-7075-991-3   03890

하인리히 스타인훼벨이 그린
이솝의 모습(1476)

AESOP The Complete Fables

## 로버트 템플 Robert Temple

로버트 템플은 산스크리트어로 학위를 받았으며, 중국 과학의 역사를 포함한 8권의 책을 쓴 저자이기도 하다. 그는 바빌로니아의 『길가메시 서사시』를 번역했는데, 이 작품은 1993년 런던의 로열 국립극장에서 공연되었다. 또한 아리스토텔레스의 과학 서적에 관한 글을 여러 차례 발표했다. 그의 책 『영원과의 대화』에는 고대 그리스 신탁과 점성술에 관한 연구가 포함되어 있다. 그는 또한 텔레비전 드라마 제작자이기도 하다.

## 올리비아 템플 Olivia Temple

올리비아 템플은 런던에서 태어나 허트포드셔의 수도회 문법학교에서 교육을 받았다. 그녀는 자신의 일기와 논문, 그리고 여러 잡지에 실었던 평론을 편집하여 책을 출간하기도 했다. 또한 조형미술가로서 유럽, 미국, 홍콩, 뉴질랜드에서 개인 미술품 수집 일을 하고 있다.

# 텍스트에 관하여

로버트 템플, 올리비아 템플

이 번역(영어 판본)을 위해 사용된 텍스트는 1927년에 프랑스에서 출간된 에밀 샹브리의 『이솝 우화Ésope Fables』(에밀 샹브리 편집, 번역. Collection des Universités de France, Paris, 1927)이다. 샹브리 판본에는 358개의 우화가 실려 있는데, 그리스어 제목에 따라 알파벳 순서대로 번호가 붙어 있다. 우리는 이 책의 목적에 부합되는 이솝 우화 '완결판'으로 샹브리의 텍스트를 선택했다. 물론 모든 학자들은 저마다 자신의 개인적인 선택에 따라서 어떤 우화는 빼고 어떤 우화는 추가시키는 등, 텍스트를 바꾸고 싶을 수도 있을 것이다. 수많은 우화들이 있는데, 아주 오래된 우화들도 있고 그다지 오래되지 않은 우화들도 있다. 그 중에서 별로 오래되지 않은 것은 샹브리 편집본에 포함되지 않았다. 하지만 우리는 어떤 우화가 이솝이 쓴 것인지 아닌지(혹은 이솝이 우화를 썼다 하더라도, 과연 지금까지 살아남은 게 있는지 없는지)를 전혀 모르기 때문에, 결국 '완결판 이솝 우화'는, 그리스어 텍스트의 편집자가 제목을 그렇게 붙이기로 선택한 책이라면 어떤 책이든 다 될 수 있을 것이다. 우리는 그런 논쟁에 참여하지 않을 뿐더러, 존재하는 무수한 이솝 우화집 필사본들의 문헌적 역사에 관한 논쟁은 여기에 포함시키지 않았다. B. E. 페리나 샹브리와 같은 다른 많은 이들이 그 문제를 길게 다루어왔기 때문이다. 우리는 해설에서 잠깐 이 문제들을 언급할 것이다.

예전에 나온 펭귄판본 『이솝 우화』(S. A. 핸포드 번역)에는 단지 182개의 우화만이 실려 있었는데, 그것은 이번에 출간된 책에 실린 358가지 우화의 숫자에 비하면 절반이 조금 넘는 정도이다. 그 번역판에는 역자가 마음대로 지어낸 새로운 제목들과 임의로 부여된 숫자가 달려 있었다. 결국 지금까지는 영어본 이솝 우화의 경우 헷갈리지 않게 본문 표기를 해주기가 불가능했다. 우리는 또한 우화의 제목을 영어로 정확하게 옮기는 일에 많은 공을 들였다.

빅토리아 시대와 에드워드 시대의 다양한 이솝 우화 번역들에 대해 언급하자면, 시야에 한계가 있을 뿐만 아니라 용어상으로도 부정확하고, 윤리적인 면에서는 너무 감상적이었다. 그 유명한 크로셀의 '번역'은 우화의 절반 이상을 역자 자신이 썼다. 이번 판본에서는, 텍스트에 새로 덧붙여진 것은 아무것도 없다. 다만 아주 드문 경우에 의미를 훼손시키지 않고 서술 부분을 대화 형식으로 바꾸거나, 가끔 독자의 이해를 돕기 위해서 '아프로디테'를 '사랑의 여신, 아프로디테'로 바꾸는 정도의 변화만 있을 뿐이다.

무엇보다도 동물과 식물의 이름을 표기하는데 주의를 기울였는데, 우리가 알고 있는 현대의 학자들 중에 그것을 정확하게 번역해 놓은 이가 없었다. 우리는 또한 아리스토텔레스나 테오프라스토스, 그리고 다른 권위자의 주장과 어긋나는, 식물학적이고 동물학적인 문제들을 확인했다. 일부 핵심적인 그리스 용어들은, 그것이 유용하거나 필요하다고 여겨질 경우, 괄호 안에 넣어 표기했다. 자세한 설명을 위해 필요한 각주들은 우화의 끝에 붙여 놓았다.


(*한국어 번역판에서는 우화들의 순서를 바꾸었다. 지금까지 이솝 우화는 어린이들을 위한 교훈적인 이야기라고 알려져 왔지만, 이 책에는 우리나라에 처음 소개되는 우화가 많은 데다가, 어른들이 읽어도 재미있는 그리스 신화적인 이야기가 많기 때문에 가능하면 그런 것들을 앞으로 가져왔다. 그리고 앞에 실려 있었던 로버트 템플의 긴 해설은 책의 뒤에 실었다.)

# AESOP

이솝은 기원전 6세기 중반쯤에 살았던 것으로 추정된다. 헤로도토스의 기록에 따르면, 그는 이아드몬이라고 불리는 사모스 섬의 한 시민을 섬기는 노예였다고 한다. 또한 대단히 못생기고 불구였다는 속설도 있다. 아리스토파네스와 제노폰, 플라톤, 아리스토텔레스, 그리고 그밖의 여러 아테네의 작가들의 글 속에서 이솝에 관한 많은 언급들이 등장한다. 하지만 그가 자신의 우화를 직접 썼는지, 혹은 그 중에서 정확히 얼마나 많은 우화가 그의 작품인지는 알려져 있지 않다.

# 어른을 위한 이솝 우화 전집
## 차례

# 1
## 나그네와 우연의 여신

긴 여행에 지친 한 남자가 우물 옆에 누워 잠이 들었다. 그가 우물에 막 빠질 뻔했을 때, 우연의 여신(Tyché)이 나타나서 그를 깨우며 말했다.

"이보게, 나그네 친구! 그렇게 자다가 우물에 빠지기라도 하면, 자네는 아마 자신의 어리석음을 탓하기보다는 나를 원망하겠지."

자신의 잘못 때문에 불행에 빠진 많은 사람들이 신을 원망하고 있다.

# 2
## 제우스에게 애원하는 당나귀들

어느 날 무거운 짐을 나르는데 지친 당나귀들이 제우스 신에게 대표를 보내서, 자신들이 하는 일의 분량을 제한해 달라고 요청하였다. 그러나 제우스 신은 그렇게 하는 것이 불가능하다는 걸 보여주고 싶은 마음에 당나귀에게 오줌으로 강을 만들어야만 그들의 노고로부터 해방될 수 있을 것이라고 말했다. 이 말을 진지하게 믿은 당나귀들은 그날부터 지금까지 오줌을 싸고 있는 당나귀를 보기만 하면 가던 길을 멈추고 그 당나귀 뒤로 가서 나란히 서서 오줌을 누게 되었다고 한다.


아무도 자신의 운명을 바꿀 수 없다.

# 3
## 배부른 늑대와 양

　배부르게 잔뜩 먹은 늑대가 땅바닥에 쓰러져서 제대로 일어나지 못하는 양을 보았다. 양이 겁에 질려 쓰러졌다는 걸 알아챈 늑대는 가까이 다가가서 달래주었다. 그리고 만일 양이 세 가지 진실을 말한다면 잡아먹지 않고 놓아주겠다고 약속했다. 양은 다시는 늑대를 만나고 싶지 않다고 첫 번째 진실을 말했다. 혹은 늑대가 눈이 멀어버렸으면 좋겠다고 했다. 그리고 마지막 세 번째로 사악한 늑대들이 비참한 죽음을 맞이해서, 더 이상 우리 양들이 괴롭힘을 당하지 않고 늑대들과 전쟁을 벌이는 일이 없었으면 좋겠다고 말했다.

　그러자 늑대는 양의 말이 모두 진실임을 인정하고 그냥 놓아주었다.

　때로는 진실이 적에게 효과적으로 먹힐 때가 있다.

# 4
## 좋은 증상

어떤 환자가 병세를 묻는 의사에게 엄청나게 땀을 흘린다고 말했다.

"그건 〈좋은〉 겁니다." 의사가 말했다.

다음번 진료 때 의사는 환자에게 좀 어떤지 물어보았다. 환자는 너무 후들후들 떨려서 정신이 없을 지경이라고 말했다.

"그것 역시 〈좋은〉 거예요." 의사가 말했다.

세 번째로 환자를 찾아온 의사는 그가 어떤지 물어보았다. 환자는 계속 설사를 한다고 말했다.

"역시 〈좋아〉요." 의사가 말하고는 가버렸다.

얼마 후, 환자의 부모가 병문안을 와서 환자에게 좀 어떤지 물어보았다.

"의사가 계속 〈좋다〉란 말만 하는 걸 보니 난 아마도 〈좋은〉 증상으로 죽어가고 있나 봐요."

환자가 대답했다.


우리의 주변 사람들은 그냥 보이는 대로만 판단해서 우리를 괴롭히는 것들이 좋은 것이라고 추측하곤 한다.

# 5
## 박쥐와 가시나무와 갈매기

박쥐와 가시나무, 갈매기가 함께 장사를 하기로 뜻을 모았다. 일단 박쥐는 나가서 사업을 벌이기 위한 돈을 빌려왔고, 가시나무는 판매할 옷을 잔뜩 내놓았으며 갈매기는 판매할 구리를 엄청나게 가져왔다. 이윽고 그들은 장사를 하기 위해서 항해를 떠났다. 하지만 거친 폭풍우가 몰아쳐서 배를 덮쳤고 모든 짐을 잃고 말았다. 결국 배는 난파되어 이들은 간신히 몸뚱이만 달랑 건질 수 있었다.

그 때부터 갈매기는 잃어버린 구리가 어딘가에 있지 않을까 해변을 뒤지며 돌아다니게 되었고, 박쥐는 돈을 빌려준 사람을 만날까 두려워서 한낮을 피해서 밤에만 돌아다니게 되었으며, 가시나무는 눈에 익은 옷가지를 알아볼 수 있을까 싶어서 지나가는 모든 사람의 옷자락을 꽉 붙잡게 되었다.

우리는 항상 투자한 대상에 대해서 미련을 못 버리고 집착하곤 한다.

# 6
## 말과 황소와 개와 사람

제우스 신이 사람을 창조했을 때, 사람에게 짧은 수명만을 주었다. 그러나 자신의 지혜를 유용하게 사용할 줄 아는 사람은 집을 짓고, 겨울이 찾아오면 집안에서 생활했다. 그러던 어느 날, 엄청난 추위가 찾아왔다. 비까지 쏟아 붓는 황량한 날씨여서 말은 더 이상 밖에서 견딜 수 없게 되었다. 그래서 말은 사람의 집으로 달려가서, 집안에 함께 들어가 있을 수 없겠느냐고 물었다. 사람은 한 가지 조건만 들어준다면 집안에서 추위를 피할 수 있게 해주겠다고 대답했다. 그 조건이라는 것은, 말이 자신의 수명 중에서 상당 부분을 사람에게 떼어준다는 것이었다. 다급한 말은 기꺼이 수명의 일부분을 사람에게 떼어 주었다.

그 얼마 뒤, 이번에는 다시 황소가 나타났다. 황소도 더 이상은 혹독한 날씨를 견딜 수가 없었던 것이다. 사람은 말에게 한 것과 똑같은 조건을 제시했다. 즉, 황소가 자신의 수명에서 일부를 떼어 주지 않으면 집안에 들어올 수 없다는 것이었다. 황소도 사람에게 수명을 떼어주고 집안으로 들어갔다.

마지막으로 추위 때문에 초죽음이 된 개가 나타났다. 그리고 자신의 남아 있는 수명 중에서 일부분을 떼어주고 겨우 따뜻한 집안에 들어갈 수 있었다.

이렇게 해서 결국 사람은, 제우스 신이 원래 배당해준 수명 기간 동안에는 순수하고 선량하게 살고, 말에게서 얻은 수명 기간이 되면 뽐내며 당당하게 살고, 황소의 수명 기간이 되면 규율에

순응하며 살고, 개의 수명에 도달하면 항상 짜증만 내고 투덜거
리며 살게 되었다.

우리는 이 우화를 분명히 노인들에게 적용할 수 있을 것이다.

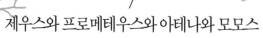

# 7
## 제우스와 프로메테우스와 아테나와 모모스

　제우스는 황소를 만들었고 프로메테우스는 인간을 만들었으며 아테나는 집을 만들었다. 그들은 모모스를 초대하여 자신이 만든 솜씨를 판정하게 했다. 모모스는 그런 것들이 모두 시기가 나서, 제우스는 황소가 자신이 어디를 받는지 볼 수 있도록 눈을 그 뿔에 달아 주지 않는 실수를 범했다고 지적하고, 똑같이 프로메테우스 신에게는 인간의 사악한 성질을 숨길 게 아니라 모든 사람이 모두 볼 수 있도록 인간의 마음을 신체 밖에 달았어야 했다고 지적하고, 아테나를 보고는 마음에 들지 않는 이웃이 옆으로 이사를 올 경우 쉽게 이사를 갈 수 있도록 집에 바퀴를 달았어야 했다고 각각의 결점을 지적했다.

　제우스는 모모스의 지나친 시기심에 화가 머리끝까지 나서 그를 올림포스 산에서 쫓아내 버렸다.

　이 우화는 세상에 흠잡을 수 없을 만큼 완벽한 것은 없다는 사실을 보여준다.

&#42; 주(註) : 기원후 1세기경에 바브리스는 그의 우화 59에서 이 우화를 다시 고쳐 쓰면서, 포세이돈이 황소를 만들고 제우스가 인간을 만들고 아테네는 여전히 집을 만드는 것으로 내용을 바꾸었다. 바브리스는 또한 황소가 목표물을 더 잘 볼 수 있도록 눈 밑에 뿔을 달아야만 한다고 비난하는 것으로 바꾸었다. 한편 S. A. 핸포드는 예전 펭귄판(우화 155)에서 황소는 뿔 '위' 가 아니라 뿔 안에 눈을 달아야만 한다고 썼다. 하지만 이 우화의 그리스어는 'epi tois kerasi' 이고 epi는 의문의 여지없이 '위' 란 뜻이므로, 핸포드의 판본에 오자가 난 것이 아닐까 의심스럽다. 핸포드가 정말로 '안에' 라고 번역했을 것이라고는 믿기 힘들기 때문이다.

아리스토텔레스는 자신의 동물학 저서인 『동물의 신체부위』(A. L. 팩 옮김, 1961, 로엡 라이브러리, Vol.323(3,2,663a))에서 기원전 4세기에 널리 알려졌던 이 우화의 다른 판본을 언급하면서, 이솝을 그 저자로 꼽고 있다. 하지만 더 오래된 판본에서 모모스는 '황소의 뿔이 어깨가 아니라, 하필이면 모든 부위 중에서 가장 약한 곳인 머리에 달렸다고 황소에 대해 흠을 잡' 고 있는 것으로 나온다. 그러자 아리스토텔레스는 모모스의 주장을 비판한다. 후대의 고전 작가인 루키안과 필로스트라투스 역시 이 우화의 다른 판본들을 인용하고 있는데, 거기에서는 모모스가 비판하는 신들 중 두 명의 이름이 다르게 나온다. 이 하급신인 모모스는 이름부터가 '비난하다' 혹은 '불평하다' 라는 뜻과 관련이 있는데, 풍자의 신으로 종종 고전 예술에서 얼굴의 가면을 벗고 있는 모습으로 그려지곤 했다. 소포클레스는 '모모스' 란 제목의 풍자극을 썼지만 소실되었다. 실제로 이 우화의 다양한 판본들만이 모모스에 관한 빈약한 정보를 알려주는 주된 원천이며, 그 외에는 별로 알려진 바가 없다.

# 8
## 제우스와 거북이

제우스는 자신의 결혼 피로연에 모든 동물들을 초대했다. 그런데 거북이만 오지 않았다. 거북이가 빠진 것을 이상하게 생각한 제우스는 다음날 거북이에게 물었다.

"모든 동물들이 다 참석했는데 어째서 너는 나의 결혼 피로연에 오지 않았느냐?"

거북이가 대답했다.

"세상에 자기 집만한 곳이 또 어디 있겠습니까?"

이 말을 듣고 울화가 치민 제우스는 거북이가 어디를 가나 자기 집을 등 위에 짊어지고 다니도록 벌을 내렸다.


많은 사람들은 남의 집 잔치 음식을 얻어먹기보다는 조용히 자기 집에 있는 것을 더 좋아한다.


\* 주(註) : 거북은 원래 '집은 소중한 곳, 집이 가장 좋다' 라고 대답했는데, 이는 그리스의 금언이 분명하다. 따라서 번역에서도 그와 똑같은 뜻의 금언을 사용했다.

# 9
## 제우스와 뱀

　제우스 신이 결혼을 했을 때, 모든 동물들은 자신이 사는 형편에 따라 한 가지씩 그에게 선물을 들고 왔다. 뱀은 입에 장미 한 송이를 물고 제우스 신을 향해 기어왔다. 그것을 본 제우스 신은 이렇게 말했다.

　"나는 모든 동물들로부터 선물을 받았지만, 네 입에서 선물을 받는 것은 절대로 사절하겠다."

　이 우화는 사악한 자의 호의는 경계해야 한다는 걸 알려준다.

# 10
## 제우스와 행운의 단지

제우스는 모든 좋은 일들을 커다란 포도주 단지 속에 집어넣어서 인간의 손에 맡겨 놓았다. 인간은 그 단지 속에 무엇이 들어 있는지 궁금하고, 그것이 어떤 물건인지 알고 싶어서 견딜 수가 없었다. 그래서 인간은 뚜껑을 살며시 열어 보았다. 그러자 모든 좋은 일들은 하늘로 날아올라 신들에게로 가고 말았다.

이렇게 해서 사람에게는 희망만이 남게 되었으며, 그 희망은 사람들에게서 달아나버린 좋은 일들을 약속해 준다.

# 11
## 좋은 일과 나쁜 일

　불운 때문에 생긴 나쁜 일들은 행운 때문에 생긴 좋은 일들이 힘이 약하다는 사실을 알아내고는 계속해서 행운의 뒤를 따라다녔다. 행운은 하늘로 올라가 제우스에게 사람들을 어떻게 대해야 할지 물어 보았다. 제우스는 그들에게 모두 한꺼번에 인간들을 찾아가지 말고 한 번에 하나씩만 찾아가라고 대답했다.

　인간들과 가까운 곳에 사는 나쁜 일들은 끊임없이 인간을 찾아오는 반면, 하늘에서 내려와야 하는 좋은 일들은 띄엄띄엄 찾아올 수밖에 없는 이유가 바로 여기에 있는 것이다.


　행운은 그렇게 빨리 우리에게 다가오지 않는 반면, 불운은 매일같이 우리를 덮치기 마련이다.


　✽ 주(註) : 제우스는 그리스 신화에 나오는 신들의 왕으로, 로마 신화의 쥬피터에 해당한다. 제우스는 이솝 우화 전반에 걸쳐 자주 등장한다. 특히 다양한 식물과 동물들이 그들의 분쟁을 해결하기 위해 찾아가 호소하는 절대적 권위자로서, 그는 하늘과 땅 위에서 일어나는 모든 사건을 다스리는 최고 중재자의 역할을 수행한다. 하지만 제우스에게 늘 어놓는 탄원들이 대부분의 경우에 농담이란 사실을 기억해야만 할 것이다. 예를 들어 이 우화 역시 마찬가지이다. 우화들의 상당 부분, 아마도 거의 절반 이상이 사실상 농담으로 씌어진 것이다. 그리고 당시에는 하찮고 초라한 미물들이 감히 '제우스 신에게 호소하는 것'만큼 웃기는 일은 없다고 생각했다.

# 12
## 성스러운 조각상을 파는 사나이

한 남자가 나무로 헤르메스 신의 조각상을 만들어 시장에 팔러 나갔다. 하지만 사겠다는 사람이 아무도 나타나지 않았다. 그래서 그 남자는 손님을 끌기 위해 그 조각상을 머리 위에 쳐들고서는 큰 소리로 행운과 재물을 가져다주는 신을 사라고 외쳤다. 지나가던 사람이 그 소리를 듣고는 말했다.

"하하! 친구여, 그 조각상이 그토록 유익한 신이라면 당신이나 그걸 이용해서 득을 보지 않고 왜 팔려 합니까?"

상인이 대답했다.

"아, 그건 그렇지가 않습니다. 나는 지금 당장 돈이 필요한데, 이 신께서는 그렇게 금방 돈을 벌게 해주지는 않거든요."


이 우화는 신의 도움을 받지 못하는 비열하고 이기적인 사람들에 대해 말하고 있다.

# 13
## 제우스와 사람들

　사람을 만든 후에 제우스 신은 사람에게 지혜를 쏟아 넣는 일을 헤르메스에게 위임했다. 헤르메스는 지혜를 똑같은 양으로 만들어서 각 사람에게 골고루 쏟아 넣어 주었다. 그렇게 해서 온몸에 지혜가 퍼져 나간 키가 작은 사람들은 영리한 사람이 되었으나, 지혜가 온몸에 퍼져 나가기에는 너무 키가 큰 사람들은 남들보다 덜 영리한 사람이 되었다.


　이 우화는 덩치는 크지만 마음이 옹졸한 사람에게 적용된다.

# 14
## 제우스와 수치심

　제우스 신은 사람을 만들고 나서 그에게 여러 가지 감정을 부여해 주었다. 그러나 수치심은 깜빡 잊어버렸다. 수치심을 어떻게 넣어 주어야 할지를 몰라서 제우스 신은 수치심에게 항문을 통해서 사람의 몸 안으로 들어가도록 명령했다. 그러자 수치심은 그 명령에 뒷걸음질을 치면서 몹시 화를 냈다. 분통이 터진 수치심은 제우스 신에게 이렇게 말했다.

　"좋아요, 좋습니다! 내가 들어가지요. 하지만 에로스는 같은 곳으로 들어올 수 없다는 조건에서만 들어가겠어요. 만약 에로스가 나와 같은 곳으로 들어온다면 난 즉각 이곳을 떠나 버리겠어요."

　그때부터 모든 동성애자들은 수치심을 잃어버리게 되었다.


　이 우화는 사랑에 넋을 빼앗긴 사람은 온갖 수치심을 다 잃는다는 것을 보여주고 있다.

# 15
## 판사 제우스

옛날에 제우스는 헤르메스로 하여금 인간들의 잘못을 낱낱이 "오스트라카(질그릇 조각이나 조가비 등)"에 새겨 넣게 한 다음, 그 오스트라카를 작은 나무 상자에 담아서 항상 곁에 두었다. 그렇게 함으로써 모든 사건에 대해 공정한 판결을 내릴 수 있도록 하기 위함이었다. 하지만 상자 속의 오스트라카가 그만 뒤섞이는 바람에, 어떤 것은 너무 빨리, 또 어떤 것은 너무 뒤늦게 제우스의 손에 의해 선택되어 재판의 순서가 엉망이 되고 말았다.

이 우화는 나쁜 짓을 저지른 사람이나 사악한 사람이 죄를 범한 후에 바로 벌을 받지 않더라도 놀라지 말라는 것을 보여주고 있다.

＊주(註) : ostraka란 질그릇 조각, 부서진 항아리의 파편 혹은 도자기나 굴 껍데기로 만든 평판으로, 고대 그리스인들은 공공집회 때 이것으로 투표를 했고 그 위에 글을 적기도 했다. 따라서 이 더미는 곧 고대의 메모장인 셈이다.

작은 나무 상자로 말하자면, 신화적 배경 속에 나오는 그런 상자들은 종종 어떤 특별한 의미를 지니기 마련이다. H. J. 로즈 교수가 추정하듯이, 특히 '라낙스lanax'나 소로스soros라고 불리는 상자들은 '모든 이야기의 배후에 감추어진 일종의 제의'를 의미한다. N. M. 홀리의 논문 「떠도는 상자The Floating Chest」《헬레니즘 연구 저널 Journal of Hellenic Studies》(Vol. LXIX, 1949, pp. 39~47) 참조. 또한 K. G. Temple, 『모든 것을 본 사나이: 길가메시 서사시의 운문 번역He Who Saw Everything: A verse Translation of the Epic of Gilgamesh』(라이더, 1991, pp. xxiii, 132, 134) 참조.

# 16
## 태양과 개구리들

때는 무더운 여름이었다. 사람들은 태양의 결혼을 축하해 주고 있었다. 모든 동물들도 축하연에 참석하여 즐거운 시간을 보내고 있었다. 그런데 유독 개구리들만이 그 즐거운 잔치에 참석하지 않았다. 오히려 한 마리의 개구리가 그들을 향해 커다란 소리로 이렇게 외쳐댔다.

"멍청한 녀석들! 도대체 너희들은 무엇이 그리 즐겁다는 거냐? 태양이 모든 늪지대를 메마르게 하고 있잖아. 만일 태양이 자신과 비슷한 아내와 자식을 갖게 되는 날에는 우리가 얼마나 큰 고통을 받게 될지 상상을 좀 해 보라고!"

수많은 어리석은 사람들은 전혀 축하할 이유가 없는 일에 대해서 기뻐한다.

# 17
## 헤르메스와 기능공들

　모든 신들의 왕인 제우스 신은 헤르메스 신에게 모든 기능공들에게 거짓말의 독약을 부으라는 명령을 내렸다. 헤르메스 신은 그것을 가루로 만들어서 똑같은 양으로 나누어 기능공들 모두에게 부었다. 그러나 구두수선공에게 갔을 때까지도 많은 독약이 남아 있었다. 그래서 그는 남은 것을 몽땅 모르타르에 쏟아 부어 그것을 구두수선공의 머리 위에 뒤집어 씌웠다.

　그리하여 그때부터 모든 기능공들은 거짓말쟁이가 되었는데 그 중에서도 특히 구두수선공들이 더 심했다.


　이 우화는 거짓말을 밥먹듯이 하는 사람에게 해당될 것이다.

# 18
## 헤르메스와 테레시아스

헤르메스 신은 눈먼 현인, 테베의 테레시아스의 예언의 힘을
시험해 보고자 했다. 새들의 흔적을 보고 미래를 점친다는 그의
신통력이 정말로 들어맞는지 확인하기 위해서, 헤르메스 신은
인간으로 변장을 하고 테레시아스의 가축들을 훔쳐다가 다른 곳
에 숨겨 놓았다. 그리고 테레시아스의 집에 찾아가서 그의 가축
들이 사라졌다고 말했다.

테레시아스는 도둑과 관계가 있는 새들이 날아가는 모양을 보
고 점을 치기 위해 헤르메스 신을 데리고 교외로 나갔다.

"어떤 새를 보았습니까?" 하고 테레시아스가 물었다.

헤르메스 신은 때마침 독수리 한 마리가 왼쪽에서 오른쪽으로
날아가고 있는 것이 보인다고 말했다.

"그것은 우리들하고는 관계가 없습니다." 하고 테레시아스가
말했다. "지금은 어떤 새가 보입니까?"

이번에는 붉은부리갈매기나 붉은부리까마귀 같은 것이 나무
위에 내려앉는 것이 보였다. 붉은부리까마귀는 눈을 들어 하늘
을 쳐다보고는 태양 쪽으로 목을 빼더니 그의 쪽을 향해서 울음
소리를 내는 것이었다. 헤르메스 신이 그 광경을 소상하게 묘사
해 주었더니 장님 예언자는 이렇게 말했다.

"아, 그렇습니까! 이 새는 땅과 하늘을 걸고서 당신만이 내 가
축을 돌려줄 수 있다고 말하고 있군요."

이 우화는 도둑에게 적용할 수 있다.


 * 주(註) : 테레시아스는 전설적인 맹인 예언가로 종종 새들의 나는 모습을 통해서 미래를 예언했다. 하지만 실제로 자신은 전혀 앞을 볼 수 없었기 때문에 그의 딸이 그 광경을 설명해주었다. 그는 비록 호머보다도 더 앞선 시대 사람이었지만, 그의 명성은 그리스 전역에 널리 알려져 있었다.

헤르메스는 이익과 교역의 신이면서 도둑과 사기꾼의 신이기도 했다. 이 우화는 오직 그리스어로만 제대로 이해할 수 있다. 여기 나오는 농담이, 그리스어의 말장난뿐만 아니라 그리스에서의 구걸 풍속에 바탕을 두고 있기 때문이다. 거지들이 붉은부리갈매기chough를 몰고 다니곤 했기 때문에, 그리스어에서 'to chough'는 '수집하다 혹은 붉은부리갈매기를 위해 구걸하다' 그리고 '긁어모으다'란 뜻을 지닌다. 이 우화에서는 가축을 훔친 헤르메스의 행위에 이 두 가지 뜻 모두를 적용하고 있으며, 또한 헤르메스를 도둑일 뿐만 아니라 거지라고 부름으로써 은근히 모욕하고 있기도 하다. 동시에 그리스어에서 붉은부리갈매기의 울음소리는 kaph라고 하는데, 이 단어는 상인과 악당 혹은 사기꾼을 의미하는 단어 'kap'의 격변화형 중 하나이기도 하다. 따라서 이 새의 울음소리는 테레시아스에게 헤르메스의 정체를 밝혀주는 단서로 쓰이고 있으며, 그로써 테레시아스는 상황을 간파하고 재치 있는 대꾸를 할 수 있게 되는 것이다. 대부분의 그리스인들은 이 모든 이중적인 의미를 알아채고 이 우화가 대단히 재치 있다고 생각했을 것이다. 고대 바빌로니아의 『길가메시 서사시Epic of Gilgamesh』에도 'kappi'가 중요한 새의 울음소리로 등장하는 것은 아마 우연한 일이 아닐 것이다.

# 19
## 독수리와 쇠똥구리

한번은 독수리가 토끼를 쫓고 있었다. 절망적인 상황에 처한 토끼는 도움을 청하기 위해 사방을 둘러보았지만, 마침 쇠똥구리 한 마리 외에는 아무도 눈에 뜨이지 않았다. 토끼는 쇠똥구리에게 도와달라고 애원했다. 쇠똥구리는 걱정하지 말라고 토끼를 안심시키고는, 독수리가 다가오자 토끼를 괴롭히지 말아 달라고 간청했다. 하지만 독수리는 몸집도 작고 보잘것없는 쇠똥구리의 간청은 들은 척도 하지 않고 그의 눈앞에서 토끼를 잡아먹어 버렸다.

그때부터 쇠똥구리는 원한에 사로잡힌 나머지 독수리가 둥지를 짓는 곳이라면 어디든지 집요하게 쫓아다니기 시작했다. 독수리가 알을 낳으면, 쇠똥구리는 기어이 둥지 속으로 들어가 알을 바깥으로 밀어내어 깨뜨렸다.

제우스를 숭배하던 독수리는 제우스를 찾아가 마음 놓고 새끼를 기를 수 있는 안전한 곳을 찾아달라고 애원했다. 제우스는 독수리가 자신의 무릎 위에 알을 낳을 수 있도록 허락해 주었다. 하지만 그렇다고 포기할 쇠똥구리가 아니었다. 쇠똥구리는 쇠똥을 굴려 동그랗게 만든 다음, 하늘로 날아올라 제우스의 무릎 위에다 쇠똥을 떨어뜨렸다. 그러자 제우스는 자신도 모르는 사이에 벌떡 일어나 쇠똥을 털어냈고, 그 바람에 독수리의 알은 땅바닥으로 떨어져 깨지고 말았다.

그 다음부터 독수리들은 쇠똥구리가 나타나는 계절에는 둥지

를 틀지 않는다고 한다.

이 우화는 그 누구도 업신여겨서는 안된다는 사실을 일깨워준다. 모욕을 당하고도 언젠가 복수를 할 수 없을 만큼 나약한 존재는 이 세상에 존재하지 않는다.

＊ 주(註) : 이 우화는 신성한 이집트의 신화를 제멋대로 왜곡한 것이다. 이집트에서 신성한 쇠똥구리는 지평선 위로 떠오르는 태양을 굴리는 모습으로 표현된다. 마치 진짜 쇠똥구리가 자신의 알이 든 동그란 똥덩어리를 굴리듯이 말이다. 따라서 쇠똥구리는 자가 번식을 상징했다. 신성한 매, 호루스의 한쪽 눈 역시 태양을 상징한다. 이 우화에서는 매가 독수리로 변했다. 알을 굴리는 것, 똥덩어리, 신성한 매/독수리, 그리고 여기서는 제우스라는 그리스 신화의 이름으로 불리는 모든 신들의 왕 등은 모두 이집트 신화에서 유래된 것들이다. 이런 요소들이 마구 뒤섞여서 하나의 우화로 만들어졌다. 어쩌면 이 우화 자체가 이집트에서 건너왔을 수도 있다. 왜냐하면 이집트의 종교적인 전통이 그리스 토착 우화의 바탕을 이루었을 까닭이 거의 없기 때문이다. 쇠똥구리는 우화 190화와 265화에도 등장한다.
『이솝의 생애』란 책과 극작가 아리스토파네스가 쓴 희극 〈말벌〉에 따르면, 이솝은 자신을 절벽에서 던져버리겠다고 위협하는 성난 델피 사람들에게 바로 이 우화를 들려주었다고 한다. 어쩌면 이솝은 다른 나라 종교의 교리에 대한 정확한 이해보다는, 재밌는 이야기 자체에 더 흥미를 가진, 절충주의적인 신화 민담 수집가였는지도 모른다. 따라서 온갖 요소들을 멋대로 섞어놓았을 수도 있다.

# 20
## 하이에나와 여우

하이에나는 매년 성(性)을 바꾸어서, 일 년씩 교대로 암놈이 되었다가 수놈이 되었다가 한다고 한다.

어느 날, 여우를 좋아하는 한 어린 하이에나 암놈이 작년에 그녀가 여우와 친하게 지내려고 했을 때, 여우가 거절하고 퇴짜 놓은 것에 대하여 심하게 화를 냈다.

"나한테 불평하지 마. 네가 내 남자친구인지 여자친구인지 도저히 알 수 없는 네 천성을 원망해야지."

하고 여우가 쏘아붙였다.


정확히 성(性)을 알 수 없는 사람들이 있다.

# 21
## 암퇘지와 암캐

암퇘지와 암캐가 서로 새끼를 더 잘 낳는다고 싸우고 있었다. 암캐는 포유동물 중에서 자신이 가장 빨리 새끼를 낳는다고 뻐겼다.

"네 말이 옳다고 해도, 너는 겨우 눈도 못 뜨는 새끼밖에 못 낳는다는 것을 명심해야지." 하고 암퇘지가 쏘아붙였다.


얼마나 빨리 하느냐보다는 얼마나 신중하게 하느냐가 더 중요하다.

# 22
## 헤르메스와 조각가

인간들 사이에서 자신이 어떤 평가를 받고 있는가를 알고 싶어진 헤르메스 신(신들의 사자)은 인간으로 변장을 한 다음에 조각가의 공방으로 갔다. 그는 그곳에서 신들의 왕인 제우스 신의 조각상을 발견하고 물어 보았다.

"이것은 값이 얼마나 나갑니까?"

"1드라크마입니다."

헤르메스 신은 미소를 지으면서 다시 물었다.

"신들의 여왕인 헤라 신(제우스의 아내)의 조각상은 얼마나 합니까?"

"그것은 좀더 비쌉니다." 하고 조각가가 대답했다.

그때 헤르메스 신은 자신의 조각상을 발견했다. 그는 자신이 제우스의 사자이며 상업의 신이니까 사람들에게 가장 인기가 높을 것이라고 지레 짐작하고 점잖게 그 가격을 물어 보았다.

조각가는 시덥지 않은 듯이 이렇게 대답했다.

"아, 그거요? 만일 당신이 처음의 두 개를 사 가신다면 그것은 덤으로 끼워 드리겠습니다."


이 우화는 다른 사람에 대해서는 전혀 평가를 하려고 하지 않는, 자만심이 강한 사람에게 좋은 교훈이 될 것이다.

# 23
## 헤르메스와 대지의 신

신들의 왕인 제우스 신은 첫번째 남자와 첫번째 여자를 만들고 나서 헤르메스 신에게, 그들을 대지로 데리고 내려가서 농사를 짓기 위해 어디를 경작해야 하는지를 가르쳐 주라고 지시했다. 헤르메스 신은 자신의 임무를 완수하려고 했으나 대지의 신은 제우스 신의 그런 생각에 반대했다. 헤르메스 신은 그것이 제우스 신의 명령이라고 말하면서 자기가 시키는 대로 하라고 주장했다.

"그래, 좋아." 하고 대지의 신이 말했다. "저들더러 마음대로 땅을 파헤쳐 보라고 해. 그 대가로 저들은 한숨과 눈물을 지불하게 될 테니까."

이 우화는 쉽게 빌렸다가 값비싼 대가를 치르는 사람들을 위한 것이다.

# 24
## 헤르메스의 전차와 아랍인

　어느 날, 헤르메스 신은 전차에 거짓과 온갖 악행과 간계를 가
득 싣고 대지의 이쪽 끝에서 저쪽 끝까지 달려갔다. 그리고 지나
는 나라마다 그의 짐을 조금씩 나누어주었다. 그러나 아랍 지방
에 도착했을 때, 전차가 갑자기 고장이 났다. 아랍인들은 헤르메
스 신이 값비싼 보화를 운반하는 도중인 줄로 믿고 전차에 실린
짐들을 훔쳐 가지고 도망갔다. 그래서 헤르메스 신은 다른 나라
사람들에게는 더 이상 전차의 짐을 나누어줄 수 없게 되었다.

　아랍인들 중에는 다른 어떤 나라에서보다 거짓말쟁이와 사기
꾼이 많다. 사실 그들의 언어에는 '진실' 이라는 단어조차도 존재
하지 않을 정도다.

　＊ 주(註) : 그리스에서는 일찍이 기원전 5세기경에 역사가 헤로도토
스가 아라비아와 아라비아인들에 대해 언급한 바가 있다. 하지만 그리
스인들은 아라비아인들에 대해서 직접적으로 아는 바가 거의 없었는
데, 그들에 대해서 이토록 강한 편견을 갖고 있다는 사실은 참으로 이
상할 따름이다. 이 우화는 시리아나 소아시아의 그리스인 거주지나 혹
은 이집트에서 유래되었을지 모른다. 그 지역에서는 아라비아인들과의
접촉이 그렇게 드문 일이 아니었기 때문이다. 아라비아인들은 분명 이
우화가 기분 나쁠 테니, 그들의 눈에 띄지 않도록 해야 할 것이다.

# 25
## 고자와 사제

　어떤 고자(鼓者)가 사제에게 의논을 하러 와서 자신이 아버지가 될 수 있도록 자신을 위해 기도하고 제물을 바쳐 달라고 애원을 했다.

　사제는 고자에게 나중에 이렇게 말했다.

　"제물을 바쳤기 때문에 자네가 아버지가 될 수 있도록 기도를 했네. 하지만 자네를 실제로 보니까 전혀 남자같이 보이지를 않는군."

# 26
## 못생긴 노예 소녀와 아프로디테

어떤 남자가 얼굴도 못생기고 마음씨도 고약한 자신의 노예 소녀와 사랑에 빠지게 되었다. 그 소녀는 주인에게서 얻은 돈으로 화려한 장신구를 사서 자기 몸을 치장했으며, 주인의 아내를 경쟁자로 여겼다. 그녀는 사랑의 여신인 아프로디테에게 쉴새없이 제물을 바치며 자신을 아름답게 만들어 달라고 애원했다. 어느 날, 아프로디테는 그 노예 소녀의 꿈에 나타나 이렇게 말했다.

"나는 너를 아름답게 만들어 주고 싶지 않아. 그렇지 않아도 이미 너를 아름답다고 생각하는 네 주인 때문에 화가 나서 죽겠는 걸."

천한 신분, 추한 외모를 타고난 사람이 바람직하지 않은 수단으로 뒷받침된 자부심에 눈이 멀어서는 안된다.

# 27
## 디오게네스와 대머리 남자

　견유학파의 철학자인 디오게네스는 언젠가 머리가 벗겨진 사람에게 모욕을 당한 적이 있었다. 그때 그는 이렇게 반박했다.
　"당신에게는 나를 모욕할 권리가 없는 것 같은데, 안 그렇소? 나는 오히려 당신의 그 빈약한 머리를 떠나가 버린 당신의 머리카락의 선견지명을 칭찬해 주고 싶군요."

　✻ 주(註) : 기원전 4세기경 아테네의 철학자였던 디오게네스는 공격적이고 신랄한 독설로 이름을 떨쳤다. 그는 사람들과 모욕적인 언사를 주고받곤 했다. 대머리인 상대방의 머리에서 달아난 머리카락을 칭찬하고 있는 이 우화는 그가 언젠가 실제로 했던 발언을 담고 있을 가능성이 아주 높다. 참으로 퉁명스런 인간혐오주의자다운 발언이 아닐 수 없다. 이 말은 재치 있는 모욕으로 세간에 널리 퍼졌을 것이다.

# 28
# 웅변가 데마데스

웅변가 데마데스는 어느 날, 아테네의 시민들에게 연설을 했다. 아무도 그가 말하는 것에 그다지 깊은 주의를 기울이지 않았기 때문에 어떤 사람이 그에게 이솝 우화나 한 가지 얘기해 줄 수 없겠느냐고 물었다. 그 요구에 응한 데마데스는 이렇게 이야기를 하기 시작했다.

"농사의 여신 데메테르와 제비와 뱀장어가 모두 같은 길을 걸어가고 있었습니다. 그들은 얼마 뒤에 강기슭에 도착했습니다. 그러자 제비는 하늘로 날아오르고 뱀장어는 강물 속으로 뛰어들었습니다."

거기까지 말하고 나서 데마데스는 갑자기 이야기를 중단했다.

"그래서 데메테르는 어떻게 했나요?" 하고 누군가가 커다란 소리로 물었다. "여신은 그 다음에 어떻게 했느냐구요?"

"여신은 당신 같은 사람에게 화를 냈습니다." 하고 그는 쏘아붙였다. "시시한 이솝 우화를 듣겠다고 국가의 중요한 문제를 외면하는 당신 같은 사람들에게 말입니다."


즐거운 일만 쫓아다니느라 중요한 일을 소홀히 하는 자는 분별없는 자이다.

＊ 주(註) : 데마데스는 기원전 4세기경의 아테네인이었다. 그는 선원으로 인생을 시작했으나 아테네 의회에서 앞서 가는 웅변가들 중 한 사람이 되었으며, 마케도니아 필리포스 왕의 총애를 한몸에 받았다. 하지만 말년에 가서는 부패해서 정치적 뇌물을 받은 죄로 기소당했다. 키케로는 세상에서 가장 재치 있는 웅변가는 바로 아테네인들이고 그 중에서도 가장 재치 있는 자가 데마데스라고 말한다. 그는 가공스러울 만큼 재기발랄한 풍자로 유명했으며, 공들여 작성한 데모스테네스의 긴 연설을 즉흥적인 한 마디 말로 무너뜨리곤 했는데, 이 때문에 대중들의 인기를 누렸다. 심지어 이솝 우화 속에 전해져 내려온 이 짧은 이야기ㅡ다른 문헌에서는 찾아볼 수 없는 우화의 한 대목을 싣고 있기 때문에ㅡ가 사라져버린 어느 역사책의 일부분으로, 데마데스의 생애 동안 실제로 일어난 사건일 수도 있다.

# 29
## 조선소에 간 이솝

　어느 날, 우화 작가인 이솝이 여가 시간에 조선소를 둘러보러 갔다. 일꾼들이 그를 놀려대자, 이솝은 이렇게 이야기했다.

　"태초에는 혼돈과 물밖에 없었습니다. 그러나 제우스는 대지를 창조하고 싶었습니다. 그래서 대지에게 바다를 세 번 삼키라고 명령했지요. 대지가 명령을 수행하기 시작했습니다. 처음 한 번을 삼키자 산이 나타났습니다. 두 번째로 바다를 삼키자 평야가 나타났습니다. 만약 대지가 한 번만 더 바다를 삼키기로 마음 먹는다면, 당신들은 모두 일자리를 잃게 될 겁니다."

　이 우화는 만약 자신보다 더 현명한 사람을 조롱하면 훨씬 더 큰 대가를 치르게 될 것이라는 사실을 가르쳐 준다.

＊주(註) : 이솝이 '로고포이오스logopoios' 즉 '우화 작가'라는 명
칭으로 묘사되고 있다는 사실은 이 우화가 지어진 시기를 대략 짐작하
게 해준다. 이 우화는 보다시피 이솝이 쓰지 않은 것이 분명하다. 바로
이솝 자신이 등장인물이기 때문이다. '로고포이오스'란 헤로도투스가
이솝을 부를 때 사용했던 명칭으로, 초기 사용은 고대 아테네 시대에
이미 끝났다가, 플라톤 시대에 다시 등장하기 시작하고 있다(『페드루스
Phaedrus』(257c)와 『에우티데무스Euthydemus』(289d)를 참조할
것). 또한 이 우화의 교훈 부분에서는 '우화'를 뜻하는 말로 '뮈토스'가
아니라 '로고스'란 단어를 사용하고 있는데, '뮈토스'는 보다 후대에
수사 학교의 부상과 더불어 사용되었다. (이 두 용어와 그에 따른 연대
추정에 대한 논의는 이 책 뒤의 해설을 참조.)

하지만 이 우화의 보다 오래된 판본이 바로 아리스토텔레스의 『기상
학』(III, 356b11)에 실제로 기록되어 있다. "바다가 점점 줄어들고 있
으며 결국에는 완전히 사라져버릴 것이라는 데모크리투스의 믿음은 이
솝 우화에 나오는 일부 이야기와 비슷하다. 이솝은 카리브디스에 관한
한 우화에서, 카리브디스가 바다를 한 입 삼키자 산이 드러났고, 두 번
째로 삼키자 섬들이 나타났으며, 이제 마지막으로 한 입만 더 삼키면
바다가 완전히 말라버릴 것이라고 적고 있다, 하지만 이런 우화는 이솝
이 뱃사공에게 화가 났을 때 쏘아붙이기에나 적합한 것이지 진실을 추
구하는 사람들에게는 적합하지 않다."

따라서 우리는 이솝을 등장인물로 우화 속에 집어넣는 것이 아리스
토텔레스의 시대보다 훨씬 더 나중에 일어난 일임을 알 수 있다. 아마
도 원본은 이솝이 직접 지은 신화적인 내용의 우화였을 것이다.

한편 신화 속의 소용돌이인 카리브디스가 땅으로 대체되고, 사건의
배경도 세속적인 조선소로 설정된 것은 이솝 우화의 탈신화화 과정을
보여준다.

# 30
## 제우스 신과 여우

　모든 신들의 왕인 제우스 신은 여우의 총명함과 정신의 유연성에 놀라움을 느껴, 여우에게 동물의 왕 자리를 주었다. 그러나 제우스 신은 신분의 변화에 따라 여우가 그 타고난 탐욕을 버렸는지 어떤지를 알고 싶었다. 그를 시험해 보기 위해 새로운 동물의 왕인 여우가 가마를 타고 행차를 했을 때 그 앞에 풍뎅이를 한 마리 풀어놓아 주었다. 가마 주위를 돌아다니는 풍뎅이를 보고 더 이상 참을 수 없게 된 여우는 가마 밖으로 뛰쳐나가서 왕의 위엄이고 체면이고 아랑곳없이 그것을 잡으려고 이리 뛰고 저리 뛰고 하는 것이었다.

　그러한 태도를 보고 화가 머리끝까지 난 제우스 신은 여우를 다시 이전의 비천한 신분으로 되돌려 놓았다.


　이 우화는 타고난 천성이 비천한 사람은 아무리 겉모습을 번지르르하게 꾸며도 본색을 바꿀 수 없다는 걸 보여준다.

# 31
## 제우스와 아폴로

　제우스와 아폴로는 활쏘기 시합을 하고 있었다. 아폴로가 활을 잔뜩 당겨서 화살을 쏘자, 제우스가 성큼 한 발을 내디뎠는데, 그 것은 아폴로의 화살이 날아간 것과 같은 거리였다.


　이와 마찬가지로, 우리가 도저히 이길 수 없는 훨씬 강한 라이벌과 힘을 겨룰 때, 자칫하면 스스로 웃음거리가 될 수 있다.

# 32
## 참나무들과 제우스

참나무들이 제우스 신에게 불평을 늘어놓았다.

"우리는 정말이지 일생 헛사는 겁니다. 그저 도끼에 베어 넘어지려고 크는 셈이라니까요. 이 세상 어떤 나무도 우리만큼 끔찍한 도끼질을 많이 당하지는 않을 겁니다."

제우스 신은 참나무에게 이렇게 대답해 주었다.

"자기 자신을 탓해야지 누굴 탓하겠나. 왜냐고? 자네들이 만일 도끼 자루를 생산해내지 않았다면 도끼가 어떻게 자네들을 잘라 냈겠는가? 또 자네들이 목수에게나 농사에 그렇게 유용하지 않았더라면, 어째서 도끼가 자네들을 쓰러뜨리려고 하겠는가?"

어떤 사람들은 모든 잘못의 원인이 자신에게 있으면서도 어리석게도 그 잘못을 신에게 돌린다.

# 33
## 활 쏘는 사람과 사자

　활을 매우 잘 쏘는 사람이 사냥을 하기 위해서 산에 올라갔다. 다른 짐승들은 모두 도망을 쳤는데, 사자 혼자 그와 싸우려고 버티고 있었다. 그러나 사자는 그가 쏜 화살에 맞고 말았다.

　활 쏘는 사람이 말했다.

　"이게 내가 보내는 전령이다. 이 다음에는 내가 직접 너를 상대해 주마."

　상처를 입은 사자는 도망을 쳤다. 여우가 사자에게 용기를 내어 다시 싸우라고 소리쳤다. 그러나 사자가 말했다.

　"웃기지 마! 전령만 해도 이렇게 아픈데, 그 사람이 직접 덤비면 나는 어떻게 하라고?"


　애초부터 결말을 염두에 두고 안전을 도모해야 한다.

# 34
# 여행길에 오른 디오게네스

언젠가 디오게네스가 혼자 여행을 하다가 깊고 물살이 빠른 강의 가파른 제방에 도달하자, 더 이상 갈 수가 없어서 걸음을 멈추었다. 그 지점에서 여러 차례 강을 건넌 경험이 있는 그 고장 사람이 디오게네스가 당황해하고 있는 모습을 보았다. 그래서 그 사람은 디오게네스에게 다가가 어깨 위에 둥을 태우고 친절하게 강 건너까지 건네 주었다.

강 건너쪽에 도착한 디오게네스는 자신의 가난을 탓하고 자신을 도와준 은인에게 보답할 길이 없음을 한탄하기 시작했다. 디오게네스가 그러한 고민에 빠져 있을 때, 그 고마운 사람은 또 다른 나그네가 강을 건너지 못해서 난처해하고 있는 모습을 보고는 그 사람에게 달려가서 똑같이 그 사람을 어깨에 태우고 강을 건너기 시작했다. 그러자 디오게네스는 그를 비난하면서 이렇게 말하는 것이었다.

"나는 당신이 나에게 해준 일에 대해서 고맙다는 말을 하지 않겠소. 왜냐하면, 당신으로 하여금 행동하게 만든 것은 당신의 판단력이 아니라, 광적인 강박충동에 의한 것이라는 사실을 알았기 때문이오."

이 우화는 만일 뛰어난 사람뿐만 아니라 하찮은 사람에게도 은혜를 베푼다면, 자칫 통찰력이 없는 사람이라는 오해를 받을 염려가 있다는 것을 보여주고 있다.

　＊ 주(註) : 이 이야기는 디오게네스의 성격과 생각을 너무나 정확하게 보여주고 있기 때문에, 분명히 실제 사건이나 혹은 발언에 근거했을 것이다. 또한 이 이야기는, 디오게네스가 감사의 본질에 대해 주장을 펼칠 때 충분히 예로 들었음직한 종류의 것이다. 어쩌면 철학자들에 관한 대중 서적에서 따온 것일 수도 있다. 디오게네스는 소크라테스의 제자로, 기원전 4세기경 아테네의 나무통 속에서 살았다. 그리고 키닉학파(일명 견유학파)라고 알려진 철학 학파를 창시했다.

# 35
## 사자와 프로메테우스와 코끼리

사자는 항상 프로메테우스에게 불평만 늘어놓았다. 프로메테우스가 사자에게 멋지고 우람한 외모를 주고 입속 가득 날카로운 이빨로 무장시키고 발톱까지 주어서 다른 어떤 동물들보다 강한 존재로 만들어 준 것은 분명한 사실이었다. 하지만 사자는 이렇게 불평했다.

"그래도 프로메테우스님, 전 수탉이 너무 너무 무서운 걸요."

이에 프로메테우스가 말했다.

"어떻게 넌 나를 그렇게 쉽게 비난할 수가 있느냐? 내가 줄 수 있는 한 모든 장점을 너에게 주었다. 네 용기는 결코 꺾이지 않을 것이다. 딱 하나 이런 경우만 빼놓고 말이다."

"저도 알고 있어요. 안다고요." 사자가 낑낑거렸다. "그래도 전 바보인 것 같아요. 대책 없는 겁쟁이라고요. 차라리 죽어버렸으면 좋겠어요. 너무 부끄러워요." 사자가 투덜거렸다.

이런 상태에 빠져 있던 사자가 어느 날 근처를 지나가던 코끼리를 보고 이런저런 잡담이나 나누려고 가까이 다가갔다. 둘이서 한참 이야기를 하고 있는 도중에 코끼리가 계속 귀를 씰룩거린다는 사실을 깨달은 사자가 이유를 물어보았다.

"왜 그러나? 잠시라도 귀를 가만히 놔둘 수 없어?"

바로 그 순간에 각다귀가 코끼리의 머리에 앉았다.

"오, 하느님 맙소사!"

코끼리가 말했다.

"자네도 이거 보이지? 여기, 이 앵앵거리는 작은 벌레 말이야!
이놈이 내 귓속으로 들어오는 날에는 난 완전히 끝장일세. 그 날
로 난 죽은 목숨이라고. 난 죽을 거야, 알겠나!"

사자가 혼자 중얼거렸다.

"이런, 이젠 더 이상 슬퍼할 필요가 없겠어. 내가 창피해서 죽
고 싶다는 생각을 하다니! 코끼리보다는 내가 훨씬 더 덩치도 크
고 강하고 잘난 동물인 게 분명해. 적어도 수탉이 각다귀보다는
훨씬 더 무서운 동물이니까 말이야!"


때론 각다귀(모기와 비슷하며 조금 더 큰 곤충) 같은 작은 존재도 코끼
리가 겁낼 만한 무서운 힘을 가지고 있다.

# 36
## 독수리와 여우

　친구 사이가 된 독수리와 여우는 서로 가까운 곳에 이웃해서 살기로 결심했다. 그렇게 가까이 살다 보면 우정이 더욱 돈독해질 것이라고 생각한 것이다. 그래서 독수리는 높다란 나뭇가지 위에 둥지를 만들었다. 여우는 바로 그 나무 밑의 덤불 속으로 기어들어가 굴을 팠다. 여우 새끼들이 바로 독수리 발밑에서 자라게 된 것이다.

　하지만 어느 날 여우가 먹을 것을 찾으러 나간 사이, 역시 먹을 것이 부족했던 독수리는 덤불 속을 뒤져 여우 새끼들을 잡아다가 자기 새끼들에게 실컷 먹여 버렸다.

　집으로 돌아온 여우는 새끼들의 죽음보다도 복수를 할 수 없다는 사실 때문에 미칠 듯이 괴로워했다. 땅에서 사는 짐승인 여우가 날개 달린 새를 쫓아가 잡을 수는 없는 노릇이기 때문이었다. 여우는 자신의 손이 닿지 않는 곳에 있는 독수리를 저주하면서 무력감에 사로잡히는 것 외에는 할 수 있는 일이 없었다.

　그러나 그리 오래지 않아 독수리는 친구를 배신한 것에 대한 벌을 받게 되었다.

　어느 날 사람들이 염소를 제물로 바치고 제사를 드리고 있을 때, 독수리는 제단을 덮쳐 불붙은 염소의 내장을 낚아채 자기 둥지로 돌아왔다. 마침 그때 세찬 바람이 불어와서 염소 내장에 붙어 있던 불씨가 독수리 둥지 속의 지푸라기에 옮겨 붙고 말았다. 독수리 새끼들은 일제히 비명을 질렀다. 하지만 아직 나는 법을

배우지 못했기 때문에 둥지에서 벗어나려고 하다가 그만 땅바닥으로 떨어지고 말았다. 그러자 여우가 얼른 달려와 독수리의 눈앞에서 그 새끼들을 게걸스럽게 먹어치워 버렸다.

이 이야기는 힘이 약한 상대의 우정을 배반할 경우 당장에는 복수를 피할 수도 있지만, 결국 하늘의 복수를 면할 수 없다는 사실을 보여준다.

＊ 주(註) : 시인 아르킬로쿠스(기원전 8세기 혹은 7세기)는 이 우화를 가지고 시를 지었으며, 기원전 414년에 아리스토파네스는 『새들 The Birds』(651)이라는 책에서 이 우화를 언급하기도 했다. 그 책은 이 우화의 저자를 이솝이라고 밝히고 있다.

# 37
## 집족제비와 아프로디테

잘 생긴 젊은 청년에게 사랑을 느낀 집족제비가 사랑의 여신인
아프로디테에게 자신을 아름다운 처녀로 만들어 달라고 빌었다.
사랑의 여신은 그 갸륵한 정성에 연민을 느껴서, 집족제비를 우
아한 젊은 처녀로 변신시켜 주었다.

그 처녀를 본 청년은 그녀와 사랑에 빠져 그녀를 자신의 집으
로 데리고 갔다. 두 사람이 신혼방에서 쉬고 있을 때, 아프로디테
는 집족제비가 비록 몸은 변신했지만 성질도 변했는지를 알고
싶어서 방 한가운데에 쥐를 한 마리 풀어 놓았다. 자신의 현재의
상황을 깜빡 잊어버린 집족제비는 침대에서 뛰어내려 쥐를 잡아
먹기 위해 쫓기 시작했다.

그것을 본 여신은 집족제비를 다시 이전의 상태로 되돌려 놓았
다.


외양을 바꾼다고 해서 악한 사람의 본질조차 바뀌는 것은 아니다.


✻ 주(註) : 그리스에 고양이가 들어오기 전까지, 혹은 고양이가 아직
희귀할 때에는 족제비(일명 집족제비)가 가장 많이 기르는 애완동물이
었다. 하지만 결국 고양이가 족제비의 자리를 차지하여 오늘날에는 족
제비가 한때 인간의 가까운 친구였다는 사실조차 더 이상 기억되지 않
고 있다.

# 38
## 집족제비와 줄칼

집족제비 한 마리가 대장간의 작업장 안으로 숨어 들어가서, 그곳에서 발견한 줄칼을 핥기 시작했다. 날카로운 줄칼을 핥아 댔으니 어떤 일이 생겼을까? 물론 헛바닥에서 피가 줄줄 흘러나왔다.

하지만 집족제비는 그 쇳조각에서 무엇인가를 핥아냈다고 상상하면서 좋아했다. 그리고 결국에는 집족제비의 헛바닥은 몽땅 없어지고 말았다.


이 우화는 자기 자신에게 해로운 짓인지도 모르고 걸핏하면 습관적으로 논쟁을 벌이는 사람들을 겨냥한 것이다.

# 39
## 나그네와 진실

한 나그네가 사막을 여행하다가, 눈을 내리깐 채, 외로이 홀로 있는 여자를 만나게 되었다.

"당신은 누구시오?" 그가 물었다.

"나는 진실[알레테시아]입니다." 하고 그녀가 대답했다.

"그런데 왜 마을을 떠나서 사막에 살고 있나요?"

"왜냐하면 옛날에는 거짓말을 하는 사람이 몇 명 안 되더니, 이 제는 누구와 말을 해보아도 온통 거짓말뿐이기 때문이랍니다."


거짓이 진실을 이길 때, 인간에게 인생은 악하고 고통스러운 것이 될 것이다.

# 40
## 나그네와 헤르메스

한 나그네가 긴 여행을 떠나기 앞서, 만약 자신이 목적지에 무사하게 도착하게 되면, 자신이 여행 중에 얻은 것의 반을 헤르메스 신께 바치겠다고 맹세하였다.

여행 도중에, 그는 우연히 아몬드와 대추야자가 들어 있는 작은 주머니를 발견하였다. 처음에는 돈주머니인 줄 알고 집어 들었는데, 속을 확인하고는 안에 들어 있는 것을 몽땅 먹어치웠다. 그리고 나서, 아몬드 껍질과 대추야자 씨를 가져와서 제단 위에 바치면서 이렇게 말했다.

"오, 헤르메스 신이시여, 제가 발견한 것의 절반입니다. 껍질과 알맹이를 당신과 함께 나누었으니 저는 약속을 지켰습니다."


탐욕에 사로잡혀서 신에게까지 거짓말을 하는 구두쇠가 있다.

# 41
## 공작새와 학

공작새가 학의 털을 보고 놀렸다.

"나는 금색과 보라색의 털을 가지고 있지. 그런데 네 날개 색깔은 왜 그 모양이니?"

그 말을 듣고 있던 학이 말했다.

"하지만 나는 별과 함께 노래할 수 있으며, 하늘 높이 날 수 있어. 그렇지만 너는 암탉의 꽁무니를 쫓아다니는 수탉처럼 암컷 위에나 겨우 올라탈 수 있을 뿐이잖아."


겉모양만 화려하고 훌륭하지 못한 인생을 사는 것보다 초라하더라도 고명한 삶을 사는 것이 더 좋다.

# 42
## 공작새와 까마귀

새들이 서로 왕이 되겠다고 다투고 있었다. 공작새는 가장 아름다운 새가 왕이 되어야 한다고 했다.

그래서 새들이 공작새를 왕으로 막 뽑으려고 할 때, 까마귀가 이렇게 소리쳤다.

"네가 왕이 되면, 독수리가 공격해올 때 너는 우리에게 무엇을 해 줄 수 있니?"

이 우화는 미래의 불행에 대하여 미리 경고를 하는 사람을 비난해서는 안된다는 것을 보여준다.

# 43
## 매미와 여우

매미가 잎이 무성한 나무에서 노래를 부르고 있었다.

매미를 잡아먹고 싶은 여우가 꾀를 하나 생각해냈다. 매미 아래쪽에 자리를 잡은 여우는 매미가 너무 노래를 잘 한다고 칭찬을 하면서 내려와서 함께 놀자고 하였다. 여우는 이렇게 아름다운 목소리를 가진 동물을 한 번 보고 싶다고 꼬셨다.

여우를 의심한 매미는 나뭇잎을 하나 떨어뜨렸다. 매미가 떨어지는 줄로 안 여우는 단숨에 달려들었다.

매미가 말했다.

"내가 만약 내려갈 거라고 생각했다면, 네가 잘못 생각한 거야. 나는 여우의 똥에서 매미의 날개를 발견한 이후로 여우를 믿지 않기로 했거든."

현명한 사람은 이웃의 불행에서 교훈을 얻는다.

# 44
## 매미와 개미

겨울이 되었다. 곡식이 눅눅해지자, 개미가 그것을 말리고 있었다. 이 때 배고픈 매미가 먹을 것을 달라고 찾아왔다. 개미는 이렇게 말했다.

"먹을 양식을 여름에 미리 준비해 놓지 그랬니?"

"멋들어지게 노래를 부르느라고 그럴 시간이 없었어."

매미가 대답했다.

그러자 개미가 매미를 놀리며 말했다.

"아, 그래? 여름에 노래를 불렀으니까 겨울에는 춤을 춰야 하겠구나."


위험과 불행을 원치 않는다면 무엇보다 게으름을 경계하라.

# 45
## 벽과 말뚝

무지막지하게 말뚝이 박힌 벽이 소리쳤다.

"내가 너를 괴롭힌 적도 없는데, 너는 왜 나를 이렇게 아프게 하는 거야?"

말뚝이 말했다.

"너를 괴롭히는 것은 내가 아니라 내 뒤에서 나를 세게 치는 사람이야."

* 주(註) : 이 우화에는 아무런 교훈도 붙어 있지 않다. 하지만 이 우화 자체가 대단히 특이한데, 팔로스palos(나중에 라틴어에서 팔루스 palus가 되었고 다시 고대 영어의 '울타리 말뚝pale'이 되었다)란 단어를 '말뚝'이란 뜻으로 사용하고 있기 때문이다. 리델과 스콧에 따르면, 팔로스palos의 전통적인 의미는 제비뽑기에서 뽑힌 '제비lot'이고, 이런 뜻으로 쓰는 것은 비잔틴의 용례였다. 그렇다면 이 우화가 그렇게까지 후대의 것일까? 아니면 바로 이 우화가 비록 수 세기 후에까지 공식적인 문서에는 기록되지 않았지만 민간에서의 팔로스란 단어의 사용에 대한 앞선 증거일까? 리델과 스콧의 1996년 판본에는 '이솝 402'란 참조가 덧붙여졌는데, 바로 이 우화를 지칭하는 것이다. 이 단어를 '말뚝'이란 의미로 사용한 경우는 기원후 2세기 전까지 다른 어느 곳에서도 찾아볼 수 없다. 한편 토이초스toichos 역시 흔히 '벽'이란 뜻으로 쓰이지 않는 단어로 이 우화에서만 특별히 집의 벽을 지칭하고 있지만, 이런 용례는 호머에게로까지 거슬러 올라간다.

# 46
# 아들과 사자 그림

옛날에 겁이 많은 한 노인이 살고 있었는데, 그는 모험심이 강한 아들이 사냥을 너무 좋아해서 걱정이었다. 어느 날 노인은 사자가 자신의 아들을 죽이는 꿈을 꾸었다. 꿈처럼 아들이 죽지나 않을까 겁이 난 노인은 둘도 없는 자신의 아들을 위하여 잘 보이는 높은 곳에 집을 지어 아들을 가두어 놓았다. 아들을 기쁘게 해주기 위해서 그는 방에 여러 가지 동물 그림을 그려 놓기로 하였는데, 그 중에는 사자 그림도 있었다. 그러나 이 동물 그림을 가지고는 아들의 지루함을 달랠 수가 없었다. 어느 날, 아들은 그림을 들여다보다가 사자 그림을 보고 욕을 하기 시작했다.

"이 망할 놈의 사자 같으니라고. 아버지가 꿈을 잘못 꾸어서 내가 여자처럼 이런 감옥에 갇혀 있게 되었단 말야. 어떻게 해야 내화가 풀릴까?'

이렇게 말하면서, 그는 사자의 눈을 때리려고 주먹으로 벽을 쳤다. 그 때 손톱 밑에 부서진 작은 조각이 하나 박혔는데, 아무리 빼내려고 해도 빠지지 않았다. 이 조각 때문에 손이 심하게 곪더니 열이 나기 시작했고, 상처가 많이 부어 고열에 시달리던 아들은 결국 죽고 말았다.

아무리 그림이라고 하더라도, 결국 아들은 아버지가 꿈에서 본대로 사자 때문에 죽게 되었다.

우리는 운명에 용감하게 맞서야 하며, 운명을 속이거나 잔꾀를 부려서는 안된다. 운명은 피할 수 없는 것이기 때문이다.

# 47
# 어린 도둑과 어머니

　한 어린이가 학교에서 훔친 친구의 석판을 집으로 가져와 어머니에게 드렸다. 어머니는 아들을 혼내주기는커녕, 잘했다고 칭찬을 해주었다. 그러자 아이는 이번에는 망토를 훔쳐 와서 드렸는데, 어머니는 전보다 칭찬을 더 많이 해주었다.

　시간이 흘러, 어른이 된 아이는 더 귀한 것을 훔쳐서 어머니에게 가져다 드렸다. 그러던 어느 날, 그는 도둑질을 하다가 그만 들키고 말았다. 손을 등 뒤로 묶인 채, 그는 재판관 앞으로 끌려왔다. 그의 어머니도 그를 따라와서는 가슴을 치며 통곡했다. 그는 재판관에게 어머니 귀에 대고 할 말이 있다고 했다.

　어머니가 몸을 구부려 그의 입에 귀를 갖다 대자, 그는 어머니의 귓불을 이로 물어뜯었다. 어머니는 자식의 불경스런 행동을 꾸짖었다. 이미 저지른 죄로도 성이 안 차서 자기 어머니를 해치다니! 아들이 대꾸했다.

　"내가 처음으로 석판을 훔쳐왔을 때, 어머니가 나를 마구 때려주었더라면, 이렇게 법정에 서서 죽음을 기다리지 않아도 되었을 겁니다."

　잘못을 처음 저질렀을 때 꾸짖지 않으면, 더 큰 잘못을 저지르게 된다.

＊주(註) : 리델과 스콧은 그들이 편찬한 그리스어 사전 『렉시콘』에서, 그리스어의 '델토스deltos'는 석판을 뜻하는데 그 까닭은 석판이 한때 삼각형deltas 모양이었기 때문이라고 주장했다. 하지만 삼각형 모양의 석판은 결코 없었다. 결국 이 이상한 주장은 1996년 판본에서 삭제되었고, 대신 키프리스 방언 중에서 같은 어원을 지닌 daltos란 단어가 수록되었는데 어원에 대한 설명은 전혀 없다. 그러므로 이 책에서 deltos는 우가리트어의 달투daltu에서 왔으며 그 단어는 히브리어에도 달레쓰daleth란 단어로 남아 있음을 밝힌다.

# 48
## 말과 마부

한 마부가 늘 말이 먹을 보리를 빼돌려서 다른 곳에 팔아먹곤 했다. 먹이를 빼다 팔아먹은 것을 벌충하기 위해서 마부는 온종일 말을 손질하고 빗질해 주었다. 그러자 말이 그에게 한 마디 해 주었다.

"당신이 나를 진심으로 때깔 좋은 말로 보이게 만들기를 원한다면 나에게 먹이라고 구해온 보리를 팔아먹지 좀 마세요."

욕심 많은 인간은 한편으로는 얼마 안 되는 필수품을 횡령하면서 달콤한 말과 공허한 칭찬으로 가난한 사람들의 등을 친다.

# 49
## 말과 당나귀

어떤 사람이 말 한 마리와 당나귀 한 마리를 갖고 있었다. 어느 날, 그들이 길을 가고 있을 때, 당나귀가 말에게 말했다.

"내 목숨을 소중히 여긴다면 내 짐을 조금 덜어 주는 게 어때?"

말은 들은 체도 하지 않았고 급기야 당나귀는 지칠 대로 지쳐 쓰러져 죽고 말았다.

그러자 주인은 당나귀의 짐을 모두 말에게 옮겨 실었다. 그뿐만 아니라 당나귀에게서 벗겨낸 가죽까지도 그 위에 얹었다.

말은 한숨을 쉬며 이렇게 중얼거렸다.

"아아, 기회를 놓치고 말았구나! 이제 된통 당하게 되었군! 당나귀의 그 가벼운 짐을 나눠 지고 가기를 싫어하다가 이제 모든 짐을 나 혼자 떠맡게 생겼으니 말이야, 게다가 그 녀석의 가죽까지!"

이 우화는 강한 자가 약한 자를 조금만 도와주었더라면 각자의 목숨을 손쉽게 부지할 수 있었다는 것을 보여주고 있다.

# 50
## 말과 군인

전쟁을 하는 동안에는 군인은 동지인 말에게 보리를 듬뿍 먹이고 말과 함께 모든 궂은 일과 위험을 이겨냈다. 그러나 전쟁이 끝나자 말은 천한 사역을 하는 데 쓰이고, 무거운 짐들을 날라야 하고, 먹을 것도 겨우 지푸라기 조각만 주었다. 그러는 동안에 또다른 전쟁이 선포되어서 말 주인은 말에게 안장을 얹고, 자신도 무장을 한 다음 말 위에 높이 올라탔다. 그러나 더 이상 그것을 지탱할 만한 힘이 없어진 말은 걸음을 걸을 적마다 다리를 절룩거렸다. 말은 주인에게 이렇게 말했다.

"이제는 저쪽으로 가서 보병들 틈에나 끼여 서시지요. 왜냐하면, 당신은 나를 용맹한 군마에서 당나귀로 바꾸어 놓았으니까요. 당신은 어떻게 내가 당나귀에서 다시 말로 변신할 수 있을 것이라고 생각했죠?"


안전하고 평화로운 때라 하더라도 항상 불행을 잊어버리지 말고 대비해야 한다.

# 51
## 갈대와 올리브나무

갈대와 올리브나무가 서로 자신이 더 질기고 단단하고 부드럽
다고 언쟁을 벌였다. 올리브나무는 갈대를 보고 어떤 바람이 불
든 항상 맥없이 살랑거린다며 놀려댔다. 갈대는 계속 침묵을 지
키며 한 마디 말도 하지 않았다.

그런 일이 있고 나서 얼마 안 되어 세찬 바람이 불어닥쳤다. 갈
대는 바람에 흔들리고 몸을 구부리면서 손쉽게 폭풍을 벗어날
수가 있었지만, 바람에 강력히 저항하던 올리브나무는 그 힘을
견디지 못해 부러지고 말았다.

이 이야기는 어려운 상황을 잘 살피고 자기보다 강한 힘에 굴복할 줄
아는 사람이 힘만 센 경쟁자보다 이점을 가질 수 있다는 것을 보여준다.

# 52
## 갈까마귀와 새들

새들의 왕을 정하기로 마음먹은 제우스 신은 비교를 해 보기 위해 날짜를 정해서 궁전에 모든 새들을 소집했다. 가장 아름다운 새를 뽑아서 새들을 다스리게 할 생각이었다. 그래서 새들은 몸을 씻기 위해 강기슭에 가까운 얕은 시냇물이 있는 곳으로 날아갔다. 자신의 추한 모습을 깨달은 갈까마귀는 다른 새들이 떨어뜨리고 간 깃털들을 돌아다니면서 주워 가지고 그것들을 잘 배합해서 몸에 붙였다. 이렇게 하여 갈까마귀는 모든 새들 가운데서 가장 아름다운 새가 될 수 있었다.

드디어 왕을 선출하는 날이 찾아오고, 모든 새들은 제우스 신 앞에 모습을 드러내 보였다. 알록달록한 장식품을 걸친 갈까마귀도 새들 가운데 있었다. 제우스 신은 그의 아름다움 때문에 갈까마귀를 새들의 왕으로 뽑았다. 그러나 그 결정에 분노한 다른 새들이 자신에게서 빠진 깃털을 제각기 하나씩 뽑아 가 버렸다. 그 결과, 그 갈까마귀는 벌거벗게 되어 다시 추한 옛모습으로 돌아갔다.

남에게 빚을 진 인간과 비슷하다. 다른 사람의 재물로 치장하고 있는 한, 그들은 제법 그럴 듯한 사람으로 보인다. 그러나 남의 빚을 갚고 났을 때, 그들은 옛날의 본래 모습으로 돌아간다.

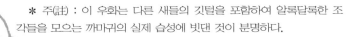

✳ 주(註) : 이 우화는 다른 새들의 깃털을 포함하여 알록달록한 조각들을 모으는 까마귀의 실제 습성에 빗댄 것이 분명하다.

# 53
# 갈까마귀와 비둘기들

비둘기 사육장 안의 살찐 비둘기들을 보고 난 갈까마귀가 자신의 깃털을 하얗게 물들이고 비둘기의 먹이를 얻어먹기 위해 무리 속에 합류했다. 그가 침묵을 지키고 있는 한 비둘기들은 갈까마귀를 자신들의 동료로 생각하고 무리 속에 끼여든 것을 묵인해 주었다.

그러나 한순간, 그 갈까마귀는 자신의 신분을 잊고 커다랗게 우는 소리를 내고 말았다. 낯설고 이상한 소리를 들은 비둘기들은 그 갈까마귀를 쫓아냈다. 따라서 풍족한 비둘기의 음식에 아무리 익숙해졌다 하더라도 그는 이제 갈까마귀의 무리에게로 돌아가지 않으면 안되었다.

그러나 갈까마귀들은 그의 깃털 색깔이 다르기 때문에 더 이상 알아볼 수가 없어서 그를 쫓아내 버리고, 자신들의 무리 속에 들어오는 것을 허용하지 않았다. 그래서 양쪽의 음식을 모두 원하던 그 갈까마귀는 이제는 어느 쪽의 것도 먹을 수 없게 되었다.

이 우화는 자신의 몫에 만족해야 한다는 것을 보여주고 있다. 우리들에게 탐욕은 아무런 도움도 안 될 뿐만 아니라 이미 소유하고 있는 것까지도 잃게 만들 수 있다.

* 주(註) : 아리스토텔레스의 『동물의 역사』(593a16)를 보면, 평범한 비둘기를 뜻하는 페리스테라스peristeras와, '산비둘기' 같은 다른 네 가지 명칭을 구별해놓고 있다.

# 54
## 까마귀와 여우

까마귀가 고기를 한 조각 훔쳐 가지고 날아올라 고기를 문 채 나뭇가지에 앉아 있었다. 지나가던 여우가 그것을 보고 고기 조각을 빼앗아 먹어야겠다고 마음을 먹었다. 그래서 여우는 나무 밑에 자리를 잡고 앉아 까마귀에게 말을 걸었다.

"모든 새들 가운데서 당신이야말로 가장 아름답군요. 우아한 몸매는 위엄에 넘쳐나고 윤기가 자르르 도네요. 당신은 모든 새들의 왕이 될 수 있도록 이상적인 외모를 지니셨어요. 목소리만 제대로 갖추었다면 분명 왕이 되실 겁니다."

자기 목소리에 아무 문제가 없다는 걸 과시하고 싶어진 까마귀는 고기를 떨어뜨리는 줄도 모르고 입을 벌려 큰 소리로 울어 보았다. 여우는 얼른 앞쪽으로 달려가서 고기를 낚아채고 이렇게 말했다.

"아아, 까마귀야, 만일 거기에 판단력만 갖추었다면 너는 새들의 왕으로서 부족함이 없을 텐데."

이 우화는 모든 바보들을 위한 교훈이다.

   ✱ 주(註) : 인도에는 이 우화의 두 가지 다른 판본이 있는데, 두 이야기 모두 『자타카 이야기Jataka Tales』라고 하는 불교 설화집(사실상 여기에 수록된 이야기들 중 많은 부분이 부처가 태어나기 이전의 것이다) 속에 전해져 내려오고 있다. 그 하나가 294번 설화이다. 이 설화에서는 자칼이 까마귀에게 나뭇가지를 흔들도록 설득을 하여 과일을 먹는데 성공한다. 또 다른 이야기가 295번 설화로, 여기서는 까마귀가 시체를 먹고 있는 자칼을 보고 온갖 아첨을 떨어서 고기를 얻어먹는다. 또 다른 자타카 이야기인 215번 설화에서는, 막대기를 문 채하늘로 운반되어 가던 거북이가 말을 하려고 입을 열었다가, 그만 떨어져 죽는 것으로 나온다. 이런 소재는 입을 열다가 뭔가를 떨어뜨려서 일을 망치고 마는 이솝 우화들과 상당히 유사하다.

# 55
## 도망친 갈까마귀

　어떤 사람이 덫으로 갈까마귀를 한 마리 잡아 가지고, 그 다리에 튼튼한 실을 매어 아들에게 주었다. 그러나 갈까마귀는 남에게 잡힌 상태로는 도저히 살아갈 수가 없었다. 그래서 감시의 눈이 허술한 순간을 노려 자기 둥지로 날아 돌아가려고 했다.

　그러나 다리에 맨 실이 나뭇가지에 걸려 그만 꼼짝도 할 수 없게 되었다. 죽음을 눈앞에 둔 순간 그 갈까마귀는 이렇게 한탄했다.

　"내 신세가 어쩌면 이렇게 처량하단 말인가! 인간의 노예로 살아갈 수 없다는 생각만 하고, 내 목숨을 내가 단축시킬 수도 있다는 것은 미처 깨닫지 못했으니!"

　이 우화는 조그만 위험으로부터 자신을 방어하려던 인간이, 자기도 모르게 자신을 치명적인 위험 속으로 몰아넣는 것에 해당될 수 있다.

# 56
## 잠자는 개와 늑대

개가 농장 앞에서 잠을 자고 있었는데 늑대가 갑자기 달려들어서 개를 잡아먹으려 했다. 그러자 놀란 개가 잡아먹지 말라고 빌면서 이렇게 말했다.

"잠깐만, 난 이렇게 마르고 볼품이 없답니다. 잠시만 기다리시면 우리 주인이 결혼 피로연을 열 것인데 그러면 내가 열심히 먹어서 살을 찌우겠습니다. 그리고 나서 당신이 날 잡아먹는 편이 훨씬 나을 겁니다."

늑대는 개의 이 말을 믿고서 떠났다가 얼마 후에 돌아와 보니 개가 이번엔 농장 건물의 지붕에서 잠들어 있었다. 늑대는 밑에서 개를 올려다보며 약속을 지키라고 소리쳤다. 그러자 개가 말했다.

"이봐요. 늑대 씨, 내가 다시 농장 앞에서 자고 있는 걸 보게 되면 결혼 피로연이 열릴 때까지 기다리지 않는 게 좋을 거유."

현명한 사람은 한 번 위기를 겪고 나면, 평생 조심한다.

# 57
## 고기를 물고 가던 개

개가 입에 고기 한 조각을 물고 강을 건너고 있었다. 강물에 비쳐진 자신의 모습을 본 개는 자기가 물고 있는 고기보다 더 큰 고기 조각을 물고 가는 또 다른 개가 있다고 생각했다. 그래서 자기 고기는 떨어뜨려 버린 채, 다른 개의 고기 조각을 뺏으러 강물로 뛰어들었다. 하지만 결국 개는 아무것도 갖지 못했다. 고기 조각 하나는 원래 있지도 않은 것이었고, 다른 한 조각은 강물에 떠내려가 버렸기 때문이다.

이 우화는 탐욕스러운 사람에게 적용할 수 있다.

# 58
## 암사자와 암여우

암여우가 암사자에게 새끼를 오직 한 마리밖에 못 낳느냐고 비웃었다.

그러자 암사자는 태연하게 이렇게 말했다.

"하지만 이봐, 비록 한 마리라 할지라도 그건 바로 사자란다."

사물은 양이 아닌 질로 판단해야 한다.

# 59
# 사자왕의 지혜

좀처럼 화를 내는 법이 없고 잔인하거나 폭력적이지도 않으며 다만 온화하고 공정한 사자왕이 있었다.

사자왕은 자신의 통치기간 동안에 새들과 맹수들을 불러 모아서 평화적인 협약을 맺고자 했다. 늑대와 양, 표범과 영양, 호랑이와 사슴, 개와 토끼같이 서로 앙숙지간인 동물들이 평화롭게 공존하고 서로 조화를 이루면서 살아가도록 하기 위해서였다.

이를 위해 열린 동물들의 회의에서 한 토끼가 이런 말을 했다고 한다.

"이런 날이 오기를 내가 얼마나 기다렸는지 모릅니다. 약자도 아무런 두려움 없이 강자 옆에 나란히 앉을 수 있게 되었군요!"

국가에 정의가 실현되고 모든 판결이 공평하게 이루어질 때, 힘없는 자들도 평화롭게 살 수 있다.

# 60
## 늙은 사자와 여우

나이가 들어서 더 이상 자기 힘으로는 먹이를 사냥하지 못하게 된 늙은 사자가 있었다. 그는 먹이를 얻기 위해서는 속임수를 써야겠다고 생각했다. 그래서 그는 동굴 안에서 병자인 척하며 누워 있다가 병문안하려고 온 동물들을 닥치는 대로 잡아먹는 방법을 썼다.

많은 동물들이 사라지자 여우는 무슨 일이 일어난 것이라고 짐작하고는 그 이유를 알아보려고 사자가 있는 동굴로 갔다. 하지만 여우는 동굴에서 멀찌감치 떨어진 안전한 밖에서 사자의 안부를 물었다.

"그저 그렇다네, 어서 들어오게나." 사자가 유혹했다.

그러나 이 말을 들은 여우가 말했다.

"나도 그렇게 하고 싶지만, 동굴 안으로 걸어 들어간 발자국은 많은데 걸어나온 발자국은 없네요."

현명한 사람은 위험한 징조를 알아채고 이를 피한다.

# 61
## 가축 우리에 갇힌 사자와 농부

사자가 실수로 농부의 가축 우리에 들어가게 되었다. 농부가 이를 발견하고 사자를 잡으려고 얼른 문을 밖에서 잠귀 버렸다. 갇힌 것을 알게 된 사자는 안에 있던 양들을 모두 잡아 먹은 후 다른 가축들을 공격하기 시작했다. 이에 놀란 농부는 얼른 문을 열어줬고 사자는 재빨리 달아나 버렸다.

사자가 사라져버리자 농부의 부인은 통곡하고 있는 농부에게 다가가 말했다.

"그래도 다행히 당신은 무사하잖아요. 그런데 사자를 멀리서 보기만 해도 벌벌 떨면서 어떻게 사자를 가둘 생각을 했죠?"

강한 상대를 자극하는 사람들을 자신의 어리석은 행동 때문에 벌어지는 결과를 감수해야 한다.

# 62
## 사랑에 빠진 사자와 농부

농부의 딸과 사랑에 빠진 사자가 농부의 딸에게 청혼을 했다. 농부는 그의 딸을 사나운 맹수에게 줄 수도 없지만 그렇다고 반대하자니 사자가 너무 두려워 결정을 못 내리고 있었다. 그런데 문득 이 문제를 해결할 수 있는 묘안이 떠올랐다.

농부는 자꾸 졸라대는 사자를 자신의 사윗감으로 충분한 자격이 있다고 달랜 후에 결혼하기 위해서는 한 가지 조건을 꼭 들어 줘야만 한다고 말했다. 자신의 딸이 사자의 이빨과 발톱을 두려워하므로 이를 모두 뽑아버리라는 조건이었다.

사자는 농부의 딸을 너무도 사랑했기에 이런 무리한 조건을 받아들이기로 결심했다. 하지만 이를 실행에 옮기자마자, 농부는 사자를 업신여겼다. 그리하여 사자가 나타났을 때, 마구 두들겨 패면서 내쫓았다.


남을 너무 쉽게 믿는 사람은 일단 자신이 가진 고유한 장점을 잃게 되면, 자신을 두려워했던 사람들의 손쉬운 먹잇감이 된다.

# 63
## 사자와 여우와 숫사슴

사자가 병이 들어 동굴에서 쉬고 있었다. 사자는 이따금 공사를 함께 의논하는 친구인 여우를 불러 다음과 같은 부탁을 했다.

"내가 회복되어 다시 사나운 기세를 되찾기 바란다면 어서 숲으로 가서 달콤한 말로 숫사슴 한 마리를 꾀어 이리로 데리고 와주게. 그놈의 내장을 덥석 물어뜯고 심장을 먹고 싶어 죽을 지경일세."

이에 밖으로 나간 여우는 숲에서 뛰어놀고 있는 숫사슴을 발견했다.

여우는 애교를 떨며 숫사슴에게 다가가 정중하게 인사하고 다음과 같이 말했다.

"저는 좋은 소식을 알려드리려고 왔습니다. 우리의 왕이신 사자와 내가 가깝다는 건 잘 알고 계시겠지요. 그런데 지금 사자왕께서는 병들어서 거의 죽을 지경이랍니다. 그래서 누가 자신의 뒤를 이어 왕이 될지 몹시 걱정하고 있답니다. 멧돼지는 멍청하고 곰은 너무 어리숙하고 표범은 성급하며 호랑이는 너무 허세가 심하죠. 오직 숫사슴 당신만이 사자의 뒤를 이어 왕이 되기에 적당한 것 같아요. 당신은 키도 크고, 오래 살 수 있고, 게다가 그 뿔로 뱀도 죽일 수 있잖아요. 더 이상 무슨 말을 하겠습니까? 사자왕께서는 당신을 자신의 후계자로 결정하셨답니다. 이제 제가 이런 좋은 소식을 가져왔으니, 저에게는 무슨 보답이 있을까요? 어서 말씀해주십시오. 저는 몹시 바쁘거든요. 사자왕께서 당장

저를 찾으실지도 모르니까요. 폐하께서는 제 조언이 없으면 아무 일도 못 하신답니다. 부디 이 늙은 여우의 말을 귀담아 듣고 싶으시다면, 어서 저와 함께 사자왕에게로 가서 그분 곁에서 임종을 기다리는 게 좋을 듯합니다.”

여우의 이 말에 사슴의 가슴은 허영심으로 한껏 부풀어 올랐다. 그리하여 앞으로 일어날 일에 대한 일말의 의심도 없이 사자의 동굴까지 갔다. 사슴이 동굴로 들어서는 순간, 사자가 달려들었다. 그러나 겨우 앞발로 숫사슴의 귀를 조금 찢어놓았을 뿐이었다. 간신히 목숨을 건진 사슴은 죽을 힘을 다해 숲속으로 도망쳐버렸다.

모든 노력이 허사가 되어버린 여우는 낙심하여 땅을 쳤고, 사자는 사자대로 억울해서 크게 으르렁거리기 시작했다. 먹이를 놓친 비통함뿐만 아니라 배고픔이 밀려왔기 때문이었다. 사자는 다시 한번 여우에게 숫사슴을 데려올 수 있는 다른 방법을 찾아보라고 사정했다.

그러자 여우가 대답했다.

“참으로 고되고 힘든 일을 저에게 요구하는군요. 하지만 다시 한번 부탁을 들어드리죠.”

그리고 나서 여우는 마치 사냥개처럼 사슴의 냄새를 따라서 숲으로 향했다. 달리는 동안에 머릿속으로는 묘안을 짰다. 여우는 걸음을 멈추고 양치기들에게 사슴이 피를 흘리며 지나가는 것을

보았느냐고 물었다. 양치기들이 숲속에 있는 사슴의 은신처를 가르쳐주었다. 여우는 기력을 회복하기 위해 쉬고 있는 숫사슴에게로 다가가 뻔뻔스럽게 모습을 드러냈다. 온몸이 피투성이가 된 숫사슴은 분노로 치를 떨며 여우에게 악담을 퍼부었다.

"이 천하의 못된 악당 같으니라고! 한번만 더 사자의 소굴로 가자고 하기만 해봐라. 또다시 나에게 접근하면 그땐 네놈의 목숨을 내놓아야 할 게다. 어서 가서 네놈을 모르는 다른 동물들이나 꼬셔봐라. 또 다른 놈을 골라서 왕으로 만들어주겠다는 말로 잔뜩 들뜨게 해보라고!"

여우가 대답했다.

"그렇게 심장이 약하고 겁이 많으셨습니까? 당신의 좋은 친구들인 우리에게 주는 보답이 고작 이런 불신이란 말입니까? 사자는 임종을 앞둔 자들이 다들 그렇듯이, 단지 당신의 귀에다 대고서 왕으로서의 의무에 대해서 조언과 가르침을 주려고 했을 뿐입니다. 그런데 당신은 병든 사자의 앞발에 조금 긁히는 것도 견디지를 못하는군요! 지금 사자왕은 당신보다 훨씬 더 진노해서 늑대를 왕의 자리에 앉히려 하고 있습니다."

여우가 계속해서 말했다.

"아, 딱하고 가엾은 나의 주인님! 두려워 말고 저와 함께 갑시다. 양처럼 순해지세요. 나무에 달린 모든 나뭇잎과 모든 봄을 두고 맹세컨대 사슴님은 절대 사자를 무서워할 이유가 없습니다.

그리고 제 소망은 오직 당신을 도와드리는 것뿐입니다."

여우는 불쌍한 사슴을 속여서 다시 사자의 동굴로 데리고 갔다. 사자는 사슴이 동굴로 들어서자마자 달려들어 잡아먹어 버렸다. 사자는 숫사슴의 뼈와 골수와 내장을 몽땅 먹어치웠다. 여우는 옆에서 사자를 지켜보고 있었다. 그때 사슴의 심장이 땅바닥에 떨어지자, 여우는 이를 냉큼 잡아채서 자신의 모든 노력에 대한 보답인 양 먹어버렸다. 하지만 사자는 흩어진 살점들 사이를 아무리 헤집어 보아도 심장을 찾을 수 없자, 여우에게 심장이 어디 갔느냐고 물었다.

그러자 여우는 안전하게 거리를 유지하며 태연히 대답했다.

"사실 그 숫사슴에게는 심장이 없었답니다. 그러니 힘들게 찾느라 애쓰지 마세요. 사자의 동굴에 두 번이나 들어오는 짐승에게 무슨 심장이 있겠습니까?'

명예욕은 이성을 흐리게 하고 당장 코앞에 닥친 위험도 보지 못하게 만든다.

# 64
## 당나귀와 여우와 사자

　함께 사냥을 하기로 약속한 당나귀와 여우가 사냥에 나섰는데, 사자 한 마리가 그들이 가는 길을 가로막았다. 이 위험에서 벗어나야겠다고 생각한 여우는 사자에게로 가서, 사자를 위해 당나귀를 함정에 빠뜨리겠다고 제안했다. 사자는 만약 여우가 그렇게 한다면 놓아주겠다고 약속했다. 여우는 당나귀를 함정으로 유인했고 마침내 당나귀는 함정에 빠져 갇혀 버렸다. 하지만 당나귀가 안전하게 자기 손에 들어온 것을 보자마자, 사자는 여우를 잡아먹고 당나귀는 나중을 위해 남겨두었다.


　친구를 배반하는 사람은 자기도 모르는 사이에 희생자와 더불어 파멸한다.

# 65
## 부상당한 늑대와 양

개에게 물려서 부상당한 늑대가 있었다. 사냥할 기운조차 없는 늑대는 우연히 양을 만나게 되자 근처 개울에서 물을 좀 떠다달라고 애원했다.

"나에게 마실 물을 가져다주면, 먹을 건 내가 찾을게."

그러자 양이 되물었다.

"하지만 내가 마실 물을 가져다주고 나면, 그땐 내가 당신의 먹이가 되는 것 아닌가요?"

이것은 위선적인 술수를 부리는 범죄자에 대한 것이다.

# 66
## 당나귀와 개구리

　나무를 지고 가던 당나귀가 어느 날 늪을 지나게 되었는데, 그만 미끄러져 늪에 빠지고 말았다. 당나귀는 빠져나오지 못해 허우적거리며 울어댔다.

　늪 속에 있던 개구리가 이 소리를 듣고 한마디 했다.

　"겨우 잠깐 빠졌는데도 저렇게 울어대니, 우리처럼 이곳에서 오래 살게 되면 어떤 소리를 낼까?"


　더 나쁜 상황에 처한 사람들도 잘 참고 견디는데, 조금만 불편해도 참을 줄 모르고 불평을 하는 나약한 사람들이 있다.

# 67
## 당나귀와 노새

당나귀와 노새가 함께 길을 가고 있었다. 당나귀는 자신이 노새와 같은 양의 짐을 지고 가는 것에 대해 불평했다. 당나귀는 노새가 자기보다 두 배는 더 무거운 짐을 질 능력이 있다고 생각했기 때문이다.

그러나 조금 있다가 당나귀가 치쳐 더 이상은 그 많은 짐을 지고 갈 수 없다는 것을 안 주인이 당나귀의 짐의 일부를 노새 등에 옮겨 실었다. 조금 더 가서, 당나귀가 매우 지쳤다고 생각한 주인은 당나귀의 짐을 전부 노새의 등에 옮겨 실었다.

그러자 노새가 당나귀를 흘끗 쳐다보며 말했다.

"이봐 친구, 이제 내가 자네보다 두 배를 더 먹어야 공평하다고 생각하지 않는가?"

처음이 아니라 끝이 되어 봐야 다른 사람의 상태를 판단할 수 있다.

# 68
## 당나귀와 마부

마부가 당나귀 한 마리를 몰고 가고 있었다. 잠시 후 길을 잃고
헤매던 당나귀는 가파른 비탈길을 건너가다가 절벽 끝에 매달리
게 되었다. 마부는 당나귀의 꼬리를 잡고 끌어올려주려고 안간
힘을 썼다.

그러나 당나귀가 고집스럽게 낭떠러지 쪽으로 미친 듯이 발버
둥을 쳐대자, 마부는 이렇게 말하면서 당나귀를 놓아주었다.

"어쩔 수 없군, 내가 졌다. 너는 실수한 거야."


걸핏하면 싸우려고 드는 사람들이 있다.

# 69
## 당나귀와 매미

매미 우는 소리에 반한 당나귀는 매미를 부러워하게 되었다.

"너는 뭘 먹고 살기에 그렇게 노래를 잘 부르니?" 하고 당나귀가 물었다.

"이슬을 먹고 살지." 매미가 대답했다.

그 때부터, 당나귀는 이슬만 핥아먹다가 결국 굶어 죽게 되었다.

그러므로, 우리가 타고나지 않은 것을 부러워하면, 결코 만족할 수 없을 뿐 아니라, 불행을 자초하게 된다.

# 70
## 황금알을 낳는 암탉

　어떤 남자가 황금알을 낳는 아름다운 암탉 한 마리를 가지고 있었다. 암탉의 뱃속에는 커다란 금덩어리가 들어 있을 거라고 생각한 그 남자는 암탉을 죽여서 배를 갈라 보았는데, 뱃속은 다른 암탉과 똑같았다. 단번에 커다란 부를 손에 넣으려고 하다가 작은 이익마저 빼앗긴 것이다.


　우리는 자신의 운명에 만족해야 하며, 탐욕스러운 마음을 멀리해야 한다.

# 71
## 뱀의 꼬리와 나머지 몸

어느 날, 뱀의 꼬리가 자신이 지도자가 되기로 하고 앞으로 나섰다. 그러나 나머지 몸이,

"다른 동물처럼 눈도 없고 코도 없으면서 어떻게 앞장을 서겠다는 거야?"

하고 물었다.

그러나 꼬리가 한사코 생각을 바꾸려고 하지 않자, 상식이 완전히 깨져버리게 되었다. 앞을 못 보는 꼬리가 이끄는 대로 가다 보니 몸은 엉망진창이 되었으며, 결국 돌멩이가 가득한 구멍에 빠져서 등뼈가 부러지고 온몸에 멍이 들었다. 그러자 꼬리는 아양을 떨면서 머리에게 애원하였다.

"머리님, 절 좀 살려주세요. 당신과 경쟁을 하려고 하다니 제가 잘못했어요."


자신의 주인에게 간사하고 심술궂게 구는 사람들이 있다.


\* 주(註) : 이 우화의 제목을 글자 그대로 옮기자면, '뱀의 꼬리와 사자'가 될 것이다. 왜냐하면 그리스어에서는 '사자'의 개념이 단지 팔과 다리뿐만 아니라 몸통 전체까지 포함하기 때문이다. 하지만 영어에는 말이 안 된다.

# 72
# 비버

비버는 깊은 물 속에서 살고 있는 네발 가진 동물이다. 비버의 생식기는 어떤 병을 고치는 데 특효가 있다고 전해지고 있다. 따라서 비버가 추격을 당하게 되면—자신이 왜 추격을 당하는지 알고 있기 때문에—어느 정도의 거리 동안은 붙잡히지 않으려고 다리야 날 살려라 하고 도망쳐 간다.

그러나 자신이 어쩔 수 없이 붙잡힌다는 것을 알게 되면 비버는 스스로 생식기를 물어뜯어 추격자에게 던져 주고, 그렇게 해서 자신의 생명을 구한다.

인간들 가운데 현명한 사람은 누군가가 돈을 노리고 공격을 가해올 때는, 목숨을 구하기 위해 자진해서 돈을 모두 내놓는다.

＊ 주(註) : 고대에는 값비싼 분비물인 카스토레아castorea가 비버의 음낭에서 추출된다고 믿었다. 그 때문에 이 우화에서처럼 '제 물건을 자기가 물어뜯는' 것이다. 하지만 오늘날 우리는 이 분비물이 음낭이 아니라, 두 개의 분리된 액낭에서 나온다는 사실을 알고 있다. 비버의 그리스어 이름은 카스토르castor이며 쌍둥이 신의 이름과 똑같다. 또한 사프런 향을 내는 식물인 크로커스의 이름과도 같다. 여기에는 복잡한 신화적 의미들이 담겨져 있음은 의심할 여지가 없다. 산스크리트어에서 같은 기원을 가진 단어로 카스투리kasturi가 있는데 '사향노루'와 '사향' 두 가지 의미를 지니고 있다. 그러므로 이 단어는 비버보다는 사향노루의 분비물을 지칭한다. 그런데 그리스어와 산스크리트어에서 이런 단어 형태들이 드문 것을 보면, 이 단어들은 아마 인도 유럽 지역의 부족들이 중동에 동물들의 향기나는 분비물을 공급하던, 아주 오래 전 초기 무역에서부터 비롯된 차용어일 것이다.

어쩌면 이집트어의 'qas' 혹은 'qes'가 이 단어들의 어원일 수도 있다. 이 단어의 뜻은 '분비'인데, '토하다'라는 뜻도 있는 것으로 보아서 이집트인들은 고래의 토사물인 용연향에도 똑같은 단어를 사용했을 것이며, 더불어 카스토레아와 사향을 지칭하는 데에도 사용했을 것이다. 이 단어는 또한 '매장을 위해 미라를 준비하다'라는 뜻도 지니고 있다. 따라서 미라를 만드는 데에 이런 물질들을 사용했을 것으로 추측된다. 그외에도 똑같은 이집트어가 '묶는 족쇄'(즉 미라를 꽁꽁 묶는 것)라는 뜻을 나타낸다. 한편 그리스의 신 카스토르 역시 족쇄의 발명가로 알려져 있어서, 아주 일찍부터 이집트어의 말장난이 건너온 것이 아닐까 싶다. 이 이집트어와 분명히 어원이 같은 단어가 아카드어에서 발견되는데, '묶다'라는 뜻의 카수kasu에서 비롯된 '카시투kasitu'란 단어가 '묶이다, 혹은 족쇄를 차다'라는 뜻을 지녔다. 흥미로운 것은 아카드어에서 첫 번째 모음이 장음인 카시스투kasistu란 단어는 설치류를 뜻하는데, '갉다' 혹은 '갉아서 구멍을 뚫다'라는 뜻의 카사수kasasu에서 파생되었다는 사실이다. 그것은 물론 비버의 특징이다.

우리가 알고 있는 그리스 최고의 동물학 권위자인 아리스토텔레스는 카스토르라는 명칭을 붙이는 것을 꺼려했다. 그래서 『동물의 역사』에서 '소위 카스토르라고 불리는 동물'이라고 단 한 번 언급한 다음, 그 이후로는 계속해서 자신이 비버의 진짜 이름이라고 믿고 있는 라탁스latax란 단어(487a22와 594b32)를 사용한다. 아리스토텔레스는 강가의 포플러 나무나 사시나무를 이빨로 갉아 쓰러뜨린다고 이 동물을 묘사하고 있다. 그는 카스토르란 명칭이, 어떤 비정상적인 이유에서 생겨난 비버의 별명이라고 추측했던 것 같다. 우리가 보기에도, 원래는 향내나는 분비물을 지칭하는 명칭이 어떤 연상 작용에 의해서 이 동물 자체에 적용되었을 것 같다.

# 73
## 호두나무

큰길가에서 자라고 있는 호두나무는 쉴새없이 돌팔매 세례를 받고 있었다. 호두나무는 한숨을 지으며 말했다.

"매년 이 모욕과 고통을 받으면서 살아야 하다니, 나는 얼마나 불행한 신세인가!"

이 우화는 자신의 이익을 위해 괴로움의 근원에서 벗어나려고 하지 않는 사람들을 겨냥한 것이다.

# 74
## 독수리, 갈까마귀, 양치기

독수리 한 마리가 높다란 바위 위에서 내리꽂히듯 날아오더니, 양 한 마리를 나꿔챘다. 그걸 보고 있던 갈까마귀가 마치 경쟁하기라도 하듯이 자기도 똑같이 해보기로 결심했다. 그래서 커다란 소리로 울어대며 숫양 한 마리에게 달려들었다. 하지만 그의 발톱이 숫양의 곱슬곱슬하고 억센 털에 엉켜 버리는 바람에 아무리 죽어라고 날갯짓을 해도 공중으로 날아오를 수가 없게 되고 말았다.

깜짝 놀란 양치기가 얼른 달려와서는 갈까마귀를 잡아 버렸다. 양치기는 갈까마귀의 날개 끄트머리를 잘라 놓았다가, 저녁이 되자 자기 아이들에게 갖다 주었다. 아이들이 이게 무슨 새냐고 묻자, 양치기는 이렇게 대답했다.

"내가 보기에는 틀림없이 갈까마귀 같은데, 저 새는 자기를 독수리라고 생각해 주기를 바란단다."


지나치게 강력한 상대와 경쟁하는 것은 시간과 노력의 낭비일 뿐만 아니라 조롱과 재앙을 불러오기까지 한다.

# 75
# 여우와 날개 잘린 독수리

하루는 어떤 남자가 독수리 한 마리를 잡았다. 그는 독수리의 날개 끄트머리를 자른 다음, 자기 집 마당에 풀어놓고 닭이나 거위 따위랑 같이 살게 했다. 독수리는 슬픔에 잠겨 고개를 늘어뜨린 채 아무것도 먹으려 하지 않았다. 모르는 사람이 봤다면 감옥에 갇힌 왕인 줄 알았을 것이다.

어느날 한 남자가 그 독수리를 보고는 마음에 들어 주인에게 팔 것을 청했다. 독수리를 산 그 남자는 날개의 깃털을 일으켜 세우고 몰약으로 문질러서 날개가 옛날처럼 되살아나도록 해주었다. 이제 독수리는 다시 창공으로 날아올라 토끼를 사냥할 수 있게 되었다. 독수리는 발톱으로 토끼를 나꿔채서는 자기를 구해준 남자에게 선물로 주었다.

처음부터 그 광경을 보고 있던 여우가 독수리에게 말했다.

"넌 그 사람에게 토끼를 주는 게 아니었어. 차라리 첫 번째 주인에게 주었어야지. 물론 두 번째 주인이 좋은 사람인 것은 사실이야. 하지만 첫 번째 주인이 다시 너를 잡아서 날개를 자르지 않도록 선물을 주려면 첫 번째 주인한테 주었어야 해."

누군가에게서 은혜를 입으면 반드시 보답을 해야 하고, 사악한 사람들의 방식에 물들지 않기 위해 조심해야 한다.

# 76
## 화살을 맞은 독수리

독수리 한 마리가 높은 바위 위에 앉아 사냥감을 찾고 있었다. 그때 한 남자가 그 독수리를 발견하고는 화살을 쏘았는데, 그 화살은 독수리의 몸 속 깊숙이 박히고 말았다. 그 화살 끝은 독수리 깃털로 장식되어 있었는데 화살을 맞은 독수리는 바로 코앞에서 그 깃털을 내려다볼 수 있었다. 독수리는 깃털을 바라보며 울부짖었다.

"내 것으로 만든 것 때문에 죽게 되다니, 이렇게 수치스런 일이 또 있을까!"

제 꾀에 자기가 넘어갔을 때 고통은 더욱 뼈저리기 마련이다.

* 주(註) : 아이스킬로스의 희곡 〈뮈르뮈도네스Myrmidones〉(기원전 525-456)의 소실되고 남은 일부분을 보면, 이 우화는 이솝이 쓴 것이 아니라 『리비아 이야기』들 중 하나라고 한다. 아리스토텔레스가 언급한, 이솝 우화에 필적하는 고대 우화 모음집인 이 책에 대한 보다 자세한 논의는 뒤에 실린 해설을 참조.

# 77
## 나이팅게일과 매

키 큰 참나무에 올라앉은 나이팅게일이 어느 때처럼 즐겁게 노래를 부르고 있는데, 마침 몹시 배가 고픈 매가 그 모습을 발견하고는 번개처럼 날아와 나이팅게일을 움켜잡았다. 목숨이 끊어지게 생긴 나이팅게일은 어차피 나를 잡아 먹어 봤자 당신 배를 채울 수는 없을 테니 제발 살려 달라고 애원했다. 정말로 그렇게 배가 고프다면 더 큰 새를 찾아야 한다고 열심히 설득했지만, 매는 이렇게 대답했다.

"내가 아직 구경도 못한 먹이를 찾느라 이미 내 발톱 안에 들어온 먹이를 놓아 준다면, 그보다 더 멍청한 짓이 어디 있겠니?"

더 큰 것을 바라고 이미 손아귀에 들어온 것을 놓아 버리는 사람은 어리석은 사람이다.

✱ 주(註) : 시인 헤시오도스(기원전 700년)의 책 『일과 나날Works and Days』(201-10)에는 이것과 다른 내용의 '매와 나이팅게일' 우화가 나온다. 그 우화에서는 나이팅게일을 움켜쥔 매가 구름 사이로 높이 날아가면서, 나이팅게일에게 괜히 소리를 지르거나 그의 막강한 힘에 저항하지 말라고 충고한다. 왜냐하면 '자신보다 더 강한 상대에게 맞서는 자는 어리석은 바보로, 승리를 얻기는커녕 수치와 고통만 당할 뿐'이기 때문이다. 이 오래된 우화는 이솝의 시대보다 앞선 것이 분명하다. 아마 이솝이나 다른 작가들은 이 이야기가 익숙하기 때문에 똑같은 등장인물이 나오는 우화를 썼을 것이다. 헤시오도스가 쓴 이 우화에서 특별히 주목할 만한 두 가지 점은, 이 우화가 이솝보다 시대적으로 앞선다는 것과 우화에 확실한 교훈이 붙어 있다는 것이다. 이는 동물 우화에 교훈을 붙이는 이런 관행이 아주 오래된 것임을 보여준다.

# 78
## 나이팅게일과 제비

제비가 나이팅게일에게, 너도 나처럼 사람들의 지붕 밑에 거처를 마련해서 사람들 근처에서 살아가는 것이 어떠냐고 열심히 설득했다.

그러나 나이팅게일은 이렇게 대답했다.

"고맙지만 사양하겠어. 내가 옛날에 당한 불운을 되살리고 싶은 마음은 조금도 없거든."

불운을 경험한 사람들은 그 불운이 닥쳐온 곳을 피하고 싶어한다.

✽ 주(註) : 그리스인들은 참새나 제비는 절대 잡아먹지 않았지만, 나이팅게일은 먹었다(우화 350을 참조). 하지만 이 우화의 진짜 핵심은, 당시 아테네인이라면 누구나 다 알고 있었던, 판디온 왕의 딸들에 관한 신화를 암시한 것이다. 왕의 딸들 중 한 명은 나이팅게일이 되었고 다른 한 명은 제비가 되었던 것이다(이 이야기를 다루고 있는 우화 349의 각주를 참조). 그리스인들은 참새와 제비를 표현할 때 같은 단어를 사용했기 때문에, 용어상으로는 구별이 되지 않았다. 따라서 독자는 문맥에 의해서 참새인지, 제비인지를 결정해야만 한다. 이 우화의 경우에는 신화적인 참조가 결정적인 단서가 된다.

# 79
## 아테네의 채무자

아테네에서 한 채무자가 채권자로부터 빚을 갚으라며 소환을 당했다. 채무자는 채권자에게 지금 형편이 너무 어려우니 제발 시간을 조금만 더 달라고 애원했다. 하지만 아무리 애원을 해도 채권자를 설득하지 못한 채무자는 자신의 유일한 재산이라고 할 수 있는 암돼지 한 마리를 끌고 왔다. 그리고 채권자가 보는 앞에서 팔려고 내놓았다. 이때 한 사람이 다가와서 그 돼지가 새끼를 낳을 수 있느냐고 물었다.

"물론이지요." 채무자가 대답했다. "물론 낳을 수 있고말고요. 그것도 아주 희한하게 낳지요. 엘레우시스 제전 때는 암돼지들만 낳았고, 파나테나이악 축제 때는 수돼지들만 낳았답니다."

돼지를 사러 온 사람은 그 말을 듣고 깜짝 놀랐다. 그것을 본 채권자가 조롱하는 말투로 이렇게 쏘아붙였다.

"만약 내가 당신이라면 조금도 놀라지 않겠소. 이 암돼지는 디오니소스 축제가 다가오면 새끼염소를 낳을 게 틀림없으니까 말이오."

절망스러운 상황에 처한 사람은 실현이 불가능한 맹세를 하는데 주저하지 않는다는 사실을 보여주는 우화이다.

# 80
## 에티오피아 사람

에티오피아 출신의 노예를 산 어떤 남자는 자신의 노예가 그렇게 새까만 피부를 가진 것이 전 주인의 나태함 때문이라고 생각했다. 노예를 집으로 데려온 그 남자는 비누로 그의 몸뚱아리를 씻겼다. 그래도 아무 효과가 없자 그는 노예의 피부를 조금이라도 하얗게 만들기 위해 자기가 알고 있는 모든 방법을 다 동원해 보았다. 하지만 아무리 애를 써도 피부색은 조금도 변하지 않았다. 결국 그는 지나치게 무리를 한 나머지 병에 걸려 앓아눕고 말았다.

이 우화는 어떤 경우에는 눈에 보이는 것 자체가 본질일 수도 있음을 알려준다.

✽ 주(註) : 이 우화의 원전에는 에티오피아인이 아니라 인도인이 등장한다. 예를 들어, 풍자가 루시안은 보다 옛날 판본을 언급하면서, 그의 19번 '경구'에서 이렇게 묻는다. "어째서 너는 헛되이 네 인도인의 몸을 씻는 것이냐? ……캄캄한 밤에 햇살을 비추게 할 수는 없는 법이거늘."(로엡 라이브러리판 『그리스 문학선Greek Anthology』(428)을 참조). 테미스티우스 역시 『연설 23 Oration 23』에서 -팔레룸의 드미트리우스 우화집을 인용한 것이 분명한데- 다른 몇몇 작가들과 마찬가지로 이 노예를 인도인으로 부르고 있다. 하지만 보다 후대의 우화 작가인 아프토니우스는 그를 에티오피아인으로 바꾸어놓았다. 이렇듯 우화는 이 작가 저 작가의 손을 거치는 동안 내용이 바뀌곤 한다.

# 81
## 고양이와 수탉

수탉을 사로잡은 고양이는 그를 잡아먹을 수 있는 그럴듯한 이유를 대고 싶었다. 그래서 너는 쓸데없이 한밤중에 일어나서 울어대어 사람들의 잠을 깨우는 귀찮은 존재라고 몰아붙였다.

그러자 수탉은 자기가 사람들을 깨움으로써 사람들이 일을 하러 나갈 수 있으므로 그건 오히려 사람들에게 이로운 행동이라고 말했다.

고양이는 다른 핑계를 생각해냈다. 수탉이 어머니나 여동생들하고 관계를 맺는 것은 자연을 모독하는 처사가 아니냐고 몰아붙인 것이다.

그러자 수탉은 자신은 오로지 자기 주인의 이익에 봉사하고 있을 뿐이며, 그래야만 더 많은 달걀을 낳을 수 있기 때문이라고 대답했다.

"그래?" 고양이가 소리쳤다. "네가 말도 안 되는 변명을 잘도 주워섬긴다고 해서 내가 그대로 쫄쫄 굶을 수는 없지."

고양이는 그렇게 말하고는 수탉을 잡아먹어 버렸다.


나쁜 짓을 하기로 마음먹은 사악한 사람은 좋은 사람인 척하려는 변장이 실패로 돌아갈 때는 노골적으로 자신의 사악한 욕구를 드러낸다.

# 82
## 고양이와 생쥐

생쥐들이 득실거리는 어떤 집이 있었다. 그 집을 발견한 고양이는 생쥐를 한 마리씩 차례로 잡아먹기 시작했다. 자꾸만 고양이에게 잡아먹히다 보니, 쥐들은 쥐구멍 속에 틀어박힌 채 좀처럼 밖으로 나오려 하지 않았다. 쥐들이 제발로 걸어나올 때까지 언제까지 기다리고 있을 수만은 없었던 고양이는, 쥐들을 끌어낼 계략을 생각해냈다. 나무 말뚝 위로 기어 올라가 죽은 시늉을 하는 것이 그것이었다. 그러나 구멍 밖으로 고개만 살짝 내밀어서 주위를 둘러보던 생쥐 한 마리가 고양이를 발견하고는 이렇게 말했다.

"이봐, 친구! 설사 네가 자루가 매달려 있는 것처럼 그러고 있는다 해도 난 네 근처에 가지 않을 거야."


현명한 사람들은 사악한 사람들의 나쁜 짓에 한 번 시달리고 나면 다시는 그런 일에 넘어가지 않는다.

# 83
## 고양이와 암탉들

작은 농장에 병든 닭이 몇 마리 있다는 사실을 알게 된 어떤 고양이가 의사로 변장을 한 다음, 치료 기구를 가지고 농장으로 갔다. 농장에 도착한 고양이는 닭들에게 몸이 좀 어떠냐고 물어 보았다.

"좋아요." 암탉들이 대답했다. "당신만 여기서 나가 주신다면요."

현명한 사람들은 사악한 자들이 아무리 정직을 가장한다 하더라도 그 농간에 넘어가지 않는다.

# 84
## 염소와 염소지기

　하루는 어떤 염소지기가 염소들을 모두 우리 속으로 불러 모았는데, 그 가운데 한 마리가 말을 듣지 않고 풀밭에서 계속 빈둥거리고 있었다. 염소지기는 돌멩이를 하나 집어 던졌는데, 겨냥이 너무 정확했던 나머지 염소의 뿔이 돌멩이에 맞아 부러져 버렸다. 그러자 염소지기는 염소에게 제발 주인에게는 그 사실을 말하지 말아달라고 애원했다.

　염소는 이렇게 대답했다.

　"아무리 입 다물고 있으면 뭐해요? 어떻게 숨길 수가 있죠? 누구나 금방 내 뿔이 부러졌다는 것을 알아차릴 텐데 말이에요."


　너무나 명백한 잘못은 숨길 수가 없는 법이다.

# 85
## 염소와 당나귀

한 남자가 염소와 당나귀를 한 마리씩 기르고 있었다. 염소는 당나귀가 맛있는 음식을 많이 먹는 게 그렇게 부러울 수가 없었다. 그래서 염소는 당나귀에게 이렇게 말했다.

"그렇게 무거운 맷돌을 돌리고 무거운 짐을 날라야 하다니, 네 삶은 끝없는 고통의 연속이로구나."

그러면서 염소는 당나귀에게 간질병에 걸린 척하고 쓰러져 버리면 한동안 편하게 쉴 수 있을 것이라고 충고해 주었다. 당나귀는 그 충고를 받아들여 땅바닥에 쓰러졌는데, 그 바람에 온몸에 멍이 들고 말았다. 주인은 수의사를 찾아가 이런 상처를 어떻게 치료하면 되는지를 물어 보았다. 그러자 수의사는 염소의 허파를 달여서 먹으면 금방 건강을 되찾을 수 있을 것이라는 처방을 내렸다. 결국 그 사람은 당나귀를 치료하기 위해 염소를 희생시켰다.

상대방을 골탕먹이기 위한 계략은 반드시 자기 자신에게 불행을 초래한다.

116

# 86
## 염소지기와 야생 염소

염소지기가 풀밭으로 염소들을 데리고 가다 보니, 자기 염소들 사이에 야생 염소 몇 마리가 섞여 있는 것이 눈에 띄었다. 저녁이 되자 염소지기는 그 염소들을 모두 우리 속에 몰아 넣었다. 그 다음 날에는 마침 거센 폭풍이 몰아닥쳐 여느 때처럼 염소들을 풀밭으로 데려갈 수가 없게 되자, 염소지기는 염소들을 그냥 우리 속에 가두어 두었다. 그리고 그는 원래 데리고 있던 염소들에게는 굶어 죽지 않을 만큼 적은 양의 먹이를 주고, 새로 온 야생 염소들에게는 충분한 양의 먹이를 주었다. 그 염소들도 길을 잘 들여서 키워 볼 생각이었던 것이다.

폭풍우가 지나가자 염소지기는 다시 염소들을 풀밭으로 데리고 갔다. 그런데 산자락에 도착하자마자 야생 염소들은 재빨리 도망쳐 버렸다. 염소지기는 그 뒤를 쫓아가면서 그렇게 정성껏 보살펴 주었는데 은혜도 모르고 이럴 수 있느냐고 고함을 질렀다. 그러자 염소들은 이렇게 대답했다.

"우리가 의심할 만한 충분한 이유가 있는 걸요. 신참에 불과한 우리를 원래 있던 염소들보다 더 극진히 대해 주었으니, 나중에 다른 염소들이 오게 될 경우 우리를 또 그렇게 내팽개칠 게 너무 뻔하잖아요."

지나친 호의를 보이며 접근하는 새 친구를 오랜 친구보다 더 좋아해서는 안 된다. 그런 사람들은 오랜 친구가 되었을 때, 또 다른 친구를 사귈 것이고 결국 새 친구만을 좋아할 것이란 사실을 명심해야 한다.

# 87
## 두 마리의 수탉과 독수리

수탉 두 마리가 암탉들을 사이에 놓고 싸우고 있었다. 그 가운데 힘센 한 마리가 승리를 거두었고, 싸움에 진 나머지 한 마리는 덤불 속으로 도망쳐 숨어 버렸다. 승자는 허공으로 몸을 솟구쳐 높다란 담장 위에 올라앉은 다음, 홰를 치며 큰 소리로 노래를 부르기 시작했다.

그때 독수리 한 마리가 나타나 그 수탉을 나꿔채 가버렸다. 그러자 덤불 속에 숨어 있던 수탉이 모든 암탉을 차지하게 되었다.

하나님은 오만한 자를 벌하는 대신에 약한 자에게 은총을 베푼다.

＊주(註) : 이 이야기의 교훈에서는, 우화를 '뮈토스'란 후기 용어로 지칭하고 키리오스(주님)란 용어를 사용하고 있는데, 이 용어는 제우스와 또 다른 그리스의 신들을 부르는 데에도 쓰였지만, 기독교 복음서에서 하나님과 예수를 가리키는 명칭으로 사용되었다. S. A. 핸포드는 이 교훈과 똑같은 구절이 신약성서 야고보서(4장 6절)에도 나온다는 사실을 지적했다. 따라서 우리는 『킹 제임스 영역성서』에서 그 구절을 그대로 인용했다. 핸포드는 기독교인이 이 교훈을 덧붙였을 것이라고 생각했는데, 야고보서가 이솝 우화에서 널리 알려진 교훈을 따랐다는 주장보다는 좀더 타당성이 있는 듯하다. 게다가 이 우화는 '로고스'가 아니라 '뮈토스'란 용어를 쓰고 있기 때문에, 제일 오래된 판본에 실려 있었던 것은 분명히 아니다. (해설과 우화 29의 주를 참조)

# 88
## 수탉들과 자고새

집에서 수탉 몇 마리를 기르는 어떤 남자가 닭들과 함께 기르려고 자고새 한 마리를 사서 집으로 가져 왔다. 그러나 닭들은 자고를 계속 쫓아다니며 못살게 굴었고, 마음이 무거워진 자고새는 자신이 그들과는 다른 족속이기 때문에 따돌림을 받는다고 생각했다.

하지만 얼마 지나지 않아 닭들이 저희들끼리도 피를 볼 때까지 싸움을 멈추지 않는 것을 본 자고는 혼자서 이렇게 중얼거렸다.

"이젠 저 닭들이 나를 못살게 군다고 불평을 해서는 안되겠군. 자기네들끼리도 자비를 베풀 줄 모르는 녀석들이니 말이야."

현명한 사람들은 자기 부모도 제대로 돌보지 않는 이웃 사람들이 아무리 화를 내도 쉽게 참아낼 줄 안다.

# 89
## 대머리 기수

가발을 쓴 대머리 남자가 말을 타고 길을 가고 있었다. 때마침 바람이 휙 불어서 그 남자의 가발이 벗겨졌는데, 그 모습을 보고 사람들이 배꼽을 잡고 웃었다.

그러자 그 남자는 말을 세우고 반문했다.

"원래 머리카락도 자기 주인의 머리에 가만히 붙어 있지 못하는데, 하물며 내가 남의 머리카락을 간수 좀 못했기로 그게 뭐 대단한 일입니까?"

갑자기 사고를 당했다고 슬퍼해 봤자 아무 소용이 없다. 우리가 태어날 때부터 없던 것을 나중에 가질 수는 없다. 맨몸으로 태어나서, 맨몸으로 돌아가는 것이다.

# 90
## 어부와 다랑어

고기를 잡으러 나갔던 어부들이 오랜 시간이 지나도록 고기를 한 마리도 잡지 못해 큰 고민에 빠져 있었다. 그들이 실의에 빠져 멍하니 배에 앉아 있는 동안, 무엇에겐가 쫓기고 있던 다랑어 한 마리가 안간힘을 다해 도망치느라 수면 위로 펄쩍 뛰어오르더니 그만 털썩 소리를 내며 그 어부들의 배 위로 떨어지고 말았다. 그래서 어부들은 그 다랑어를 잡아 집으로 돌아올 수 있었다.

그러므로 어떤 재주로도 얻을 수 없는 것을, 우연은 종종 아낌없이 주기도 한다.

# 91
## 돌멩이를 낚은 어부

몇 사람의 어부들이 커다란 그물을 끌어당기고 있었다. 그물이 무척이나 무거웠기 때문에 어부들은 아주 큰 물고기가 잡혔을 것이라고 생각하고 기뻐서 춤을 추었다. 그러나 그물을 끝까지 끌어당겨 보니, 물고기는 몇 마리 되지 않고 돌멩이와 쓰레기만 잔뜩 걸려 있었다.

어부들은 크게 실망스러워했다. 물고기를 잡지 못한 것보다 잔뜩 부풀었던 기대가 깨진 것이 더 당혹스러웠다.

그들 가운데 가장 나이가 많은 어부 한 사람이 말했다.

"친구들이여, 너무 낙담하지 말게나. 아무래도 '기쁨' 이란 놈은 '실망' 이라는 동생을 거느리고 있는 것 같아. 우리가 너무 성급하게 기뻐했다면, 그 뒤에 실망이 따라올 수도 있다는 사실을 염두에 두었어야 해."

삶이란 얼마나 변화무쌍한 것인가를 생각한다면, 언제나 똑같은 성공을 기대하는 환상에서 벗어나야 할 것이다. 화창한 봄날 뒤에는 언제나 폭풍우가 뒤따른다는 사실을 잊어서는 안된다.

# 92
## 플루트를 부는 어부

남달리 플루트를 잘 부는 어부가 한 사람 있었다. 어느 날 그 어부는 자신의 플루트와 그물을 가지고 바다로 나갔다. 그럴듯한 바위 위에 자리를 잡고 앉은 그는 플루트를 꺼내 불기 시작했다. 어부는 물고기들도 그 아름다운 선율에 정신이 팔려 저희들끼리 물 밖으로 뛰어 오라올 것이라고 생각했다.

하지만 아무리 정성껏 플루트를 불어도 물고기는 한 마리도 나타나지 않았다. 그러자 그는 플루트를 내려놓고 그물을 던졌다. 이내 많은 물고기가 잡혔다. 어부는 물고기들을 그물에서 꺼내 땅바닥에 던져 놓았다. 물고기들이 미친 듯이 팔딱거리는 것을 본 어부는 이렇게 쏘아붙였다.

"멍청한 물고기들 같으니라구! 내가 열심히 플루트를 불 때는 꼼짝도 하지 않더니, 이제야 그렇게 신나게 춤을 춘단 말이냐?"

더러는 어떤 일을 할 때를 가리지 못하는 사람들이 있다.

\* 주(註) : 엄밀하게 말해서 아울로스는 플루트가 아니다. 그것은 마우스피스로 연주했으며, 따라서 오보에나 클라리넷에 더 가까웠다. 이 악기는 심지어 그 오래 전, 『일리아드』에서까지 언급되고 있다. 이것은 갈대나 뼈, 나무, 상아, 혹은 금속으로 만들어졌다. 『헤로도투스』(I, 141.)에는 이 우화가 페르시아의 황제 키루스에 관한 이야기라고 기록되어 있다.

# 93
## 어부와 크고 작은 물고기

한 어부가 바다에 던져 놓았던 그물을 끌어당겼다. 그물을 펼쳐보니 온통 큰 물고기들뿐이었다. 조그만 물고기들은 모두 그물코 사이로 다 빠져나가 바다로 도망쳤기 때문이다.

평범한 운을 가진 사람들은 쉽사리 위기를 벗어날 수 있지만, 유명한 인물들은 재난이 닥쳤을 때 쉽게 위기를 벗어나지 못하는 경우가 많다.

# 94
## 어부와 피카렐

한 어부가 바다에 그물을 드리웠다가 피카렐 한 마리를 잡았다. 유난히 몸집이 조그만 그 물고기는 제발 자기를 놓아 달라고 어부에게 사정했다.

"저는 금방 아주 큰 물고기가 될 거예요. 그때 나를 다시 잡으면 되잖아요. 그렇게 하는 게 아저씨한테도 훨씬 더 이익이 될 거예요."

그러자 "아니, 네가 나중에 얼마나 큰 물고기가 될지는 모르지만, 거기에 희망을 걸고 당장 내 손에 들어온 너를 놔준다는 건 정말 어리석은 짓이야."라고 어부가 대답했다.

자기 손 안에 들어온 이익이 너무 작다는 이유만으로 포기하는 것은 어리석은 일이다.

# 95
## 할시온

할시온은 고독을 좋아하고, 언제나 바다 위에서만 살아가는 새이다. 이 새는 혹시 있을지 모를 인간들의 공격으로부터 스스로를 지키기 위해 강둑이나 바닷가의 절벽 위에 보금자리를 마련한다고 한다.

어느 날, 새끼를 거느린 할시온 한 마리가 여기저기를 날아다니다가, 바다 위로 삐죽 솟아오른 바위를 하나 발견하고는 거기에다 둥지를 틀었다. 하지만 얼마 지나지 않아 그 할시온이 먹이를 찾아 나선 사이, 돌풍이 몰아쳤다. 엄청난 기세로 몰아닥치는 바람 때문에 바닷물은 미친 듯이 춤을 추었고, 급기야는 할시온의 둥지까지 파도가 덮쳐 어린 새끼들은 그만 물에 빠져 죽고 말았다.

나중에야 돌아와서 이런 사실을 알게 된 할시온은 이렇게 울부짖었다.

"나처럼 불운한 새가 또 있을까! 땅에서 생길지도 모를 갖가지 위험을 피하기 위해 바다 위에 보금자리를 마련했는데, 그렇게 믿었던 바로 그 바다가 이토록 끔찍하게 나를 배신할 줄이야!"


어떤 사람들은 적들을 두려워한 나머지 친구일 것으로 짐작되는 사람들에게 의지하고 싶어하지만, 사실 알고 보면 바로 그 사람들이 진짜 적들보다 더 위험한 경우가 많다.

＊ 주(註) : 할시온Halcyon(역주—동지 무렵에 바다에 둥지를 띄워 알을 깐다고 전해진다)은 신화에 나오는 새로, 그 명칭은 종종 물총새를 지칭하는데 쓰이기도 했다. 이 우화는 해안 절벽에 둥지를 트는 물총새의 습성에 대해 서술하고 있다. 하지만 동시에 '물 위에서 사는' 신화 속의 새의 습성도 나온다. 실제 물총새는 물 위를 가로질러 날아가기는 하지만, 언제나 나뭇가지 위에 앉는다. 따라서 이 우화에는 가상의 새와 실제 새의 특성이 혼재되어 있다. 그런 이유 때문에, 이 우화의 제목을 단순히 '물총새'라고 옮기지 않았다.

# 96
## 물을 첨벙대는 어부

한 어부가 강으로 고기를 잡으러 갔다. 그는 그물을 넓게 펴서 한쪽 강둑에서 건너편 강둑까지를 가로막았다. 그런 다음 밧줄에 돌멩이를 묶어서, 그걸로 강물을 두드리기 시작했다.

물고기들이 깜짝 놀라서 도망치다가 그물에 걸리도록 하려는 것이었다.

옆에서 어부의 행동을 지켜보고 있던 동네 사람 하나가 불평을 했다. 어부 때문에 강물이 더러워져서, 주민들이 흙탕물을 마셔야 하게 생겼다는 것이었다.

그러자 어부는 이렇게 대답했다.

"하지만 그렇게 하지 않으면, 내가 굶어 죽게 생긴 걸요."


도시국가에서도 이런 일이 벌어진다. 선동가들은 사회를 혼란에 빠뜨림으로써 자신들의 이익을 챙기는 것이다.

# 97
## 미안데르 강둑의 여우들

하루는 몇 마리의 여우가 갈증을 달래기 위해 미안데르 강가로 모여들었다. 하지만 물살이 너무 거칠고 빨라서 겁이 나서 아무도 선뜻 물가로 접근하지 못했다.

그때 여우 일행 중의 한 마리가 나머지 친구들을 겁쟁이라고 놀려 주면, 자신이 더 용감한 여우라는 사실이 자연스럽게 드러날 것이라고 생각하고는 자기야말로 가장 용감한 여우라고 자랑하기 시작했다. 그리고는 그 말을 입증해 보이기 위해 굽이치는 물살 위로 용감하게 뛰어들었다. 그러나 물살은 인정사정없이 그 여우의 몸을 강 한가운데로 밀어갔고, 강둑에 남아 있던 나머지 여우들은 큰소리로 친구를 부르기 시작했다.

"잠깐만! 우리를 버리지 말아줘! 어서 돌아와서 우리도 안전하게 강물을 마실 수 있는 곳이 어딘지를 가르쳐 달란 말이야."

강에 빠진 여우는 거센 물살에 정신없이 떠내려가면서도 이렇게 맞받아쳤다.

"난 밀레투스의 아폴로 신전에 급하게 전해야 될 메시지가 있어. 지금 당장 전하지 않으면 안된다구. 나중에 돌아와서 너희들이 물을 마실 수 있는 곳을 가르쳐줄게."

세상에는 자기 자랑을 하려다가 스스로를 위험에 몰아넣는 사람들이 있다.

✱ 주(註) : 미안데르 강은 소아시아를 흐르는 커다란 강이다. 미안데르 강의 하구에 아폴로 신전이 있는 밀레투스가 있다.

# 98
## 배부른 여우

굶주린 여우 한 마리가 커다란 참나무에 뚫린 구멍 속에서 맛있는 빵과 고기를 발견했다. 어느 양치기가 먹고 남겨둔 음식이었다. 여우는 입구가 좁은 구멍 속으로 간신히 기어들어가 음식을 깨끗이 먹어치웠다. 하지만 한꺼번에 너무 많은 음식을 먹고 나니 배가 불러져서 밖으로 나올 수가 없었다. 여우는 흐느껴 울면서 자신의 신세를 한탄하기 시작했다.

다른 여우 한 마리가 그 옆을 지나가다가 그 소리를 듣고는 무슨 일이냐고 물어 보았다. 사정을 알게 된 여우는 이렇게 말했다.

"오, 저런! 그렇다면 자네가 처음에 그 구멍 속으로 들어갔을 때만큼 배가 홀쭉해질 때까지 기다리라구. 그러면 쉽게 빠져나올 수 있을 테니 말일세."

때로는 시간이 해결해주는 고민거리들이 있다.

# 99
## 여우와 가시나무

여우 한 마리가 울타리 위로 뛰어올랐다가 갑자기 미끄러졌다. 여우는 떨어지지 않으려고 안간힘을 쓰다가 옆에 있던 가시나무를 움켜쥐었다. 그러자 발이 가시나무에 찔려 피가 나기 시작했다. 여우는 너무나 아픈 나머지 이렇게 투덜거렸다.

"제기랄! 도움을 청하려고 손을 내밀었는데, 너는 내게 더 큰 상처를 주는구나."

가시나무가 대답했다.

"친구여, 그건 아무래도 당신이 잘못 생각한 것 같군요. 당신은 나에게 매달리려고 했지만, 옆에 누가 있기만 하면 무조건 달라붙는 건 바로 우리들이거든요."


천성적으로 해를 입히게끔 되어 있는 상대에게 도움을 요청하는 것은 어리석은 짓이다.

# 100
## 여우와 포도송이

　잔뜩 굶주린 여우 한 마리가 커다란 나무를 타고 올라간 덩굴에 포도송이가 매달려 있는 것을 발견했다. 하지만 아무리 뛰어올라도 손이 닿지를 않았다. 그러자 여우는 포기하고 돌아가면서 이렇게 중얼거렸다.

　"아직 덜 익었군."

　이와 비슷하게, 능력이 모자라서 일을 제대로 처리하지 못하고는 상황 탓을 하는 사람들이 있다.

　＊ 주(註) : 이 유명한 우화에서 흔히 쓰이는 영어 표현인 '신포도'가 비롯되었다. 옴파케스omphakes란 '시다'는 뜻도 되지만, 보다 정확하게 옮기자면 '덜 익었다'는 뜻이다. 왜냐하면 신맛은 덜 익은 것의 결과이기 때문이다. 게다가 그리스인들은 포도의 맛을 표현하기보다는 포도의 덜 익은 상태를 지칭하는 데 주로 이 단어를 사용했다. 또한 이 단어는 아직 성적으로 성숙하지 못한 소녀를 묘사할 때 쓰이기도 했다.

# 101
## 여우와 거대한 뱀

길가의 무화과나무 밑에서 잠들어 있는 거대한 뱀을 발견한 어떤 여우가 그의 길다란 몸뚱이가 무척 부러웠다. 자기도 그렇게 길어지고 싶었다. 여우는 뱀 옆에 나란히 누워서 자신의 몸을 늘어뜨리기 시작했다.

그러나 지나치게 몸을 늘어뜨린 끝에 이 한심한 여우의 몸은 결국 찢어져 버리고 말았다.

자기 자신과 경쟁하기보다 자기보다 훨씬 강한 상대와 경쟁하려 하는 사람들에게서 흔히 이런 경향을 찾아볼 수 있다. 그들은 결국 경쟁에 안간힘을 쓰다가 스스로 파멸의 구렁텅이에 빠져들고 만다.

✽ 주(註) : 이 이야기 자체가 농담이기 때문에, 여기 등장하는 뱀은 꼭 실제 동물일 필요가 없다. 그리스에서 '뱀'을 의미하는 일상어는 '오피스ophis'였다. 하지만 때로는 이 우화에서처럼 '드라콘drakon'이라는 단어가 쓰이기도 했다. 호머는 두 단어를 교대로 사용했다. 하지만 델포이 신전 밑에 살고 있다고 믿어졌던 그리스의 용과 관련된 신화적인 함의는 별개로 하더라도, 이 드라콘이란 단어의 실제 어원은 보통 뱀들과 비단뱀이나 보아뱀을 구별하기 위한 의도에서 비롯된 것으로 추측된다. 따라서 이 단어는 이 우화에서처럼 어마어마하게 커다란 뱀을 뜻한다. 하지만 보통은 우화에서 뱀이 나올 때, '오피스'란 단어를 사용한다. 또 한 가지 지적해야 할 점은, 대개 뱀들이 몸을 길게 펴고 잠을 자지 않는다는 사실이다. 하지만 이거야 한낱 꾸며낸 이야기가 아닌가!

# 102
## 여우와 나무꾼

사냥꾼에게 쫓기던 여우가 나무꾼을 발견하고는 제발 자기를 숨겨 달라고 애원했다. 나무꾼은 자신의 오두막에 여우를 숨겨 주었다. 잠시 후, 사냥꾼들이 나타나서는 나무꾼에게 혹시 이 근 처에서 여우를 보지 못했느냐고 물었다. 나무꾼은 입으로는 여 우가 지나가는 것을 보지 못했다고 대답하면서, 손으로는 여우 가 숨어 있는 쪽을 가리켰다. 하지만 사냥꾼은 나무꾼의 몸짓이 무슨 뜻인지 미처 알아차리지 못하고 그가 한 말만을 믿었다.

사냥꾼이 가고 난 다음, 여우는 아무 말도 하지 않고 오두막에 서 기어나왔다. 나무꾼이 목숨을 구해주었는데도 고맙다는 인사 도 하지 않느냐고 나무라자, 여우는 이렇게 대답했다.

"만약 당신의 말과 행동이 일치했다면 나는 기꺼이 당신에게 고맙다는 인사를 했을 것입니다."


입으로는 도덕군자 같은 말만 골라 하면서 실제 행동은 불량배처럼 하 는 사람들에게 이 우화를 적용시킬 수 있다.

# 103
## 여우와 악어

　여우와 악어가 누가 더 귀한 태생인가를 놓고 서로 경쟁을 벌이고 있었다. 악어는 자신의 몸을 있는 대로 늘어뜨려 보이면서 자신의 선조는 만능 체조 선수였다고 자랑했다.

　"자네가 꼭 말하지 않아도 알겠네." 하고 여우가 말했다. "자네의 쩍쩍 갈라진 피부만 보아도 자네가 체조 연습을 너무나 오랫동안 했다는 것을 금방 알 수 있으니까 말이야."


　사람도 마찬가지이다. 하는 행동을 보면 거짓말인지 아닌지 금방 알 수 있다.


　✳ 주(註) : 실제로는 악어의 조상들이 김나지아크Gymnasiarch의 자리에 있었다고 자랑을 한다. 김나지아크란 김나지움에서 열리는 공식 전례의식을 관장하고 훈련 교사들에게 봉급을 주는 일을 하는 직책으로, 아테네에서는 선거에 의해 선출되었다. 하지만 스파르타에서는 단지 훈련 교사를 뜻하는 단어로 쓰였다. 그리스인들 사이에서 김나지움은 오늘날처럼 그저 체력 단련이나 운동을 하는 장소가 아니라, 대단히 중요한 공적 의미를 갖는 장소였다.

# 104
## 여우와 개

여우가 양떼 사이로 몰래 숨어 들어가서는 양 한 마리를 붙잡았다. 여우는 그 새끼양을 어미에게서 떼어 놓고는 어루만져 주는 척했다.

그때 양떼를 지키는 개가 다가와서 물었다.

"지금 뭘 하고 있는 거야?"

여우가 대답했다.

"아, 그냥 양이랑 장난을 좀 치고 있는 것뿐이야."

"당장 그만두라구." 하고 개가 말했다. "그렇지 않으면 개가 어루만져 주는 게 어떤 것인지 가르쳐줄 테니까."

부주의한 사람이나 어리석은 도둑에게 적용할 수 있는 우화이다.

# 105
## 여우와 표범

여우와 표범은 서로 누가 더 아름다운지를 뽐내고 있었다. 표범은 호화찬란한 변신을 거듭하는 자신의 가죽을 쉴새없이 자랑했다.

여우가 말했다.

"내가 너보다 얼마나 더 아름다운지 모르겠니? 난 육신뿐만 아니라 정신까지도 마음대로 변신시킬 수 있단 말이야."

이 우화는 정신의 아름다움이 육신의 아름다움보다 훨씬 더 바람직하다는 사실을 보여준다.

# 106
## 여우와 숫염소

여우 한 마리가 우물에 빠졌는데 아무리 생각해 보아도 빠져나갈 방법이 떠오르지 않았다. 그때 숫염소 한 마리가 물을 마시러 우물가에 왔다가 여우를 발견하게 되었다. 숫염소는 여우에게 물맛이 어떠냐고 물어 보았다.

여우는 얼굴 가득 한껏 만족스러운 표정을 짓고는 온갖 좋은 말을 다 동원하여, 물맛이 기가 막힌다고 대답했다. 그러자 염소는 자기 목마른 것만 생각하고는 무심코 우물 밑바닥으로 내려갔다. 실컷 물을 마신 염소는 그제서야 여우에게 어떻게 여기서 빠져나갈 수 있느냐고 물었다.

여우가 대답했다.

"음, 나에게 아주 좋은 생각이 있어. 물론 우리 둘이서 서로 힘을 합쳐야 써먹을 수 있는 방법이지. 먼저 자네가 앞발을 벽에 대고 뿔을 가능한 한 높이 치켜드는 거야. 그러면 나는 자네 다리와 뿔을 딛고 올라가서 여기서 빠져나가는 거지. 일단 내가 나가고 나면 자네를 끌어올리는 건 쉬운 일이니까."

염소는 그 방법이 아주 마음에 들었다. 여우는 의기양양하게 염소의 다리와 어깨와 뿔을 딛고 우물 벽을 기어오르기 시작했다. 이윽고 가뿐하게 우물에서 빠져나온 여우는 뒤도 돌아보지 않고 가 버리려고 했다. 깜짝 놀란 염소는 왜 서로 돕기로 한 약속을 지키지 않느냐고 소리를 질렀다. 그러자 여우는 우물로 다가가 염소를 내려다보면서 이렇게 대답했다.

"저런! 네가 만약 네 턱에 난 수염만큼만 머리가 있는 녀석이었다면, 어떻게 올라갈지는 생각해보지도 않고 그 아래까지 내려가는 멍청한 짓은 하지 않았을 거야."

현명한 사람이라면 먼저 결과를 면밀히 검토한 후에 행동을 취한다.

# 107
## 여우와 왕이 된 원숭이

많은 동물들이 모인 회의 자리에서 멋진 춤을 선보인 원숭이가 동물의 왕으로 선출되었다. 여우는 질투가 났다. 그래서 여우는 어느 날 올가미 안에 고기 한 조각이 놓인 것을 보자, 자기가 귀한 것을 발견했다며 원숭이를 꾀어 그곳으로 데리고 갔다. 그리고는 귀한 것일수록 자신이 차지하는 것보다 왕인 원숭이가 차지하는 게 옳은 일이라고 말했다. 여우는 원숭이에게 어서 그것을 차지하라고 재촉했다.

원숭이는 아무 생각 없이 그 고깃덩이를 향해 다가갔다가 그만 올가미에 걸리고 말았다. 원숭이가 여우에게 왜 나를 함정에 빠뜨렸느냐고 묻자, 여우는 이렇게 대답했다.

"원숭이야, 너는 모든 동물들을 다스리고 싶겠지만, 그러나 봐라, 네가 얼마나 어리석은지를!"


충분한 생각 없이 모험에 뛰어드는 사람은 십중팔구 실패할 뿐만 아니라 비웃음을 당하기까지 한다.

# 108
## 누가 더 귀족인가를 다투는 여우와 원숭이

여우와 원숭이가 함께 여행을 하다가, 누가 더 귀한 태생인가를 놓고 말다툼을 벌이게 되었다. 둘은 길을 가는 내내 서로 자신의 지위과 명예를 일일이 열거하던 끝에, 이윽고 어떤 장소에 도착했다. 원숭이는 눈알을 굴리며 한숨을 내쉬기 시작했다. 여우는 도대체 왜 그러느냐고 물었다. 원숭이는 근처에 있던 수많은 묘비를 가리키며 말했다.

"우리 선조들이 거느렸던 노예와 자유민이 된 노비들의 묘비를 보고 어떻게 눈물을 흘리지 않을 수 있겠나!"

그러자 여우가 빈정거렸다. "오호, 그래? 무슨 말이든 얼마든지 해도 괜찮겠지. 저 무덤 속에 누워 있는 자들이 벌떡 일어나서 자네 말이 거짓이라고 반박할 수는 없을 테니까."


사람들도 마찬가지이다. 거짓말쟁이들은 아무도 자신의 거짓말을 반박할 사람이 없을 때면 한층 더 기고만장해진다.

# 109
## 꼬리 잘린 여우

어떤 여우가 덫에 걸려서 그만 꼬리가 잘리고 말았다. 너무나
창피한 나머지 도저히 살 수가 없다고 생각한 여우는 고민 끝에
다른 여우들도 모두 꼬리를 짧게 잘라 버리면 자기도 더 이상 창
피하지 않을 거라는 결론을 내렸다. 그래서 다른 여우들을 모두
한자리에 불러모았다. 그리고는 모두들 꼬리를 짧게 자르라고
충고했다. 꼬리가 길어 봤자 보기에 흉할 뿐만 아니라 괜히 무게
만 나가기 때문에 아무짝에도 쓸모가 없다는 이야기였다.

그러자 다른 여우들의 대변인 노릇을 하던 여우 한 마리가 이
렇게 말했다.

"친구여, 만약 꼬리가 짧은 게 그토록 좋은 일이라면 자네가 우
리에게 이렇게 충고를 해줄 이유가 없지 않은가!"


선한 의도보다는 자신의 이해 관계에 따라 충고하기 좋아하는 사람들
에게 들려줄 수 있는 우화이다.

# 110
## 사자를 본 적이 없는 여우

사자를 한 번도 본 적이 없는 여우 한 마리가 있었다. 그 여우가 어느날 우연히 사자와 정면으로 마주치게 되었다. 여우는 너무나 겁에 질린 나머지 그 자리에서 기절을 할 뻔했다.

그 후에 여우는 또 한 번 사자를 만났는데, 이번에도 겁이 나기는 했지만 전번처럼 기절할 정도는 아니었다. 그리고 세 번째로 사자를 만났을 때 그 여우는 사자에게 다가가 말을 걸 수 있을 정도가 되었다.


친숙해지면 두려움은 약해지기 마련이다.

# 111
## 여우와 괴물 가면

어떤 여우가 배우의 집에 몰래 기어들어가서는 옷장을 뒤지다가 다른 여러 가지 물건들 사이에서 큼직하고 멋진 괴물 가면 하나를 발견했다. 여우는 그 가면을 손에 들고 소리쳤다.

"우와, 대단한 머리로군. 하지만 뇌가 없잖아?"


눈부신 육신을 가졌지만 판단력은 형편없는 사람들이 더러 있다.

# 112
## 신에 대해 언쟁을 벌인 두 남자

　어떤 두 사람이 테세우스가 더 위대한지 헤라클레스가 더 위대한지를 놓고 말다툼을 벌였다. 그들의 다툼을 듣고 있던 두 신은 머리끝까지 화가 난 나머지 서로 상대방의 나라를 공격하는 것으로 분풀이를 대신했다.


　아랫사람들의 분쟁은 종종 윗사람들의 분쟁이 되기도 한다.


　✻ 주(註) : 테세우스와 헤라클레스는 완전한 신의 반열에 속하기보다는 단지 신격화된 영웅들이었지만, 대중들 사이에서는 신과 마찬가지였다. 이런 현상은 마치 가톨릭에서 성자들이 대중들에게 '좀더 다가가기 쉬운' 중재자 역할을 하는 것과 비슷하다.

# 113
## 살인자

　살인을 저지른 어떤 남자가 희생자의 가족에게 쫓기는 신세가
되었다. 한참 도망을 친 끝에 나일강에 이르렀을 때 한 마리의 늑
대와 정면으로 마주치고 말았다. 그는 겁에 질려 물가에 있는 나
무 위로 기어 올라갔다. 하지만 그 나무 위에서는 커다란 뱀이 혀
를 날름거리고 있었다. 하는 수 없이 남자는 강물 속으로 뛰어내
렸다. 그러자 강물 속에 살고 있던 악어가 얼른 그를 잡아 먹어
버렸다.


　죄를 저질러서 신에게 쫓기는 사람은 땅이든 하늘이든 물속이든 어디
서도 결코 안전할 수 없다.

# 114
## 불가능한 것을 약속한 사나이

어떤 가난한 사람이 심한 병에 걸려 도저히 살아날 가망이 없는 상태가 되었다. 의사들에게서 그만 희망을 버리라는 이야기까지 들은 그 남자는 신에게 만약 자기가 회복되기만 한다면 황소 100마리와 많은 돈을 바치겠다고 약속했다.

옆에 있던 그 사람의 아내가 물었다.

"그 많은 돈을 어디서 구할 거예요?"

남편이 대답했다.

"당신은 내가 회복되더라도 신에게서 약속을 지키라는 독촉을 받을 거라고 생각하오?"

실제로는 지킬 마음이 없는 약속을 거리낌없이 하는 사람들이 있다.

* 주(註) : 헤커톰hecatomb이란 말 그대로 백 마리의 황소를 뜻한다. 물론 실제로는 종종 이보다 작았지만 말이다. 헤커톰은 오직 도시 전체나 군대가 공식적인 대규모 희생제의를 치르는 경우에만 바쳐졌다.

# 115
## 겁쟁이와 까마귀

아주 겁이 많은 어떤 남자가 전쟁터에 나가게 되었다. 그런데 갑자기 어디선가 까마귀의 소름끼치는 울음소리가 들려오자, 그는 들고 있던 무기를 팽개치고 얼어붙은 듯이 그 자리에 꼼짝 않고 서 있었다. 잠시 후, 그는 무기를 집어들고 다시 행군을 계속했다. 그러자 다시 까마귀가 울기 시작했다. 그는 걸음을 멈추고 까마귀를 향해 소리쳤다.

"얼마든지 시끄럽게 울어봐라, 나를 잡아 먹지는 못할 거다."


이 우화는 지나치게 소심한 사람을 겨냥한 것이다.

# 116
## 개미에게 물린 사나이와 헤르메스

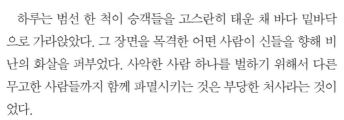

하루는 범선 한 척이 승객들을 고스란히 태운 채 바다 밑바닥으로 가라앉았다. 그 장면을 목격한 어떤 사람이 신들을 향해 비난의 화살을 퍼부었다. 사악한 사람 하나를 벌하기 위해서 다른 무고한 사람들까지 함께 파멸시키는 것은 부당한 처사라는 것이었다.

그런데 마침 그 사람이 서 있는 곳에 개미들이 득실거리고 있었다. 그가 신을 향해 이야기를 하고 있는 동안 개미 가운데 한 마리가 그를 깨물자 그는 거기에 있던 모든 개미들을 짓뭉개 버렸다.

그러자 헤르메스가 다가와 지팡이로 그를 때리면서 이렇게 말했다.

"신이 인간을 심판하는 과정도 네가 개미를 심판하는 과정과 똑같다는 것을 인정하지 못하겠느냐?"

신을 향해 불경스러운 언행을 하지 말라. 불행이 닥쳐오면 자신이 잘못한 것이 없는지 돌아보라.

# 117
## 남편과 골치 아픈 아내

집안의 하인들을 너무 심하게 다루는 아내 때문에 고민하던 한 남자가 있었다. 그는 아내가 자기 아버지의 하인들도 똑같이 대하는지 궁금했다. 그래서 구실을 만들어 아내를 친정으로 보냈다. 며칠 후 그녀가 돌아오자, 남편은 하인들이 어떻게 대해 주더냐고 물어 보았다.

"소치는 목동과 양치기들이 나를 보더니 인상을 찌푸렸어요." 하고 아내가 말했다.

그러자 남편은 이렇게 대답했다.

"여보! 새벽에 가축들을 몰고 나가 해가 저물어서야 돌아오는 하인들조차 당신을 싫어한다면 하루 종일 같이 시간을 보내야 하는 하인들은 어떻겠소?"

사소한 일을 보면 큰 일을 알 수 있고, 드러난 일들을 보면 감춰진 일들도 알 수 있는 법이다.

# 118
## 짓궂은 사나이

　심술궂은 어떤 남자가 친구에게 델포이의 신탁이 거짓이라는 사실을 입증해 보일 수 있다며 내기를 걸었다. 약속한 날이 되자, 그는 조그만 참새 한 마리를 손에 쥐고는 망토 자락으로 손을 가린 채 사원으로 갔다. 거기서 신과 마주치자, 자기가 손에 들고 있는 무언가가 살아 있는 것인지 죽은 것인지를 맞춰 보라고 요구했다. 만약 신이 '죽은 것'이라고 대답하면 살아 있는 참새를 보여 주고, 신이 '살아 있는 것'이라고 대답하면 참새를 질식시켜 죽인 다음에 보여줄 생각이었다.

　그러나 그의 의도를 미리 알아차린 신은 이렇게 대답했다.

　"어리석은 인간이여! 그대가 들고 있는 무엇인가가 죽거나 사는 것은 전적으로 그대 마음에 달려 있느니."


　신은 결코 당황하는 법이 없다.


　＊ 주(註) : 델포이의 신탁에 모신 신은 아폴로였다. 숱한 이야기들 중에서 하필 이 이야기가 이솝 우화집에 실렸다는 것은 무척 아이러닉하다. 왜냐하면 기원전 6세기에 이솝이 델포이의 사제들을 사기꾼이라고 비난했다가, 절벽에서 떠밀려 살해당했다는 전설이 있기 때문이다.

# 119
## 허풍선이

5종 경기를 하기 위해 열심히 연습하는 한 남자가 있었다. 그러나 그의 동료들은 계속 그가 남자답지 못하다며 책망했다. 그래서 그는 어느 날, 외국으로 여행을 떠났다. 얼마 후 다시 돌아온 그는 그 동안 여러 나라를 돌아다니며 자신이 이룩한 업적을 자랑하고 다녔다. 특히 그 중에서도 로도스에 갔을 때는 올림픽에서 금메달을 딴 육상선수조차도 감히 흉내낼 수 없을 만큼 멋진 높이뛰기에 성공했다는 것이 가장 큰 자랑거리였다. 그러면서 당시 그 장면을 목격한 사람들이 많이 있는데, 만약 그 사람들이 이 나라로 온다면 얼마든지 증인이 되어줄 것이라고 말했다.

그러자 듣고 있던 어떤 사람이 말했다.

"만약 그 말이 모두 사실이라면 증인 따위는 필요도 없네. 여기가 로도스라고 생각하고 한 번 뛰어 보는 게 어떻겠나."


행동으로 직접 증명해 보일 수가 있다면 굳이 말이 필요하지 않은 법이다.

# 120
## 중년 남자와 정부

　머리칼이 희끗희끗해져 가고 있는 한 중년 남자에게 두 사람의 정부가 있었다. 한 여자는 젊고 다른 여자는 나이가 많았다. 나이가 많은 여자는 자기가 남자보다 몇 살이나 더 나이가 많기 때문에 그 남자와 성관계를 갖는 것에 창피함을 느끼게 되었다. 그래서 그 여자는 남자가 자기 집을 찾아올 때마다 그의 검은 머리칼을 눈에 띄는 대로 뽑아 버렸다.

　한편 젊은 여자는 자신보다 나이 많은 연인을 둔 것이 너무나 싫어서 그 중년 남자의 흰 머리칼을 뽑아 버렸다.

　그렇게 해서 차례로 흰 머리칼과 검은 머리칼을 뽑힌 그 남자는 결국 대머리가 되고 말았다.


　자기 분수에 맞지 않는 짓을 하다가는 패가망신하기가 십상이라는 이야기다.

# 121
## 난파당한 사나이

한 부유한 아테네 사람이 다른 여행자들과 함께 배를 타고 항해를 하고 있었다. 그런데 갑자기 광폭한 태풍이 불어닥쳐서 배가 전복되었다. 다른 승객들은 헤엄을 쳐서 목숨을 부지해 보려고 안간힘을 썼지만 유독 그 아테네 사람만은 계속 여신 아테나(그가 살고 있는 도시의 수호 여신이었다)의 가호만을 빌면서 여신이 자신의 목숨을 살려만 준다면 공물을 무제한으로 바치겠다고 약속했다.

함께 조난을 당한 승객들 중의 한 사람이 보다 못해서 그의 옆으로 헤엄쳐 가서 말했다.

"아테나 여신에게 호소하는 것도 좋지만 우선 당장 당신의 양팔도 허우적거려 보라구요!"


신에게 구원을 호소하는 것도 좋지만, 자신이 할 수 있는 한 최선을 다하는 것을 잊어서는 안된다. 스스로 노력을 하는 중에 신들의 가호를 손에 넣는다면 행운을 기대할 수도 있다. 그러나 만일 자신의 운명에 모든 것을 맡겨 버린다면 오직 자신의 수호신(데몬)만이 자신을 구할 수 있을 것이다.


\* 주(註) : 데몬daimon은 인간과 신 사이의 중간자적인 존재로 반신이다. 데몬은 간혹 변덕이 나거나, 혹은 제물을 바치겠다는 약속에 넘어갈 때면 인간을 도와주기도 한다.

# 122
## 장님

장님은 자신의 손에 들고 있는 모든 물건들을 만져 보고 그것이 어떤 물건인가를 알아맞히곤 했다.

그런데 어느 날, 어떤 사람이 장님에게 늑대 새끼를 한 마리 건네주었다. 장님은 그것을 열심히 만져 보았으나 어떤 동물인지 정확히 알아낼 수가 없었다.

"잘 모르겠는데요." 하고 장님이 말했다. "이것이 늑대나 여우나 그런 족속의 어린 새끼인 것 같기는 합니다. 다만 한 가지 내가 분명히 알 수 있는 것은 이 녀석을 양떼 속에 집어넣으면 안된다는 것입니다."

따라서 악한 성질을 가진 것은 종종 그 외양만으로도 알아볼 수 있다는 이야기이다.

# 123
## 속임수

　목숨이 위태로운 병에 걸려서 나날이 병세가 악화되어 가고 있는 한 가난한 사람이 있었다. 그가 신에게 만약 자기를 죽음으로부터 구해 준다면 백 마리의 황소를 제물로 바치겠노라고 약속했다.

　그 말을 들은 신들은 그를 시험해 보기 위해 재빨리 그의 병을 낫게 해주었다. 하지만 그는 실제로 단 한 마리의 황소도 갖고 있지 못했기 때문에 쇠기름으로 백 마리의 황소를 만들어서 그것을 제단에서 불태우면서 이렇게 말했다.

　"오, 신이시여, 제가 약속드린 제물을 받으시옵소서!"

　이에 그를 골탕 먹여야겠다고 생각한 신들은 그의 꿈에 나타나 그가 바닷가로 간다면 1천 아테네 드라크마(은화)가 생길 것이라고 귀띔해 주었다. 기쁨을 억제하지 못하여 그는 당장 해변가로 달려갔다. 그러나 그곳에서 그는 해적들에게 붙잡혀서 노예로 팔리는 신세가 되고 말았다. 그리고 해적들은 그를 판 몸값으로 1천 아테네 드라크마를 손에 넣었다.


　이 우화는 거짓말쟁이에게 잘 어울리는 교훈이다.

# 124
## 숯장수와 표백공

어엿한 가게에서 장사를 하고 있는 어떤 숯장수가 있었다. 그는 어느날 자기 집 근처에 표백공이 이사를 와서 가게를 차리는 것을 지켜보고는 표백공을 찾아가서 자기 집에서 함께 사는 것이 어떻겠느냐고 제의했다. 그는 두 사람의 가게가 가까우니 함께 살면 경비도 크게 줄어들 것이 아니겠느냐고 말했다.

그러나 표백공은 이렇게 대답했다.

"그것은 말도 안됩니다! 내가 무엇이든지 깨끗이 만들어 놓으면 당신이 새까맣게 만들어 놓을 테니까 말입니다."


이 우화는 서로 천성이 다른 것은 합칠 수 없다는 것을 말하고 있다.

# 125
## 사람과 제우스

사람들은 신(제우스)이 최초로 동물들을 만들어, 몇몇에게는 강한 힘을 또 다른 동물에게는 민첩함을, 어떤 동물에게는 날개를 주었다고 말했다. 하지만 인간은 그대로 벌거벗은 채로 남겨 두었다면서 이렇게 불평을 했다.

"우리 인간만 아무런 혜택도 받지 못한 채 불쌍하게 남겨졌습니다."

그러자 제우스가 대답했다.

"너는 내가 너에게 준 선물이 무엇인지 제대로 알지 못하고 있는 것 같구나. 나는 네게 가장 최고의 것을 주었다. 그것은 바로 말할 수 있는 능력이다. 말하는 힘은 신과 인간을 모두 위대하게 만들어 주는 거란다. 그것은 어떤 힘센 동물보다 더 강하고 가장 민첩한 동물보다 더욱 빠르다."

그제야 신의 선물을 인식한 인간은 존경과 감사의 마음을 느끼면서 그곳을 떠났다.

모든 인간은 신의 은혜를 입고 있다. 신이 그들에게 언어를 주었기 때문이다. 그러나 일부 사람들은 그러한 은혜를 무시하고 감정과 언어를 갖지 못한 동물들을 부러워하는 경향이 있다.

# 126
## 사람과 여우

여우에 대해서 깊은 원한을 품고 있는 한 사나이가 살고 있었다. 천신만고 끝에 여우를 사로잡은 그는 완벽한 복수를 하기 위해서 기름에 적셔 두었던 밧줄을 여우의 꼬리에 묶었다. 그리고는 밧줄에 불을 붙인 후 여우를 놓아주었다. 그러나 어떤 신으로부터 계시를 받은 여우는 그 사나이의 밭으로 뛰어 들어가 때마침 추수 때라서 밭에 잔뜩 쌓아 둔 곡식 더미에 불을 붙였다. 그 사나이는 어쩔 줄 몰라 하면서 여우의 뒤를 따라다니며 불타 버린 자신의 농작물을 아까워했다.

사람은 관대해야 하며, 분노에 몸을 내맡기면 안되는 법이다. 손쉽게 화를 내는 사람들은 그들이 상처 입히기를 원하는 상대방보다 오히려 그들 자신에게 더 큰 해를 입히는 경우를 종종 볼 수 있기 때문이며, 이미 끌어안고 있는 문제를 더욱 복잡하게 만들 수 있기 때문이다.

# 127
## 사람과 사자가 함께 여행하다

　사람과 사자가 어느 날 함께 여행을 하게 되었는데, 그들은 그들 중에 어느 쪽이 더 힘이 센가에 관해서 토론을 벌이기 시작했다. 때마침 우연하게도 그들은 사람이 사자를 목조르고 있는 돌로 된 조각상 옆을 지나가게 되었다.

　"저것 좀 보라구. 우리들이 너희들보다 힘이 더 세단 말이야."
사자에게 사람이 말했다.

　그러나 사자는 미소를 지으면서 이렇게 대답했다.

　"만약 사자가 조각상을 만들 수 있었다면 당신은 사자의 발톱 아래 깔려 있는 수많은 인간들을 보게 되었을 겁니다."


　많은 사람들이 자신이 얼마나 용감하고 두려움을 모르는가를 자랑하지만, 시련에 직면했을 때엔 그것이 모두 거짓이라는 것이 밝혀진다.

# 128
## 사람과 사티로스

옛날에 어떤 사람이 사티로스 신(반인 반수의 숲의 신)과 친구가 되었다고 한다. 겨울이 찾아와 날씨가 차가워지자 그 사람은 양손을 입으로 가져가 호호 하고 불었다. 사티로스 신은 그에게 왜 그런 짓을 하느냐고 물어 보았다. 그 사람은 추위 때문에 양손을 따뜻하게 녹이고 있는 것이라고 대답했다.

그리고 나서 그들은 식사를 하러 가게 되었는데 음식이 무척이나 뜨거웠기 때문에 그 사람은 음식을 조각 내어 그 중 한 조각을 입으로 가져간 다음 역시 호호 하고 불었다. 사티로스 신은 또 다시 그에게 왜 그런 행동을 하느냐고 물어 보았다. 그 사람은 음식이 너무 뜨거워서 그것을 식히기 위해 그런 것이라고 대답했다.

"알았네, 친구." 하고 사티로스 신이 말했다. "이제 자네하고는 친구를 하지 않겠네. 왜냐고? 자네는 같은 입으로 뜨거운 바람과 찬바람을 불어대니까 말일세."

우리는 여기서 이중인격을 지닌 사람과는 우정을 유지할 수 없다는 결론을 내릴 수가 있다.

# 129
## 황금 사자를 발견한 사람

한 소심한 구두쇠가 길을 걷다가 우연히 순금으로 만들어진 사자의 조각상을 발견하게 되었다. 그러나 겁이 나서 감히 그것을 집어들 수가 없었다.

그 사람은 이렇게 중얼거렸다.

"이런 큰일났네! 이런 신기한 행운이 나를 찾아오다니! 여기에 내가 모르는 무슨 다른 뜻이 있는 것은 아닐까! 무시무시한 흉계가 도사리고 있을지도 몰라. 부자가 되고 싶은 마음은 굴뚝 같고, 그렇다고 이것을 챙겨 넣자니 겁이 나고 …… 어쩌면 좋담. 아니, 이것은 완전히 행운이 아닐까? 어떤 신이나 요정이 황금 사자를 만들어 가지고 내가 발견할 수 있도록 이곳에 남기고 간 것인지도 몰라. 정말로 진퇴양난이로군. 황금은 좋지만 사자 형상은 무섭고…… 욕망은 '빨리 집어넣어라!' 하고 재촉을 하지만, 나의 겁많은 성격은 '절대로 집으면 안돼!' 하고 속삭이고 있다. 아, 변덕스러운 행운이여! 너는 자신을 가져가라고 말하고 있으나 동시에 가져가지 못하도록 몸을 뒤로 빼고 있구나. 아, 아무런 즐거움도 주지 못하는 황금의 보물이여! 오, 저주로 변해 버린 신의 은총이여! 그런데 만일 내가 이것을 가져간다면 어떤 일이 일어날까? 이것을 어떻게 쓸 수 있단 말인가? 도대체 이것을 어떻게 한다지? 아, 이제야 알았다! 집으로 빨리 달려 돌아가서 하인들을 불러다가 내 대신 이 황금 사자를 가져오게 해야지. 하인들이 이 것을 집어 오는 동안 나는 안전한 곳에 멀리 떨어져서 지켜보고

있어야지."


　이 우화는 자신의 재물에 감히 손을 대지 못하거나, 그것을 제대로 사용하지 못하는 부유한 사람들과 관련이 있다.

# 130
## 신의 조각상을 산산조각낸 사람

　옛날에 한 사나이가 나무로 만든 어떤 신의 조각상을 갖고 있었다. 그는 그 신의 조각상 앞에서 어떻게 해서든 빈곤한 생활에서 벗어나게 해달라고 간절하게 기도를 올렸다. 그러나 상황은 더욱 악화되어 갈 뿐이고, 빈곤은 더욱 심해져 갈 뿐이었다. 그래서 그는 그 목각상에게 화를 내었으며 급기야는 조각상의 다리를 움켜잡고 벽에다 힘껏 내려쳤다. 그랬더니 신의 머리가 깨져 나가면서 그곳에서 금덩어리가 쏟아져 나오는 것이 아닌가! 그 사나이는 금덩어리를 주워 들고 소리쳤다.

　"당신은 정말로 심술궂은 신이로군요! 그러니 평생 누구에게 고맙다는 말을 한번이라도 들을 수 있었겠어요? 그처럼 떠받들고 애원할 때는 도와줄 생각도 하지 않더니 내가 산산조각으로 부수어 놓으니까 나에게 황금의 비를 퍼부으니 말입니다!"


　이 우화는 악한 인간을 존중해서는 아무것도 얻을 수 없지만, 그를 자극하면 그에게서 더 많은 것을 이끌어낼 수 있다는 것을 보여주고 있다.

# 131
## 곰과 여우

곰이 여우를 보고 자기는 인간을 무척이나 좋아한다고 말했다. 왜냐하면, 자기는 절대로 인간의 죽은 시체에는 손을 대지 않기 때문이라는 것이었다.

그러자 여우가 쏘아붙였다.

"차라리 죽은 사람을 토막내는 편이 산 사람을 토막내는 것보다 나을걸!"


이 우화는 위선과 허식 속에 살고 있는 탐욕스러운 사람의 가면을 보여준다.

# 132
## 농부와 늑대

어떤 농부가 한 무리의 황소들의 멍에를 벗겨 물통이 있는 곳으로 몰아 가고 있었다. 바로 그때 먹을 것을 찾아 헤매고 있던 굶주린 늑대가 그곳을 지나다가 맛있는 황소를 보고 입맛을 다시며 벗겨 놓은 황소 멍에의 안쪽 가죽을 핥기 시작했다. 그러다가 자기도 모르는 사이에 조금씩 조금씩 멍에 속으로 머리를 디민 늑대는 그만 그곳에 목이 끼고 말았다. 멍에에서 목을 빼낼 수 없게 되어 버린 늑대는 멍에를 질질 끌고 밭으로 나갈 수밖에 없었다.

물통이 있는 곳에서 돌아온 농부가 이 모습을 보고 깜짝 놀라 이렇게 말했다.

"이런 못된 늑대 새끼 같으니라구! 네가 도둑질이나 강도질을 집어치우고 그렇게 밭에서 일이나 한다면 오죽 좋겠니!"


사악한 자들은 믿을 수 없는 성격이기는 하지만 이따금 그들도 세상에 도움이 되는 일을 하도록 시켜야 한다.

# 133
## 천문학자

어떤 천문학자가 매일 저녁만 되면 별들을 바라보기 위해 밖으로 나가는 습관이 있었다. 그러던 어느 날 밤, 마을 밖으로 나가서 하늘을 열심히 올려다보며 돌아다니던 천문학자는, 그만 잘못해서 우물에 빠지고 말았다. 지나가던 행인이 때마침 그의 신음 소리와 살려 달라는 소리를 듣게 되었다. 그 사람은 자초지종을 알고는 아래쪽을 향해서 다음과 같이 큰 소리로 말했다.

"이보시오, 우물 속에 빠진 양반! 하늘에 무엇이 있는가에 열중한 나머지 자기 발밑에 무엇이 있는지도 모르고 있었다니, 당신도 참 한심한 사람이구려!"


이 우화는 세상의 모든 훌륭한 일들을 혼자 도맡아 하는 것처럼 우쭐대면서도 일상 생활의 평범한 일을 해나가는 데는 서투른 사람에게 해당되는 것이다.

# 134
## 왕을 보내달라고 탄원한 개구리들

자신들이 살고 있는 세상의 무정부 상태를 걱정한 개구리들이 제우스 신에게 사절을 보내서 자신들에게 왕을 보내달라고 탄원했다. 제우스 신은 개구리들이 대단히 단순한 동물이라는 것을 알기 때문에 그들이 살고 있는 늪에다 한 개의 나무토막을 던져주었다. 개구리들은 갑작스러운 요란한 소리에 깜짝 놀라서 모두들 연못 속 깊이 숨어 버렸다. 그러나 그 나무토막이 움직이지 않자 개구리들은 다시 물 위로 떠올랐다. 개구리들은 차츰 그 새로운 임금님을 얕잡아 보게 되었고 태연히 나무토막 위에 올라앉아 낮잠을 즐기게 되었다.

개구리들은 그러한 보잘것없는 나무토막을 왕으로 갖게 된 것을 심히 부끄러워하게 되었다. 그래서 다시금 제우스 신에게 사절을 보내서 자신들의 왕을 바꿔 줄 것을 요구했다. 첫번째 왕은 지나치게 무기력하고, 아무런 일도 하지 않는다는 것이 그 이유였다.

제우스는 시끄러운 개구리들에게 화를 내게 되었고 그래서 물뱀을 내려보내 개구리들을 모두 단숨에 꿀꺽 삼켜 버리게 했다.

이 우화는 우리들에게, 활동적이지만 사악한 자보다는 악의가 없는 비활동적이고 무가치한 사람에 의해서 지배당하는 편이 낫다는 것을 가르쳐주고 있다.

＊ 주(註) : 사실 히드라hydra는 물뱀이면서 신화 속 생물이기도 하
다. 신화에 나오는 네르네의 히드라는 머리 하나를 자를 때마다 두 개
가 자라난다. 이 우화에서는 실제 물뱀을 의미하지 않는다. 이 우화를
듣는 사람은 흉측하고 무시무시한 히드라를 상상하도록 의도되어 있
다. 하지만 이 우화 역시 애당초 우스갯소리로 지어진 것이다. 개구리
와 무시무시한 히드라의 만남은 「쥐와 개구리의 전투Battle of
Frogs and Mice」라는 풍자 서사시에도 등장한다. 이 시는 『헤시오
도스, 호머의 송가들과 호메리카Hesiod, The Homeric Hymns
and Homerica』(휴 G. 에블린 화이트 옮김, 로엡 라이브러리 Vol.
57, 1914, pp. 541−63)에 실려 있으며 호머의 시로 추정되지만 어
쩌면 기원전 480년경 카리아의 피그레스가 쓴 것일 수도 있다. (우화
269의 각주 참조)

# 135
## 이웃 개구리

두 마리의 개구리가 이웃에 살고 있었다. 한 마리는 마차가 다니는 길로부터 먼 곳에 떨어져 있는 깊은 연못에서 살고 있었으며 다른 한 마리는 길 위에 있는 물웅덩이 속에서 살고 있었다. 연못에서 살고 있는 개구리는 웅덩이에서 살고 있는 이웃 개구리에게 자기가 있는 연못 근처로 옮겨와서 함께 살자고 권했다.

"이곳으로 오면 훨씬 안전하고 편안한 생활을 즐길 수 있을 거야." 하고 연못에 사는 개구리가 말했다.

그러나 길 위에서 사는 개구리는 전혀 말을 들으려고 하지 않았다.

"그럴 수는 없어. 내가 너무나도 잘 알고, 항상 우리 집이라고 부르던 곳을 떠나서 낯선 고장으로 이사를 가는 것은 너무 힘에 벅차단 말이야." 하고 그 개구리는 고집을 굽히지 않았다.

그러던 어느 날, 그 길을 지나가는 마차의 수레바퀴에 깔려 그 개구리는 횡사하고 말았다.

이 우화는 인간의 경우에도 해당된다. 즉, 최하의 지위에 안주하는 사람은 보다 명예로운 지위에 오를 시간도 없이 죽어 버린다.

# 136
## 연못 속의 개구리들

　옛날 옛적에 한 연못에 두 마리의 개구리가 살고 있었다. 그러나 때는 무더운 여름이라서 연못이 바짝 말라붙어 버렸다. 그래서 그들은 다른 연못을 찾아 그곳을 떠났다. 연못을 찾아다니는 도중에 그들은 아주 깊은 우물을 하나 발견하게 되었다. 그 우물을 보자 그 중 한 마리가 다른 개구리에게 이렇게 말했다.
　"친구야, 이 우물 속으로 함께 내려가 보는 것이 어떨까?"
　다른 개구리가 대답했다.
　"하지만 만약 우물 속의 물도 역시 말라 버린다면 우리들은 다시 땅 위로 어떻게 올라오지?"


　이 우화는 사람은 만사에 지나치게 경솔하게 대처하면 안된다는 것을 보여주고 있다.

# 137
## 개구리 의사와 여우

어느 날, 연못 속의 개구리가 모든 동물들을 향해 큰 소리로 외쳤다.

"나는 의사인데 모든 병의 치료법을 환히 다 알고 있다!"

이 소리를 들은 여우가 마주 소리쳤다.

"자신이 절뚝거리는 것도 고치지 못하는 주제에 어떻게 남의 병을 고친단 말이야?"


이 우화는 아무런 지식도 없이 남을 가르치겠다고 해서는 안된다는 이야기다.

# 138
## 황소와 굴대

몇 마리의 황소가 마차를 끌고 가고 있었다. 수레바퀴의 굴대
가 요란스럽게 삐걱거리자 황소들이 뒤를 돌아보면서 이렇게 한
마디 했다.

"이봐, 친구! 무거운 짐을 끌고 가는 것은 바로 우린데 왜 자네
가 끙끙거리며 신음 소리를 내는 거지?"

정작 고생을 하는 것은 다른 사람인데도 마치 자기가 힘든 것처럼 행동
하는 사람을 종종 볼 수 있다.

# 139
## 세 마리의 황소와 사자

언제나 함께 모여서 풀을 뜯어먹는 세 마리의 황소가 있었다. 사자 한 마리가 그들에게 눈독을 들이고 잡아먹을 기회를 호시탐탐 노리고 있었으나, 황소들은 항상 세 마리가 함께 있었기 때문에 잡아먹을 수가 없었다.

그래서 사자는 그들 사이를 이간질해 황소들이 따로따로 행동하게 만드는 데 간신히 성공했고 그 결과, 사자는 마음놓고 황소를 잡아먹을 수 있게 되었다.

안전하게 살아가고 싶으면 친구들과 가까이 함께 있으면서 그들을 신뢰하고 적을 함께 방어해야 한다는 이야기다.

　＊ 주(註) : 이 우화의 또 다른 판본으로 황소가 두 마리만 나오는 이
야기가 있다. 그 이야기에서는 굶주린 사자가 여우의 도움을 청하게 되
는데, 여우는 '교활한 속임수로 황소들 사이에 불화의 씨앗을 뿌려 사
이를 갈라놓는다. 그렇게 되자 사자는 손쉽게 황소들을 따로따로 잡아
먹을 수 있었다.' 이것이 수사학자 테미스티우스(기원후 4세기)가 기록
하여 보존한 우화의 내용인데, 아마 사실상 여기 실린 우화의 원전이었
을 것이다. 테미스티우스판 우화와 관련하여, 인도의 『팡카탄트라
Pancatantra』의 「친구들 간의 불화」편에 실린 액자소설이 있다. 그
이야기에서는 자칼(인도에서 여우의 대체물)로 인해서 사자와 황소 사
이의 우정이 깨진다. 하지만 아직까지 어느 누구도 그리스인들이 인도
에서 우화를 들여온 것인지, 혹은 알렉산더 대왕의 북서인도 대정벌이
있은 이후에 인도인들이 그리스로부터 들여온 것인지를 충분히 연구한
바가 없다. 인도 판본의 우화는 언제나 어마어마하게 수사가 화려하고
장광설을 늘어놓는 반면, 그리스 판본의 우화는 대개 짧고 단순하다.
이 사실은 아마 우화가 서쪽에서 동쪽으로 전파되었을 것임을 짐작하
게 해준다. 원래 단순한 이야기가 복잡해지는 것이 그 반대의 경우보다
더 보편적으로 발생하는 일이기 때문이다.

# 140
## 소몰이꾼과 헤라클레스

소몰이꾼이 짐수레를 몰고 읍내로 향하고 있었다. 그런데 짐수레가 깊은 도랑에 빠지고 말았다.

그러나 소몰이꾼은 자기 힘으로 수레를 도랑에서 꺼낼 노력은 하지 않은 채 신들 가운데서도 그가 특별히 존경하는 헤라클레스만을 찾았다. 헤라클레스는 소몰이꾼 앞에 나타나서 이렇게 말했다.

"네 손을 수레바퀴에 갖다 대고 밀면서 황소를 채찍질해라. 그리고 네 자신이 스스로 얼마간의 노력을 하지 않을 거라면 아예 신에게 기도를 하지 말아라. 네 스스로 애쓰지 않으면 아무리 신을 찾아도 헛일이 될 테니까 말이다."

# 141
## 소치는 사람과 사자

한 떼의 소에게 풀을 먹이던 소치는 사람이 송아지 한 마리를 잃어버렸다. 그는 송아지를 찾으려고 그 부근 일대를 모두 수색해 보았지만 찾을 수가 없었다.

그래서 궁리 끝에 그는 제우스 신에게 만약 그 송아지 도둑을 잡게만 해준다면 감사의 표시로 새끼양을 제물로 바치겠다고 약속했다.

약속을 하고 얼마 지나지 않았을 때 그는 숲속에 갔다가 그곳에서 한 마리의 사자가 자신이 잃어버린 송아지를 뜯어먹고 있는 것을 보았다. 공포에 사로잡힌 그는 양손을 하늘로 쳐들고 소리쳤다.

"오, 위대하신 제우스 신이여, 조금 전에 저는 만약 당신에게 도둑을 잡게 해주신다면 새끼양을 제물로 바치겠다고 맹세했었습니다만, 지금 저를 저 도둑놈의 발톱에서 벗어나게만 해주신다면 황소를 한 마리 제물로 바치겠습니다!"

이 우화는 곤경에 처해 있을 때, 그곳에서 벗어날 방법 찾기를 애타게 소원하지만 일단 그것에서 벗어나고 나면, 그때의 약속을 지키지 않으려고 발뺌하는 사람들에게 교훈을 준다.

# 142
## 홍방울새와 박쥐

열어 놓은 창문에 걸린 새장 속에서 한 마리의 홍방울새가 밤새껏 노래를 불렀다. 먼 곳에서 그 노랫소리를 들은 박쥐가 그곳까지 날아와서, 홍방울새에게 낮 동안에는 침묵을 지키고 있다가 밤에만 노래를 하는 이유가 뭐냐고 물었다.

그러자 홍방울새는 이렇게 말했다.

"다 그럴 만한 이유가 있어서 그러는 거예요. 내가 밤에만 노래를 부르는 까닭은 낮 동안에 노래하다가 이렇게 붙잡히는 신세가 되었기 때문이에요. 그래서 그 이후로 나도 좀 현명해진 셈이지요."

박쥐는 어처구니가 없어서 다음과 같이 말했다.

"소 잃고 외양간을 고친다더니 조심하는 것이 너무 늦었군요. 그것이 지금 와서 무슨 소용이 있겠소, 이 친구야. 붙잡히기 전에 진작 그런 생각을 했어야지."


이 우화는 불행이 찾아온 다음에는 아무리 후회해도 소용이 없다는 것을 보여주고 있다.

　＊ 주(註) : 새장 속에 갇힌 새의 그리스어 이름인 보탈리스botalis
는 이 우화 이외에 그리스 문학 어디에서도 등장하지 않는다. 리델과
스콧이 최초로 그들의 사전 『렉시콘』에 이 새의 이름을 boutalis라고
하면서, 출전을 이솝 우화로 밝혀놓았다. 그리고는 '밤에 노래하는 새
의 한 종류' 라는 설명을 붙였다. 만약 그들이 실제로 이 우화를 읽어보
았다면, 이 새의 습성이 그와는 정반대였다는 사실을 알았을 텐데! 결
국 1996년 판본에서는 '밤에 노래하는 새' 라는 설명이 삭제되고 오직
'이솝 85' 란 출전만 나와 있다. 또한 '아칸티스Akanthis' 를 오색방
울새goldfinch 혹은 홍방울새linnet란 뜻의 단어로 소개하면서 아리
스토텔레스의 『동물의 역사』(616b31)(이 책에서는 '아칸티스' 의 색깔
이 흐릿하다고 말하고 있는 것으로 보아서 이 새는 홍방울새도 오색방
울새도 아닌 것이 분명하다)를 출전으로 밝히고 있다. 하지만 똑같은
책 592b30에 '아칸티스' 가 결코 홍방울새일 수가 없는 결정적인 언
급(이하 설명 참조)이 나온다는 사실은 모르고 있었다. 한편 593a1에
서 아리스토텔레스는 오색방울새를 '키르소메트리스chyrsometris'
라고 불렀는데, 리델과 스콧은 이 번역을 그대로 실어놓고 있어서 『렉
시콘』 자체가 모순을 일으켰다. 샹브리 교수는 '보탈리스' 를 '카나리
야' 라고 번역하고서, 하지만 이 단어가 다른 문헌에서는 발견된 바가
없기에 이것은 단지 그의 추측일 뿐이라고 각주를 달아놓았다. 그리스
에서 카나리아는 오직 겨울에만 찾아오는 철새로서, 새장에 갇혀 노래
하는 새로 길러지는 경우는 홍방울새보다 훨씬 더 드물었다. 반면 홍방
울새는 그리스에서 가장 보편적인 관상조였으며, 카나리아와는 달리
일 년 내내 노래를 한다는 장점이 있었다.
　작은 새에 대한 그리스의 명칭이 정확하지 않기에, 홍방울새의 명
칭도 학자들 사이에 확실히 결론이 나지 않았다. '아칸티스' 였을 것이
라는 주장도 제기되고 있지만, 홍방울새와는 달리 '아칸티스' 는 벌레
를 먹지 않는다는 아리스토텔레스의 구체적인 언급(『동물의 역사』 데

이비드 M. 밤 옮김, 하버드 대학 출판부, 1991년, 로엡 라이브러리 Vol. 439(592b30))이 있기 때문에, 그것은 분명 아니다. 어쨌든 '보탈리스'는 아리스토텔레스가 '바티스batis'라고 부른 새인 것은 틀림없는 듯싶다. '바티스'란 단어는 보탈리스의 죽어일 수 있다. 리델과 스콧은 '바티스'를 '덤불숲에 종종 나타나는 새, 검은딱새로 추정됨'이라고 적어놓고 유일한 출전으로 아리스토텔레스(『동물의 역사』(592b18))를 밝혀놓고 있다. '바티스'란 단어는 다른 문헌에는 나오지 않는데, 로엡 라이브러리판 『동물의 역사』의 역자인 데이비드 밤은 현명하게도 이 단어를 번역하지 않고 그대로 두었다. 하지만 명칭이 영어로 번역되고 새의 정체도 밝혀진 다른 네 종류의 새와 더불어, 이 새를 벌레잡이 새(홍방울새 역시 씨앗도 먹지만 벌레도 먹는다)라고 묘사해놓았다.

결국 아리스토텔레스가 홍방울새를 또 다른 이름으로 언급한 적이 없다는 점, 그리고 그의 글에 나오는 홍방울새와 같은 습성을 지닌 정체 모를 새의 이름이 '바티스'라는 점, 아리스토텔레스가 모든 새들을 전반적으로 다루면서 홍방울새에 대한 언급을 빼놓았을 것이라고는 도저히 생각할 수 없다는 점 등등을 고려해 때, '바티스'가 홍방울새이며 어떤 생략의 과정을 통해서 '보탈리스'와 보우탈리스는 똑같은 단어라고 결론을 내려도 타당할 것 같다. 만약 '바티스'가 좀더 긴 단어의 죽어일 수도 있다는 의혹이 제기된다면, 언제든 필경사의 실수를 주장하거나 아리스토텔레스의 문헌에서 '바티스'가 사실은 잘못 쓴 단어라고 말할 수도 있다. 어쩌면 심지어 '바티스'는 재빠르다는 뜻인 '발리오스balios'일 수도 있다. 하지만 이런 식의 언어학적인 추측은 사실상 아무런 쓸모가 없다. 왜냐하면 홍방울새는 아리스토텔레스의 구절과 이솝 우화 양쪽의 요건을 모두 충족시키는 단어처럼 보이기 때문이다. 어쨌든 그리스어에 홍방울새를 지칭하는 다른 확실한 단어가 없기 때문에, 이 단어가 분명할 것이다.

# 143
## 북풍과 태양

북풍과 태양이 서로의 힘이 세다고 다투다가 나그네의 옷을 벗기는 시합을 했다.

먼저 북풍이 세찬 바람을 몰고 왔다. 하지만 나그네는 옷을 더욱 단단히 여몄다. 바람이 더 세게 불어대자 추위에 못견딘 나그네는 여분의 옷까지 모두 입었다. 크게 낙담한 북풍은 태양에게 기회를 넘겨주었다.

태양이 부드러운 빛을 내리쬐자 나그네는 여분의 옷을 벗었다. 태양이 다시 뜨거운 열기를 내뿜자 더위를 견디지 못한 나그네는 근처 강으로 달려가 나머지 옷을 모두 벗고 목욕을 했다.

이 우화는 온화한 설득이 때로는 폭력보다 훨씬 더 효과적이라는 것을 보여주고 있다.

＊ 주(註) : 희곡작가인 소포클레스는 이 이야기를 대단히 영리하게 이용했다. 로도스 섬의 히에로니무스의 소실된 저서 『역사 비망록 Historical Note』에 따르면, 아테네의 성벽 밖에서 어린 소년을 유혹하는 소포클레스에 관한 삽화가 나온다. 두 사람은 육체적 쾌락을 좇는 동안 소포클레스의 망토를 덮어쓰고 있었는데, 정사가 끝나자, 소년이 극작가의 망토를 걸친 채 도망가 버리고 그에게는 소년의 작은 옷만 남게 되었다고 한다. 이 때문에 도시 사람들은 소포클레스를 조롱했고, 그의 경쟁자인 에우리피데스는 자신도 그 소년과 재미를 보았지만 그런 대가는 치르지 않았노라고 큰소리를 쳤다. 그러자 소포클레스는 이 우화를 이용하여 경구를 만들었고, 자신의 망토를 벗긴 것은 소년이 아니라 태양신이었으며, 반면 에우리피데스가 다른 남자의 아내를 유혹할 때에는 북풍이 불었노라고 반박했다. (아테나에우스의 『데이프노소피스테Deipnosophistae』(xiii,604)를 참조할 것)

# 144
## 노인과 죽음

어느 날, 한 노인이 나무를 한 짐 해서 그것을 묶어 등에 짊어졌다. 노인은 그것을 짊어지고 먼길을 가지 않으면 안되었다.

길을 가던 도중에 지칠 대로 지친 노인은 무거운 짐을 땅에 내려놓고 〈죽음〉을 소리쳐 불렀다. 〈죽음〉이 나타나서 노인에게 왜 자신을 불렀느냐고 물어 보았다.

노인은 이렇게 대답했다.

"자네가 내 무거운 짐을 좀 들어주었으면 해서……"


이 우화는 모든 인간은 삶이 아무리 힘들더라도 그 삶이라는 짐을 지고 갈 수밖에 없다는 것을 보여주고 있다.

# 145
## 농부와 독수리

그물에 걸린 독수리를 발견한 농부는 그 독수리의 아름다움에 감격해서 그물을 벗겨 다시 들판으로 날아가게 해주었다. 그 독수리는 자신을 풀어준 은인에 대하여 감사하는 마음을 결코 잊지 않았다.

어느날 독수리는 그 농부가 금세 허물어질 위험이 있는 담벼락 밑에 앉아 있는 것을 발견했다. 독수리는 그에게로 재빨리 날아가서 농부의 머릿수건을 낚아챘다.

그러자 농부는 머릿수건을 되찾기 위해 벌떡 일어나서 독수리의 뒤를 좇기 시작했고, 독수리는 멀리 떨어진 곳에 머릿수건을 떨어뜨려 놓았다. 농부는 땅에 떨어진 머릿수건을 주워 자기가 앉아 있던 곳으로 되돌아갔다.

농부는 자신이 조금 전까지 앉아 있던 바로 그 자리에 담벼락이 무너져 내린 것을 발견했다. 그제서야 농부는 독수리가 은혜를 갚은 것을 깨닫고는 몹시 고마워했다.

하나의 선행은 또 다른 선행을 부른다는 이야기다.

# 146
## 농부와 개

어떤 농부가 날씨가 나빠 바깥에 나가지도 못하고 작은 농장에
갇혀 있는 신세가 되었다. 따라서 농부는 다른 곳에서 양식을 구
해 올 수도 없었다.

나쁜 날씨가 계속되자 처음에는 양을 잡아먹었고, 그 다음에는
염소를 잡아먹을 수밖에 없었다. 그리고도 날씨가 좋아지지 않
자 드디어 황소까지 잡아먹게 되었다. 그것을 본 농장의 개들은
서로 머리를 맞대고 의논을 했다.

"우리 아무래도 이곳을 도망치는 것이 좋겠어. 주인 나리가 자
신과 함께 일해 온 소마저 잡아먹었다면 그 다음에는 틀림없이
우리 차례가 될 테니까 말이야!'

이 우화는 자신에게 가장 가까운 사람을 해치는 것을 두려워하지 않는
사람을 특별히 조심해야 한다는 것을 보여주고 있다.

# 147
## 농부와 그의 아들을 죽인 뱀

한 마리의 뱀이 농부의 아들을 물어 죽게 했다. 아들을 잃은 슬픔에 거의 미쳐 버린 농부는 도끼를 집어 들고 뱀구멍 근처에서 뱀이 나타나기를 기다리며 뱀이 나타나는 순간에 일격을 가하려고 준비를 갖추었다.

뱀이 구멍 밖으로 머리를 삐쭉 내밀었을 때, 농부는 온힘을 다해서 도끼를 내리쳤으나 그만 놓쳐 버리고, 대신 근처에 있던 바위를 두 동강내고 말았다. 실수를 한 농부는 뱀이 이번 공격에 앙심을 품고 자신을 해치지 않을까 하고 매우 두려워했다.

그래서 농부는 뱀을 달래 보려고 했다.

그러나 뱀은 이렇게 대답하는 것이었다.

"우리들 중 어느 누구도 상대방에 대해서 좋은 감정을 가질 수는 없을 거예요. 나는 당신이 두 동강낸 바윗덩어리를 보면 소름이 끼칠 것이고, 당신은 당신의 아들 무덤을 보면 분노를 느낄 테니까요."


이 우화는 커다란 증오는 어떻게 해도 화해하기 어렵다는 것을 말해주고 있다.

# 148
## 농부와 얼어붙은 뱀

어느 겨울날, 한 농부가 추위로 꽁꽁 얼어붙어 있는 뱀을 발견했다. 농부는 뱀에게 연민을 느껴, 그것을 땅에서 집어 올려 자신의 셔츠 속에 집어넣었다.

뱀은 농부의 따뜻한 가슴 속에서 몸이 녹자 옛날의 본성이 되살아나 그만 농부의 몸을 깨물어서 죽여 버리고 말았다.

농부는 자신이 죽어간다는 것을 깨닫고는 신음하면서 이렇게 중얼거렸다.

"이런 꼴을 당하는 것은 당연한 일이지, 사악한 동물을 불쌍하게 여기다니!"


이 우화는 타고난 본성은 친절함으로도 변화되지 않는다는 것을 보여주고 있다.

# 149
## 농부와 자식들

죽음의 병상에 누운 한 농부는 자식들에게 얼마간이라도 농사 짓는 경험을 쌓게 해주고 싶었다. 그래서 자식들을 모두 방에 불러 모아 이렇게 말했다.

"애들아, 이제 나는 살날이 많이 남지 않았다. 하지만 너희들을 위해서 내가 포도밭 속에 숨겨 놓은 것을 찾아보아라. 그럼 모든 걸 찾을 수 있을 게다."

아버지가 포도밭에다 보물을 파묻어 놓았다고 지레짐작한 자식들은 아버지가 숨을 거두자마자 포도밭을 온통 깊이 파헤쳤다. 그러나 보물은 아무 곳에서도 찾을 수가 없었다. 그러나 이로 인해 더 잘 가꾸어진 포도밭에서는 예년보다 몇 배가 더 많은 포도를 수확할 수 있었다.

이 우화는 사람에게는 노동이 진정한 보물이라는 것을 보여주고 있다.

# 150
## 농부와 우연

한 농부가 밭을 갈고 있던 중에 자신의 밭에서 우연히 황금덩어리를 발견했다. 농부는 황금을 발견하게 된 것이 대지의 여신 덕분이라고 믿고 매일 대지의 여신에게 꽃바구니를 바쳤다. 그러자 우연의 여신(Tyche)이 그에게 나타나서 이렇게 말을 하는 것이었다.

"자네에게 선물을 보낸 사람은 난데 왜 대지의 여신에게 감사를 하지? 나중에 그 황금들이 다른 사람의 손에 넘어가게 된다면, 그때 자네가 원망할 신은 누구인가? 그것은 바로 나 아니겠나?"

이 우화는 자신을 도와준 것이 누구인가를 제대로 알고 그 사람에게 은혜를 보답해야 한다는 것을 알려주고 있다.

# 151
## 농부와 나무

옛날에 어떤 농부의 밭에 나무 한 그루가 서 있었는데, 그 나무는 한 번도 열매를 맺지 못하고 오로지 참새들과 시끄러운 매미들의 보금자리 구실을 할 뿐이었다. 열매를 맺지 못한다는 것을 알게 된 농부는 나무를 베어버리기로 결심하고 도끼를 들고 나무에게로 가 도끼질을 했다.

그러자 매미들과 참새들은 그들의 안식처를 없애지 말아 달라고 농부에게 애원을 했다. 그들은 자신들이 그 나무에서 지저귀면서, 아름다운 음악으로 농부를 즐겁게 해주고 있지 않느냐고 말했다.

그러나 농부는 그런 말에는 전혀 귀를 기울이지 않고 계속해서 도끼를 휘둘렀다. 그러나 도끼가 나무의 속이 빈 부분을 쳤을 때, 농부는 벌떼와 꿀을 발견하게 되었다. 꿀맛을 본 농부는 손에 들고 있던 도끼를 땅바닥에 내던졌고, 그 순간부터 마치 그 나무가 신성한 것이라도 되는 것처럼 신주 모시듯이 다루었다.

이것은 본성적으로 인간은 정의에 대한 사랑이나 존경보다는 물질적 이익을 더 중히 여긴다는 것을 보여주고 있다.

# 152
## 싸우기를 좋아하는 아들들

어떤 농부의 아들들이 서로 싸우기를 자주 해서 농부는 아들들을 꾸짖었으나 아무런 소용이 없었다. 아버지의 말도 그들의 행동을 바꾸어 놓을 수 없었던 것이다.

그래서 농부는 실제적인 교훈을 가르쳐주기로 결심하고 자식들에게 나뭇가지를 한 묶음 가져오라고 했다. 자식들이 시키는 대로 했을 때, 농부는 나뭇단을 각자에게 나누어 주고, 그것들을 꺾어 보라고 명령했다.

그러나 아무리 안간힘을 써 보아도 그들은 그 묶음을 꺾을 수가 없었다. 그러자 농부는 이번에는 나뭇단의 묶음을 풀고 한 개씩 각자에게 나누어 준 뒤 다시 꺾어 보라고 말했다. 이번에는 모두들 아무런 어려움 없이 꺾을 수가 있었다.

"그것 봐라!" 하고 아버지가 말했다. "너희들도 마찬가지다. 만일 너희들이 함께 똘똘 뭉친다면 어떤 적도 감히 너희들을 넘볼 수 없을 것이다. 그러나 너희들이 흩어지면 쉽사리 적 앞에 무릎을 꿇게 될 것이다."

이 우화는 단합의 소중함을 일깨우고 있으며, 조화가 이루어지면 불화는 쉽사리 극복된다는 것을 보여주고 있다.

# 153
## 늙은 여인과 의사

　양쪽 눈이 잘 보이지 않게 된 노파가 왕진료를 지불하기로 하고 의사를 불러왔다. 의사는 노파의 집에 찾아가서 매번 노파의 눈에 연고를 발라 치료했다. 연고를 바르느라 노파가 눈을 감고 있는 사이, 의사는 몰래 그녀의 가구를 하나씩 훔쳐 갔다.

　의사가 노파의 집에 있는 모든 것을 자기 집으로 옮겼을 무렵, 눈의 치료가 끝이 나자 의사는 약속한 치료비를 달라고 요구했다. 그러나 노파는 치료비를 지불하기를 거부했고, 그래서 의사는 그녀를 판사 앞으로 끌고 갔다.

　그때 노파는 의사가 그녀의 시력을 회복시켜 줄 경우에 치료비를 지불하겠다고 약속했던 것이라고 진술했다. 그런데 의사가 치료를 하기 시작한 이후부터 자신의 시력은 이전보다 더욱 악화되었다는 것이다.

　"어떻게 그것을 알 수 있느냐 하면," 하고 노파는 말을 계속했다. "그전에는 나는 집에 있는 가구들을 모두 볼 수 있었는데, 지금은 그것들을 하나도 볼 수가 없으니까 말입니다."

　자신의 욕심만 생각하는 정직하지 못한 사람들은 자기 자신의 죄에 대한 중대한 증거를 남기기 마련이다.

# 154
## 아내와 술주정뱅이 남편

술주정뱅이 남편을 둔 한 여인이 살고 있었다. 남편의 못된 버릇을 고치기 위해서 그녀는 한 가지 묘안을 짜냈다. 그녀는 남편이 고주망태가 되어 송장처럼 되었을 때 남편을 어깨에 둘러메고 공동 묘지로 가서 그곳에 내버려 두고 혼자 집으로 돌아왔다. 남편이 잠에서 깨어났을 것이라고 생각되는 시간에 맞춰서 그녀는 묘지로 돌아가서, 납골당의 문을 똑똑 두드렸다.

"문을 두드리는 게 도대체 누구요?" 술주정뱅이가 소리쳤다.

"저예요. 죽은 사람을 위해 음식을 날라왔답니다." 하고 그의 아내는 흐느껴 우는 목소리로 대답했다.

"나에겐 먹을 것을 가져올 필요 없어. 이봐, 술을 더 가져와. 당신은 술 얘기를 하지 않고 공연히 음식 얘기를 해서 나를 짜증나게 만드는군 그래."

그 말을 듣자 아내는 가슴을 치면서 통곡했다.

"아이고! 어쩌면 내 신세가 이렇게 비참할꼬! 내 계획도 당신에게는 전혀 효력이 없었군요, 여보! 정신을 차리기는커녕 당신은 더욱더 구제불능이 되어가고 있어요. 당신의 약점은 이제 천성이 되어 버렸군요."

이 우화는 나쁜 생활 습관에 빠지면 안된다는 것을 보여주고 있다. 사람이란 좋든 싫든간에 몸에 밴 습관은 고치기 어렵기 때문이다.

# 155
## 과부와 하녀들

일을 너무 열심히 하는 한 과부가 여러 명의 젊은 하녀들을 거느리고 있었는데, 그 과부는 매일 새벽 닭이 울면 하녀들을 깨워가지고 일을 시키는 것이었다. 하녀들은 매일 고된 일을 하느라 지칠 대로 지쳐 있었다.

그래서 하녀들은 그 집에 있는 수탉을 잡아 죽이기로 결심을 했다. 자신들이 이처럼 고되게 일을 하는 것이 해도 뜨기 전에 주인마님을 깨우는 얄미운 수탉 때문으로 생각되어서였다.

그러나 계획대로 수탉을 죽이고 났을 때 하녀들은 오히려 그전보다 더 힘들어진 것을 발견했다. 주인마님은 시간을 알려 주던 수탉이 없어지자, 깜깜한 새벽부터 하녀들을 모두 두들겨 깨워가지고 일을 시키게 되었기 때문이다.

이 우화는 많은 사람들의 경우, 자신들을 더욱 비참하게 만드는 원인은 바로 잔꾀를 부리는 데 있다는 것을 보여주고 있다.

# 156
## 과부와 암탉

어떤 과부가 매일 알을 낳아 주는 암탉을 한 마리 갖고 있었다. 그녀는 암탉에게 먹이를 좀더 많이 먹이면, 알을 하루에 두 번씩 낳지 않을까 하고 생각했다. 그래서 그날부터 암탉의 먹이를 두 배로 많이 주었다.

그랬더니 그 암탉은 갑자기 너무 살이 쪄서 하루에 한 번씩 낳던 알조차 낳지 못하게 되었다.


이 우화는 욕심을 내서 지금 현재 갖고 있는 것 이상의 것을 원하면, 지금 갖고 있는 것까지도 잃게 된다는 것을 보여주고 있다.

# 157
## 여자 마법사

한 여자 마법사가 신들의 노여움을 달래기 위해 주술과 마법을 펼쳐 보이는 일을 하고 있었다. 그녀는 자신의 일에 열심이어서, 매우 안락한 생활을 누리고 있었다.

그러나 그녀의 성공을 시기하는 무리들이 그녀가 종교의 개혁을 시도하고 있다는 모함을 하여 그녀를 종교 재판소에 고발했다. 고발자들은 성공을 거두어서 그녀는 사형을 선고받았다.

그래서 그녀가 처형장으로 끌려 나갈 때, 누군가가 커다란 소리로 외쳤다.

"이봐, 마법사! 당신은 신들의 노여움을 달래 주는 일로 큰 돈을 벌었잖소? 그런데 왜 사람들의 분노는 달래지를 못했소?"

이 우화는 또한 기적을 약속하기는 하지만 일상적인 일에는 무능한 떠돌이 예언자에게도 해당이 된다.

* 주(註) : 소크라테스는 기원전 399년 아테네에서 종교 개혁을 일으키려 했다는 죄목으로 기소를 당했고 사형에 처해졌다. 아리스토텔레스 역시 기원전 324년 아테네에서 비슷한 죄목으로 고발을 당했으나, 현명하게도 사형집행을 피해서 도시를 떠났다.

# 158
## 송아지와 황소

밭에서 뼈가 빠지게 일을 하고 있는 황소를 보고 암송아지는 황소가 겪고 있는 고역에 대해서 동정을 나타내 보였다. 그러나 그 때 마침, 엄숙한 종교 행렬이 그 옆을 지나가게 되었다. 황소는 일을 멈추었다.

그러자 누군가가 암송아지를 붙잡아서 종교 제물로 바치기 위해 도살할 준비를 했다. 그 광경을 보자 황소는 미소를 지으면서 이렇게 말했다.

"송아지야, 이것이 지금까지 네가 일을 하지 않고 빈둥거리고 논 이유란다. 너는 제물로 바쳐지기로 예정이 되어 있었거든."


이 우화는 게으른 사람의 앞에는 위험이 도사리고 있다는 것을 보여주고 있다.

# 159
## 겁쟁이 사냥꾼과 나무꾼

한 사냥꾼이 사자의 발자국을 찾아다니고 있었다. 사냥꾼은 나무꾼에게 혹시 사자의 발자국을 보지 못했느냐고 물었다. 덧붙여 혹시 사자의 소굴이 어디 있는지 알려 달라고 하였다.

"그럴 것 없이 내가 바로 사자가 있는 곳을 보여 드리겠소." 하고 나무꾼이 대답했다.

사냥꾼은 공포 때문에 얼굴이 새파랗게 질려 가지고 몸을 부들부들 떨면서 말하는 것이었다.

"이봐요, 내가 찾고 있는 것은 다만 사자의 발자국뿐이지 진짜 사자가 아니란 말입니다!"

일부 사람들은 말만 용감하게 하고 실제 행동은 비겁한 경향이 있다.

# 160
## 새끼돼지와 양들

새끼돼지 한 마리가 양떼 속에 섞여서 그들과 함께 풀을 뜯어 먹고 있었다. 어느 날, 양치기가 새끼돼지를 손으로 붙잡자, 새끼돼지는 발을 버둥거리며 비명을 지르기 시작했다. 양들은 돼지에게 비명을 지른다고 나무라면서 이렇게 말했다.

"우리들은 항상 양치기한테 붙잡히고 있어. 그렇지만 우리는 너처럼 그렇게 난리를 치지는 않는단 말이야."

새끼돼지가 대답했다.

"하지만 양치기가 당신들을 붙잡을 때와 나를 붙잡을 때는, 그 이유가 전혀 다르단 말예요. 양치기가 양들을 붙잡을 때는 털과 젖이 필요해서이지만, 나를 붙잡을 때는 필요로 하는 것이 내 고기뿐이거든요."


이 우화는 사람들은 자신들의 돈이 아니라 목숨을 잃을 위험에 처했을 경우에 울고불고 난리를 칠 권리가 있다는 것을 보여주고 있다.

# 161
## 돌고래와 고래와 멸치

몇 마리의 돌고래와 몇 마리의 고래가 한바탕 싸움을 벌이고 있었다. 한동안 싸움이 계속되면서 더욱 치열해지자, 멸치가 보다 못해서 물 위로 머리를 내밀고 싸움을 말려 보려고 안간힘을 썼다. 그러자 돌고래 한 마리가 이렇게 소리쳤다.

"너처럼 피라미 같은 녀석의 중재를 받기보다는 차라리 우리들끼리 죽도록 싸우는 편이 덜 창피하겠다."


아무것도 아닌 하찮은 사람이 남들의 싸움을 말리려 들 때는 마치 자신이 잘난 사람이라도 되는 양 행동한다.

# 162
## 전나무와 가시나무

전나무와 가시나무가 서로 말다툼을 하고 있었다. 전나무는 자기 자랑을 늘어놓았다.

"나는 아름답고 호리호리하니 날씬하고 키가 훌쩍 크다고. 나는 군함과 상선의 갑판을 만드는 데 쓰여질 정도니까. 자네 같은 친구가 감히 어떻게 나하고 비교하려 든단 말인가?"

가시나무가 이렇게 반격을 가했다.

"자네를 무자비하게 잘라내는 도끼와 톱을 기억해내기만 한다면 자네도 아마 가시나무의 삶을 더 선호할 텐데."

자신의 명성이 높다고 너무 교만하지 말라. 겸손한 사람의 인생이 순탄한 법이다.

 * 주(註) : 이 우화에는 번역상의 문제가 있는데, 그리스어의 '스테게stage'가 '지붕'과 (선박의) '갑판' 양쪽 모두를 의미할 수 있기 때문이다. 그리고 또한 아티카 방언으로 신전은 '나오스naos'이고 전함은 '나우스naus'인데, 각기 다른 방언들과 시대에 따라서 헤아릴 수 없이 다양한 어형 변화가 있기 때문이다.

 이 우화에는 복수소유격인 나온naon이 나온다. 샹브리 교수가 자신의 텍스트를 준비하면서 이것을 고치지 않았다는 점을 고려하면, 이 단어는 단순히 '신전들의'란 의미일 수도 있다. 하지만 도리아식 격변화와 같은 어떤 격변화에서는 이 단어가 '전함들의'란 뜻도 될 수 있다. 물론 원본 필사본을 확인하지 않고서는, 이 단어가 아티카의 'neon'이 아닐 수도 있는지 어떤지를 알 길이 없다. 바브리우스는 이 우화를 다시 쓰면서, 전나무가 지붕의 대들보나 서까래melathron에 쓰이거나 배의 용골tropis에 쓰인다고 설명했다. 하지만 이런 설명은 이솝 우화의 어느 곳에서도 찾아볼 수 없다. 예전에 나온 펭귄판에서 S. A. 핸포드는 "신전 지붕들과 배들"을 만들었다고 썼다(우화 140). 한편 샹브리 교수(핸포드 역시 그의 판본을 사용한 듯 보이는데)는 '신전들과 배들의 지붕'이란 번역—물론 불어로—을 선택했다. 하지만 실제로 배에는 지붕이 없고, 전나무가 신전 지붕의 거대한 대들보로 쓰이기에는 적당한 재료가 아니라는 결론에 도달했다. 또한 상선(ploia)에 대한 언급이 곧바로 이어진다는 점을 미루어 보아, '군함과 상선의 갑판'이 '신전과 상선의 지붕'보다는 더 타당하다고 생각했다. 더욱이 이 해석이 전나무의 실제 쓰임새와도 더 어울리는 듯싶다.

# 163
## 나무꾼과 소나무

몇 사람의 나무꾼들이 소나무를 베고 있었다. 그런데 소나무로 만든 쐐기 덕분에 나무꾼들은 손쉽게 소나무를 쪼갤 수가 있었다. 그러자 소나무가 이렇게 말했다.

"나를 찍는 도끼보다 내 몸에서 나온 쐐기가 더 무섭구나."


자신과 관계없는 사람보다 가까운 사람의 배신이 훨씬 더 견디기 어렵다.

# 164
## 샘가의 숫사슴과 사자

목이 잔뜩 마른 숫사슴이 물을 마시러 샘으로 찾아왔다. 물을 실컷 마시고 난 뒤에 사슴은 샘물에 비쳐진 자신의 그림자를 보았다. 사슴은 자신의 훌륭한 뿔을 넋을 잃고 들여다보고 있었다. 그 크고 장엄한 모습은 자신이 보아도 멋이 있었다. 하지만 사슴은 가늘고 나약하게만 보이는 다리는 영 마음에 들지 않았다.

사슴은 돌연 사자가 덤벼들면서 뒤쫓아오기 시작했을 때까지 깊은 백일몽 속에 잠겨 있었다. 사슴은 재빨리 도망치기 시작하여 사자와 상당한 거리를 두게 되었다. 그도 그럴 것이, 사슴의 장점은 그의 다리이고, 반면에 사자의 무기는 강한 심장이기 때문이다. 그들이 평지를 달리고 있는 한, 사슴은 쉽사리 사자를 앞지를 수 있지만, 숲속으로 들어서자 사정은 달라졌다. 사슴의 크고 위엄있는 뿔이 나뭇가지에 걸려서 빨리 뛸 수가 없기 때문이었다. 그래서 사슴은 결국 사자에게 잡히는 몸이 되고 말았다.

죽음을 눈앞에 둔 사슴은 이렇게 넋두리를 늘어놓았다.

"아아, 나는 어째서 이렇게도 불행하단 말인가! 내가 지금까지 불만스럽게 생각해온 다리는 내 목숨을 살릴 수가 있었는데, 내가 지금까지 그토록 자랑스럽게 생각해온 뿔이 나에게 죽음을 가져다줄 줄이야!"

그래서 위험한 상황에 처했을 때는 우리들이 평소에 나를 도와줄까 하고 의심하던 친구들이 종종 도와주고, 믿고 의지하던 친구가 오히려 배반하는 경우가 있다는 이야기이다.

# 165
## 암사슴과 덩굴

사냥꾼에게 쫓기던 암사슴이 덩굴을 보고 그 밑에 몸을 숨겼다. 그 덩굴은 꽤 무성하게 자라나 있었기 때문에 사슴은 자신의 몸을 완전히 숨길 수가 있다고 생각하고는 덩굴잎을 조금씩 따먹기 시작했다.

덩굴잎이 바스락거리는 소리를 듣고, 그곳을 지나쳐 간 사냥꾼이 다시 돌아와서는, 당연히 도망간 사슴이 덩굴 밑에 숨어 있을 것이라고 생각했다.

사냥꾼은 덩굴잎 속을 겨냥하고 화살을 쏘았다. 사슴은 가슴에 정통으로 화살을 맞았다. 사슴은 숨을 거두면서 이렇게 중얼거렸다고 한다.

"모두 내가 잘못해서 이렇게 된 거야. 내 목숨을 살려줄 수도 있었던 덩굴잎을 어리석게도 따먹고 있었으니!"


이 우화는 자신을 도와준 사람에게 해를 입히는 사람은 신에 의해서 벌을 받는다는 것을 보여주고 있다.

# 166
## 암사슴과 동굴 속의 사자

사냥꾼에게 쫓기고 있는 암사슴이 도망치다가 우연히 동굴 입구에 당도했다. 사슴은 모르고 있는 일이었지만 그 동굴 속에는 사자 한 마리가 들어가 있었다.

사슴은 그런 줄도 모르고 옳다꾸나 하고 동굴 속으로 들어가 숨었으나 당장 사자에게 붙잡히고 말았다. 사자가 덮치자 사슴은 이렇게 탄식했다.

"정말 재수가 나쁘구나! 사냥꾼에게서 도망친다는 것이 가장 흉악한 사자의 아가리 속으로 뛰어들게 되다니!"


작은 위험을 피하려 하다가 인간은 종종 보다 큰 위험에 빠지는 경우가 있다.

# 167
## 애꾸눈 암사슴

태어날 때부터 한쪽 눈만 성한 암사슴이 하루는 어린 나뭇잎을 따먹으러 바닷가로 나갔다. 그 애꾸눈 사슴은 사냥꾼이 오는가를 지켜보기 위해 살 보이는 쪽 눈을 육지 쪽으로 향하게 하고, 안 보이는 쪽 눈은 위험이 전혀 없다고 예상되는 바다 쪽으로 향하게 하고 있었다.

그러나 배를 타고 그 부근을 돌아다니던 바다의 밀렵꾼들이 사슴을 발견하고, 살금살금 다가와서 치명적인 상처를 입혔다.

숨을 거두면서 암사슴은 이렇게 말했다.

"참으로 억울하기 짝이 없다. 나는 육지 쪽이 위험할 줄 알고 그쪽을 경계하고 바다 쪽은 위험이 없다고 판단하고 경계를 게을리했는데, 오히려 바다 쪽이 더 위험했다니."


이것은 종종 우리들의 예상이 빗나간다는 것을 경계하는 이야기다. 우리들에게 위험한 것처럼 보이는 것이 오히려 우리에게 이익을 가져다주고 우리들에게 유익한 것처럼 보이는 것이 우리에게 해를 끼치는 경우가 흔히 있다.

# 168
## 지붕에 올라간 새끼 염소와 늑대

어떤 집의 지붕 위로 우연히 올라가게 된 새끼염소는 늑대가 집 앞을 지나가는 것을 보고 평소의 분풀이로 욕설을 퍼부으며 놀려대기 시작했다.

놀림을 당한 늑대가 이렇게 대꾸했다.

"야, 거기 있는 꼬마녀석아! 나를 놀려대고 있는 것은 네녀석이 아니고, 바로 네가 서 있는 그 자리란 걸 알고 있어!'

이 우화는 종종 자기보다 강한 자에게 감히 반항하게 만드는 것은 어떤 배후의 상황이나 지위라는 것을 보여주고 있다.

# 169
## 새끼염소와 피리를 부는 늑대

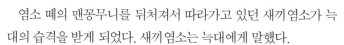

염소 떼의 맨꽁무니를 뒤처져서 따라가고 있던 새끼염소가 늑대의 습격을 받게 되었다. 새끼염소는 늑대에게 말했다.

"늑대 아저씨, 제가 당신의 밥이 될 운명이라는 것은 알고 있어요. 하지만 이렇게 명예 없는 죽음을 당할 수는 없으니까 피리를 좀 불어 주세요. 춤이라도 한 번 추다가 죽게요."

늑대가 피리를 불고 새끼염소가 춤을 추는 사이에, 몇마리의 사냥개가 시끄러운 소리를 듣고 달려와서 늑대를 쫓아버렸다.

늑대는 새끼염소를 돌아다보면서 한 마디 했다.

"학살자라면 학살자답게 너를 냉큼 잡아먹을 일이지, 격에 안 맞게 내가 피리는 왜 불었담?"


그러니까 주위의 상황을 고려하지 않고 엉뚱한 짓을 했다가는, 다 잡아 놓은 사냥감조차도 놓쳐 버리는 경우가 있다는 이야기다.

# 170
## 두 사람의 원수

　서로를 몹시 싫어하는 두 사람이 같은 배를 타고 항해를 하고 있었다. 한 사람은 배 맨 끝에 자리를 잡았고 다른 사람은 배의 맨 앞에 자리를 잡고 앉아 있었다. 갑자기 폭풍이 불어닥치자 배가 침몰 직전의 위기에 빠졌다. 배의 끝쪽에 앉아 있던 사나이가 키잡이에게 배의 어느 쪽이 먼저 물 속으로 가라앉겠느냐고 물었다.

　"배의 앞쪽이죠." 하고 키잡이가 대답했다.

　그러자 그 사나이는 의연하게 말했다.

　"만일 원수가 먼저 죽는 것을 볼 수 있다면 나는 죽음 같은 것은 조금도 두렵지 않소."


　이 우화는 많은 사람들이 자신의 원수가 먼저 죽는 것을 볼 수 있다면, 자신들에게 닥쳐올 재앙 따위는 조금도 두려워하지 않는다는 사실을 보여주고 있다.

# 171
## 독사와 여우

한 마리의 독사가 가시나무 덤불 위에 얹혀서 강의 급류에 실려 떠내려가고 있었다. 여우가 그곳을 지나가다가 그 광경을 보고 독사에게 커다란 소리로 외쳤다.

"그 배에 그 주인이로구나!"

이상한 모험에 몸을 던지는 악당들에 관한 우화이다.

---

＊ 주(註) : 물살에 휩쓸린 가엾은 독사에게 여우가 냉혹하게 퍼붓는 이 냉소적인 말은 당시에 흔한 속담이었음이 분명하다. 이런 종류의 악의에 찬 조롱은 끔찍하게 기발하다고 여겨졌다. 이 우화는 다른 누군가의 불행을 이용하여 '한 점 따는' 식의 유머에 대한 지속적인 관심을 보여주는 좋은 예라고 할 것이다.

# 172
## 독사와 줄칼

독사 한 마리가 대장간의 작업장으로 스르르 미끄러져 들어가서, 대장간 도구들에게 무엇이든 좀 달라고 애원했다. 몇몇 연장들에게서 뭔가를 얻은 독사는 이번에는 줄칼에게로 다가가서 또다시 어떤 것이든 적선을 해 달라고 사정했다.

"나한테서 무엇인가를 얻어낼 수 있다고 믿고 있다니, 참으로 순진한 녀석이로군." 하고 줄칼이 대답했다. "왜냐하면 나는 지금까지 모두에게서 빼앗아만 보았지 베푼 적은 한번도 없었으니까 말이야."


이 우화는 인색한 자로부터 무엇인가를 얻을 수 있다고 생각하는 것은 어리석다는 사실을 보여주고 있다.

# 173
## 독사와 물뱀

어떤 독사가 늘 같은 시간에 어느 샘에 물을 먹으러 가곤 했다. 그곳에 살고 있던 한 마리의 물뱀(히드라)은 그 독사가 자신의 영역에 만족하지 않고 남의 땅에 침범해 들어오는 것을 못마땅하게 생각하여, 독사의 출입을 막고 싶어했다. 양쪽의 불화가 절정에 달하자 그들은 결투를 하기로 했다. 누구든지 싸움에 이기는 쪽이 그 땅과 샘을 소유한다는 것이었다. 그들은 날짜를 정했다. 물뱀을 미워하는 개구리들은 독사를 찾아가서, 그의 편을 들겠다고 약속하면서 용기를 북돋아 주었다.

싸움이 시작되었다. 독사는 물뱀과 격투를 벌였다. 그리고 아무것도 할 수 없는 개구리들은 커다란 소리로 개골개골 하고 울어대면서 응원을 했다. 독사는 승리를 거두었지만 개구리들을 비난했다. 그는 그들이 자기와 함께 싸우겠다고 약속을 해놓고, 싸우는 동안 자기를 도와줄 생각은 하지 않은 채, 한가하게 노래만 부르고 있었다고 꾸짖었다.

그러자 개구리들은 이렇게 대답했다.

"자네도 잘 알고 있잖아, 친구. 우리들은 팔과 다리로가 아니라 목소리로만 돕는다는 것을."


이 우화는 신체적인 도움을 필요로 할 때는 격려의 말만으로는 전혀 도움이 되지 않는다는 것을 알려준다.

# 174
## 노새

　보리를 먹고 살이 통통하게 찐 노새가 갑자기 혼자 이렇게 중얼거리며 사방을 뛰어다니기 시작했다.

　"우리 아버지는 굉장히 빨리 달리는 말이었단 말이야. 나는 모든 면에서 아버지를 꼭 닮았다니까."

　그러던 어느 날, 노새는 어쩔 수 없이 경주를 하게 되었다. 경주의 종반이 되어 지칠 대로 지친 노새는 갑자기 자기의 아버지가 사실은 당나귀라는 것을 기억해냈다.


　이 우화는 아무리 상황이 자신에게 유리하다 하더라도 자신의 출신을 잊으면 안된다는 것을 보여주고 있다. 이 세상은 불확실성으로 가득 차 있기 때문이다.

# 175
## 헤라클레스와 아테나

헤라클레스가 좁은 산길을 걸어가고 있으려니까 앞길에 사과처럼 보이는 물체가 놓여 있는 것이 보였다. 그가 그것을 짓밟아 버리려는 순간 갑자기 그 물체의 크기가 두 배로 커졌다. 그 모습을 본 헤라클레스는 전보다 한층 더 세게 그것을 짓밟는 한편, 그것을 곤봉으로 내리쳤다. 그러자 그 물체는 더욱 크게 부풀어올라서 아예 길을 가로막아 버릴 정도가 되었다. 이에 놀란 영웅 헤라클레스는 곤봉을 떨어뜨린 채 그곳에 망연자실한 모습으로 서 있었다. 이때, 그의 앞에 아테나 신이 나타나 이렇게 말했다.

"이제 그만하게, 이 물체는 논쟁과 불화의 정령이라네. 건드리지 않고 가만히 놓아두면 그전처럼 얌전해질 걸세. 하지만 이것과 싸우면, 보다시피 자꾸만 부풀어오른다네."


이 우화는 싸움과 불화는 엄청난 불행의 원인이 될 수 있다는 것을 보여준다.

# 176
## 헤라클레스와 플루토

헤라클레스는 신의 반열에 끼게 되어서 제우스 신의 만찬에서 모든 신과 점잖게 상견례를 하게 되었다. 마지막으로 부의 신 플루토에게 인사를 할 차례가 되었으나 헤라클레스는 눈을 밑으로 내려간 채 그에게서 머리를 돌렸다. 깜짝 놀란 제우스는 다른 모든 신들에게는 즐거운 듯이 인사를 했으면서 플루토 차례가 되자 어째서 얼굴을 돌렸느냐고 물었다. 그러자 헤라클레스는 이렇게 대답했다.

"그 이유는 제가 그와 함께 지상에 있을 때, 거의 언제나 그가 사악한 인간들의 인기를 독점하는 것을 보았기 때문입니다."

이 우화는 또한 운 좋게 돈을 벌기는 했으나 고약한 성격을 지닌 사람에게 적용할 수 있다.

# 177
## 반신(헤로스)

어떤 사람이 자기 집에 반신(半神)의 초상을 걸어 놓고 그것에 여러 가지 제물을 바치고 있었다. 그가 계속 제물에 상당한 돈을 쏟아붓고 있는 것을 보고 그 반신은 어느 날 밤, 그의 앞에 나타나서 이렇게 타일렀다.

"여보게, 제발 더 이상 자네의 재산을 낭비하지 말게. 만일 자네가 있는 돈을 모두 털어먹고 가난뱅이가 된다면 나에게 모든 원망을 할 것이 아닌가?"

이런 식으로 많은 사람들은 자기 자신의 어리석음 때문에 곤란한 시기를 맞이하게 되면, 그 모든 잘못을 신에게 돌려버린다.

# 178
## 다랑어와 돌고래

다랑어가 돌고래에게 쫓기게 되자 온 사방에 물을 튕기면서 물살을 가르며 도망쳤다. 돌고래가 거의 다랑어를 잡으려고 했을 때 다랑어는 필사적으로 몸을 날려서 해변의 모래밭 위로 올라가고 말았다. 거의 본능적으로 몸을 날린 돌고래 역시 모래밭 위로 튀어올라와 다랑어 옆에 털썩 떨어지고 말았다. 그래서 돌고래와 다랑어는 그곳에 나란히 길게 드러눕게 되었다. 다랑어가 죽음을 앞두고 마지막으로 숨을 헐떡이면서 이렇게 말했다.

"이제 난 더 이상 죽음이 두렵지 않네. 나를 죽음으로 몰아넣은 녀석과 같은 운명을 맞이하게 되었으니까 말이야."


이 우화는 불행의 원인이 되었던 자와 함께 불행해졌을 때, 그것을 쉽게 참아낼 수 있다는 것을 보여주고 있다.

# 179
## 돌팔이 의사

어떤 돌팔이 의사가 한 환자를 진찰했다. 그 환자가 지금까지 진찰을 받아본 다른 의사들은 한결같이, 환자의 생명은 위험하지 않으나 완쾌될 때까지는 많은 시간이 걸릴 것이라는 진단을 내렸다.

그런데 이 돌팔이 의사만이 환자에게 당신은 이제 살날이 하루밖에 남지 않았으니까 모든 일을 정리해 놓으라는 조언을 남기고 떠나버렸다.

며칠이 지났을 때 환자는 자리를 털고 일어나 시험 삼아 외출을 해 보았다. 하지만 얼굴이 창백하고 다리가 후들거려서 걷기조차 힘들었다.

그때 돌팔이 의사를 우연히 만났다. 돌팔이 의사는 환자에게 물었다.

"그래, 저 세상 사람들은 요즘 어떻게들 지내고 있던가요?"

환자는 이렇게 대답했다.

"죽은 사람들은 모두 평화롭게 살고 있어요. 그도 그럴 것이, 그 사람들은 레테의 물(망각)을 마셨으니까요. 그런데 요즘에 그곳도 아주 시끌벅적했답니다. 죽음의 신과 하데스(황천)의 신이 모든 의사들에게 무시무시한 위협을 가했거든요. 의사들 때문에 환자들이 자연스럽게 죽음을 맞이하지 못한다고 말이죠. 그래서 신들은 의사들의 이름을 모두 명부에 기록했답니다. 그런데 당신의 이름도 그 명부에 추가하려고 하더군요. 그래서 내가 죽음

의 신과 황천의 신 발밑에 몸을 던지며 당신은 진짜 의사가 아니니까 그런 비난을 받을 이유가 전혀 없다고 통사정을 했답니다."

이 특별한 우화는 의학적 지식이나 재능이 전혀 없으면서도 그럴 듯한 말만 가지고 의사 행세를 하는 자들을 우스갯거리로 만들고 있다.

# 180
## 의사와 환자

어떤 의사가 환자를 돌보아 주고 있었으나 그만 숨을 거두고 말았다. 그러자 의사는 자기 집의 하인에게 이렇게 말했다.

"이 환자는 술을 삼가고 관장을 했더라면 죽지 않았을지도 모르는데."

"허허, 말도 안되는 말씀을 하시는군요." 하고 하인 하나가 말했다. "이제 와서 그런 말씀을 해 보았자 아무 소용이 없습니다. 그 사람이 살아 있을 때 그런 조언을 했더라면 돈이라도 벌 수 있었겠지만 말입니다."

이 우화는 친구란 어려울 때 와서 도와주어야지, 상황이 절망적이 된 후에 잘난 체하고 말만 해서는 안 되는 법이라는 것을 보여준다.

# 181
## 솔개와 뱀

한 마리의 솔개가 하늘에서 날아 내려와 뱀을 잡아채서 올라갔다. 그러나 뱀은 몸을 비틀어 가지고 솔개를 꽉 물었다. 그러자 그 두 마리의 짐승은 까마득히 높은 곳에서 일직선으로 낙하하여 솔개는 땅바닥에 떨어진 충격으로 인해서 목숨을 잃었다.

뱀은 이렇게 큰소리를 쳤다.

"너는 왜 어리석게도 나에게 해를 입히려 들었지? 나는 너에게 아무런 짓도 하지 않았는데 말이야. 나를 낚아채 가다니 백 번 죽어도 벌받아 마땅해."

자기보다 약한 사람을 시기하고 해치려고 하는 사람은 같은 함정에 자신이 빠질 수가 있다. 그들이 남에게 입힌 모든 악행이 뜻하지 않게 폭로될 때, 그들은 그 대가를 치르게 된다.

# 182
## 말의 울음소리를 흉내낸 솔개

솔개는 본래 다른 목소리를 갖고 있었다. 솔개의 목소리는 높고 찢어지는 것 같은 소리였다. 그러나 어느 날, 솔개는 말이 우는 소리를 무척 아름답게 들었기 때문에, 그 울음소리를 흉내내고 싶어졌다.

그래서 열심히 흉내를 내서 울어 보았으나 도저히 말과 같은 울음 소리를 낼 수가 없었고, 동시에 자기 자신의 본래의 목소리도 잃어버리고 말았다.

이것이 솔개가 그 자신의 목소리도 내지 못하고, 또 말처럼 울지도 못하는 이유이다.


시기심이 많은 사람들은 자신이 소유하지 못한 성향을 부러워하다가 자기 고유의 것까지 잃고 만다.

# 183
## 새 잡는 사람과 코브라

새 잡는 사람이 덫과 끈끈이를 가지고 사냥을 하러 떠났다. 그는 높다란 나무에 앉아 있는 개똥지빠귀를 보고 그것을 잡기로 마음먹었다. 그래서 끈적끈적한 나뭇가지를 다른 나뭇가지 위에 올려놓고 주의력을 온통 나무 위쪽에 집중시켰다. 위를 바라보고 있는 동안 그는 자기가 땅 위에서 잠자고 있는 코브라를 밟고 있다는 것을 까맣게 모르고 있었다. 코브라는 그 겁없는 사냥꾼에게 화를 내면서 그의 발을 꽉 물어 버렸다. 자신이 치명상을 입은 것을 알게 된 그 새사냥꾼은 탄식했다.

"정말 재수도 없군! 새를 사냥하려고 하다가 나 자신이 죽음의 사냥감이 되어 버린 것을 모르고 있었다니."


이것은 같은 피조물에 대해서 해를 입힐 계획을 세우면 자기가 먼저 파멸을 맞게 된다는 이야기이다.


＊ 주(註) : 이집트 코브라Vipera aspis는 그리스에 서식하지 않는다. 따라서 이 우화의 기원은 그리스가 아닌 다른 곳이다. 그리스인들은 새들의 발이 달라붙도록 나뭇가지에 끈끈한 아교를 발라서 새덫, 즉 익소스ixos를 만들었는데, 대개는 겨우살이 열매를 으깬 것을 이용했고, 때로는 참나무의 진액이나 다른 끈끈한 물질을 쓰기도 했다.

# 184
## 늙은 말

한 늙은 말이 방앗간 주인에게 팔려 가 연자매를 돌리게 되었다. 연자매와 연결된 멍에에 매어졌을 때, 늙은 말은 신음소리를 내며 이렇게 비명을 질렀다.

"경마 코스를 돌고 있던 내가 이런 연자매를 돌리는 신세로 전락하다니!'


젊었을 때의 왕성한 힘을 지나치게 자랑하지 말라. 많은 사람들이 노년을 고된 일로 보내고 있으니까.

# 185
## 강물 속에서 똥을 눈 낙타

낙타 한 마리가 빠르게 흐르는 강물을 건너고 있었다. 도중에 똥을 누었는데, 즉각 자신이 배설한 똥이 빠른 급류를 타고 자기보다 앞서 떠내려가는 것을 보았다.

"아니, 저기 있는 것이 뭐지?" 하고 낙타는 혼잣말을 했다. "저것은 분명히 내 뒤에서 나왔는데, 지금 보니까 나를 앞서가고 있잖아?"


이것은 현명하거나 양식이 있는 사람들보다, 오히려 바보나 한심한 사람들이 지배하는 상황에 어울리는 이야기이다.


＊ 주(註) : 이 우화 역시 그리스에 기원을 둔 것이 아니다. 그리스에는 낙타가 없었으며, 설사 있다고 해도 이런 부적절한 비유는 결코 하지 않을 것이다.

# 186
## 낙타와 코끼리와 원숭이

동물들이 누구를 왕으로 뽑을지 회의를 하고 있었다. 낙타와 코끼리는 자신들이 동물계에서 꽤 추앙을 받는다고 생각하고 그들에게 던져질 표에 대해 한창 논쟁을 벌였다. 자신들의 커다란 덩치와 막강한 힘 때문에 다른 동물들 중에서 선출될 거라고 기대하고 있었던 것이다. 그러나 원숭이는 두 동물 모두 왕이 되기에는 부적당하다고 선언했다.

"낙타는 왜 안 되느냐 하면, 한 번도 범죄자에 대해서 화를 낸 적이 없기 때문이고, 코끼리는 왜 안 되느냐 하면 고작 새끼돼지(코끼리가 제일 무서워하는 동물이다)를 보고도 도망쳐 버리는데, 그래 가지고서는 백성들을 보호해줄 수 없기 때문이지."


이 우화는 때때로 위대한 지위로 올라가는 길을 가로막는 것은 아주 작은 일이라는 것을 보여준다.


\* 주(註) : 많은 우화에서 그렇듯이, 이 우화도 동물들이 등장하는데, 돼지만 빼고 어느 것도 그리스에는 실제로 존재하지 않았다.

# 187
## 낙타와 제우스

황소가 이로운 뿔을 가지고 있는 것을 본 낙타는 황소를 부러워하면서, 자기도 또한 뿔을 갖기를 원했다. 낙타는 제우스 신에게 찾아가서 자신에게도 몇 개의 뿔을 갖게 해달라고 애원했다.

그러나 이미 커다란 몸집과 막강한 힘을 가진 것에 만족하지 못한 채 그 이상의 것을 원하는 낙타에게 제우스 신은 화가 났다. 그래서 뿔을 달아 달라는 소원을 거부했을 뿐만 아니라 한 걸음 더 나아가서 낙타의 귀 윗부분까지 싹둑 잘라 버렸다.

탐욕스러운 사람들은 부러운 눈으로 남을 바라보다가 자신의 독특한 이점을 잃어가고 있다는 사실을 깨닫지 못한다.

# 188
## 춤추는 낙타

주인에 의해서 춤을 강요당한 낙타가 이렇게 말했다.
"품위가 없는 것은 춤을 출 때뿐만이 아니라 걸을 때도 마찬가지라고요."


이 우화는 품위를 잃은 모든 행동에 적용될 수 있다.

# 189
## 낙타를 처음 보았을 때

낙타를 처음 보았을 때 사람들은 굉장히 무서워했다. 그의 커다란 몸집에 모두들 겁을 집어먹고 도망을 쳤다.

그러나 시간이 흘러 낙타의 온순함을 깨닫게 되자 사람들은 용기를 내서 조심조심 그 옆으로 다가갔다.

그리고 차츰 낙타가 화를 낼 줄조차 모른다는 것을 알아차리게 되면서 사람들은 낙타에게 굴레를 씌우고 아이들에게 끌고 다니도록 고삐를 쥐어줄 정도로 얕잡아보게 되었다.

이 우화는 무서운 것이 불러일으키는 공포도 습관이 되면 극복할 수 있다는 것을 보여주고 있다.

# 190
## 두 마리의 쇠똥구리

조그만 섬에서 황소 한 마리가 풀을 뜯어먹고 있었는데 두 마리의 쇠똥구리가 그 황소의 똥 속에서 영양분을 섭취하고 있었다. 겨울이 찾아오자 쇠똥구리 중 한 마리가 다른 쇠똥구리에게, 바다를 건너 본토로 가는 것이 좋을 것 같다고 말했다. 모험 같지만 해협을 건너가서 겨울을 나고 오겠다고 말했다. 만일 그곳에서 많은 먹이를 발견한다면 잔뜩 가져다 주겠다면서, 그는 친구에게 만일 혼자 남게 되면 먹을 것을 더 많이 차지하게 되지 않겠느냐고 했다.

그리하여 그 쇠똥구리는 바다를 건너서 본토로 날아갔는데, 그곳에서 신선한 똥들을 구경하게 되었다. 그는 그 똥 위에 내려앉아 게걸스럽게 파먹기 시작했다.

겨울이 지나고 봄이 찾아오자 다시 섬으로 되돌아왔다. 그가 살이 찌고 건강해진 것을 본 친구는 먹을 것을 가지고 돌아오겠다던 약속을 상기시키고, 빈손으로 돌아온 그를 나무랐다. 그러자 이기적인 쇠똥구리는 이렇게 대답했다.

"이봐, 나를 탓하지 말아. 이곳에서 너무 멀기 때문에 그랬던 거니까. 그곳에는 먹을 것이 너무 많았지만, 그것을 여기까지 가지고 오는 일은 불가능한 일이었어."

이 우화는 표면상의 친구로 함께 재미있게 놀기는 하지만, 그밖에는 어떤 도움도 줄 가망이 없는 사람들에게 적용시킬 수 있을 것이다.

# 191
## 게와 여우

바다에서 기어 나와 해변으로 올라온 한 마리의 게가 고독한 생활을 즐기고 있었다.

어느 날 굶주린 여우가 게를 발견했다. 그동안 먹을 거라고는 구경도 못한 여우는 허겁지겁 달려가서 게를 발로 마구 때린 다음 잡아먹으려고 했다. 여우에게 막 잡아먹히려는 순간, 게는 이렇게 탄식했다.

"이런 운명을 당해도 싸지! 바다 속에서 살아야 할 내가 어리석게도 육지에서 살 수 있을 것이라고 상상을 했으니!"

이것은 인간에게도 그대로 해당된다. 자기 자신의 직업을 내팽개치고, 자기와 아무런 관련도 없는 일에 뛰어든 사람은 당연한 결과로 불행을 맞게 된다.

# 192
## 새끼게와 어미게

"제발 옆으로 걷지 말아라." 하고 어미게가 자식에게 타일렀다. "그리고 옆구리를 젖은 바위에 대고 그렇게 비벼대지 마라."

그러자 새끼게가 대답했다.

"네, 엄마. 엄마가 나에게 걷는 법을 가르쳐 주려면 먼저 엄마부터 똑바로 걸어 보세요. 엄마가 걷는 것을 지켜보고 그대로 따라 할 테니까요."

남을 타이를 때는 먼저 교훈을 늘어놓기 전에 자신부터 똑바로 살고, 똑바로 걸어야 할 것이다.

# 193
## 정원사가 식물에 물을 주다

어떤 사람이 밭에 있는 식물에 물을 주고 있는 정원사 옆을 지나가다가 그에게 물었다.

"야생 식물은 돌보아주지 않아도 무성하게 잘 자라는데, 재배 식물은 왜 비리비리하고 발육이 나쁘지요?"

그러자 정원사는 이렇게 대답했다.

"그것은 대지의 여신이 야생 식물에 대해서는 친어머니고, 재배 식물에 대해서는 의붓어머니이기 때문이랍니다."


마찬가지로 계모 밑에서 자라는 아이는 친어머니가 키운 아이보다 발육이 나쁘다.

# 194
## 정원사와 개

정원사의 개가 잘못해서 우물 속에 빠져 버렸다. 개를 살려 보려고 정원사는 우물 속으로 용감하게 내려갔다.

그러나 정원사가 자기를 우물물 속에 더욱 깊이 밀어넣으려고 한다고 생각한 그 개는 고개를 바짝 쳐들어 주인을 물었다. 손을 물린 정원사는 고통을 견디다 못해 혼자 우물 위로 기어 올라왔다. 그러면서 이렇게 말했다.

"왜 내가 쓸데없는 짓을 하려고 했지? 그 녀석은 죽고 싶어서 환장을 했는데, 내가 왜 그 못된 짐승을 살려 보겠다고 위험한 짓을 하느냔 말이야?"

이 우화는 은혜를 모르는, 감사할 줄 모르는 사람들에게 보내는 이야기이다.

# 195
## 키타라 연주가

재능이라고는 전혀 없는 키타라(하프) 연주가가 회반죽을 두텁게 바른 담벽으로 둘러싸인 집안에서 아침부터 밤까지 노래를 하고 있었다. 그 담벽에 의해서 공명된 노래 소리를 듣고, 자신의 목소리가 무척 아름답다고 생각했다. 그래서 그때부터 그는 자신의 목소리를 지나치게 과대평가해서 극장에서 공연을 하기로 결심했다. 그러나 무대 위에서 노래를 너무 못했기 때문에 사람들이 던지는 돌팔매를 피해 무대 밖으로 도망쳐 나와야 했다.

학교에서 재능이 꽤 있는 것처럼 보이는 어설픈 웅변가가 정치판에 들어가는 즉시 무능함을 드러내는 것과 같다.

# 196
## 개똥지빠귀

한 마리의 개똥지빠귀가 숲 속에서 산딸기를 쪼아먹고 있었다.
그 달콤한 맛에 넋을 빼앗긴 개똥지빠귀는 그곳을 도저히 떠날
수가 없었다. 들새 사냥꾼이 그곳에서 황홀지경에 빠져 있는 개
똥지빠귀를 관찰하고 있다가 끈끈이 덫으로 개똥지빠귀를 손쉽
게 잡았다. 죽음을 눈앞에 둔 개똥지빠귀가 이렇게 한탄했다.
"가엾은 내 신세! 먹는 즐거움 때문에 목숨이 날아가는 것도 모
르고 있었다니!'


이 우화는 주색잡기에 넋을 빼앗긴 방탕한 사람을 겨냥한 것이다.

# 197
## 도둑들과 수탉

　남의 집에 넘어 들어간 몇 명의 도둑은 그곳에 수탉 한 마리밖에는 아무것도 없다는 것을 알았다. 그들은 할 수 없이 그 수탉이라도 잡아 가지고 나왔다.

　도둑들에게 잡아먹히게 된 것을 안 수탉은 그들에게 자기는 밤마다 일을 하러 가도록 사람들을 깨우는 매우 쓸모있는 동물이라고 호소하면서 목숨만 살려 달라고 애원했다.

　도둑들이 대답했다.

　"너를 죽여야 할 다른 이유는 모두 젖혀놓고서라도, 우리가 도둑질을 못하도록 사람들을 깨우는 그 한 가지 이유만으로도 너를 살려 둘 수가 없다."


　악한 일을 방해하면 그만큼 세상에 선한 일을 하는 셈이다.

# 198
## 위장과 발

위장과 발이 자신들이 서로 힘이 세다고 논쟁을 하고 있었다. 발은 언제나 자기가 위장을 데리고 다니니까 더 힘이 세다고 주장했다. 그 말에 대해서 위장은 이렇게 대꾸했다.

"하지만 친구야, 만일 내가 너에게 영양분을 공급해 주지 않는다면, 너는 나를 데리고 다닐 수가 없단 말이야."

이것은 군대에 해당이 된다. 즉, 일반적으로 말하면 지휘관이 현명하지 못하면 병사들의 숫자는 그다지 중요하지 않다.

# 199
## 갈까마귀와 여우

옛날에 굶주림에 시달리면서도 무화과가 아직 푸른 것을 보고서 그것이 익기를 기다리기로 작정하고 아주 오랜 세월 동안 무화과나무에 앉아 기다리는 갈까마귀가 있었다. 그곳에 무한정 오랫동안 앉아 있는 갈까마귀를 본 여우 한 마리가 그 이유를 물었다.

이유를 듣고 난 여우는 이렇게 말했다.

"자네는 완전히 잘못 생각하고 있네, 친구. 자네는 희망만 가지고 살 작정이로군. 희망이란 환상을 제공해 줄지는 모르지만 위장을 채워 줄 수는 없다고."

이 우화는 탐욕스러운 자에게 해당된다.

# 200
## 갈까마귀와 까마귀

　남보다 몸집이 유달리 커서 다른 동료들로부터 따돌림을 당하는 갈까마귀가 있었다. 그 갈까마귀는 까마귀 무리에게 찾아가, 그들과 함께 살 수 없겠느냐고 물어 보았다. 그러나 그의 생김새와 목소리를 낯설게 느낀 까마귀들은 그를 백안시하고 그곳에서 쫓아냈다.

　그래서 까마귀에게 거부당한 갈까마귀는 다시 갈까마귀 무리에게로 돌아왔다. 그러나 그들을 버리고 간 것에 대하여 반감을 느끼고 있던 갈까마귀들은 그가 되돌아오는 것을 거절했다. 이렇게 해서 그는 갈까마귀와 까마귀의 양쪽 사회로부터 추방당하는 신세가 되었다.

　이것은 인간과 비슷하다. 다른 나라가 좋다고 자신의 조국을 등진 사람은 그곳에 가서도 외국인이어서 제대로 평가를 받지 못한다. 그러나 그는 같은 동포로부터도 조국을 버렸다는 이유로 경멸을 당한다.

# 201
## 까마귀와 헤르메스

덫에 걸린 까마귀가 아폴로 신에게 덫에서 풀려날 수 있다면 유향을 바치겠다고 맹세를 했다. 그러나 소원이 이루어지자 까마귀는 그 맹세를 까맣게 잊어버렸다.

그 뒤에 또다시 다른 덫에 걸리게 되자 까마귀는 아폴로 신을 포기하고 그 대신에 헤르메스 신에게 제물을 바치겠다고 맹세했다. 그러자 헤르메스 신은 그 까마귀에게 이렇게 대답했다.

"이런 못된 까마귀 같으니라고! 첫번째 신에게 한 서약을 지키지 않고 속인 너를 어떻게 내가 믿을 수 있겠느냐?'

자신의 은인을 배반한 사람은 필요한 때에 다른 사람의 도움을 더 이상 기대할 수 없다.

# 202
## 까마귀와 뱀

먹을 것이 없어진 까마귀가 햇볕 아래서 잠을 자고 있는 뱀을 발견했다. 까마귀는 날쌔게 날아 내려가서 뱀을 낚아채 가지고 하늘로 날아올라갔다. 그러자 뱀은 잽싸게 몸을 틀어 까마귀를 물었다. 그러자 까마귀는 죽어가면서 이렇게 말했다.

"재수도 억세게 없군! 뜻밖의 횡재수를 잡았나 싶었더니만 하필이면 내 목숨을 빼앗는 독사를 잡다니!"

이 우화는 자신의 생명을 위협하는 보물을 발견한 인간에게 어울린다고 할 수 있다.

# 203
## 병든 까마귀

병에 걸린 까마귀가 어미까마귀에게 말했다.

"신에게 기도를 해주세요, 엄마. 그리고 이제 그만 울어요."

어미까마귀가 탄식했다.

"아들아, 어떤 신이 너를 불쌍히 생각해 주겠니? 신들 가운데 네가 음식을 훔쳐먹지 않은 신이 하나라도 있느냐?"


이 우화는 평생 동안 많은 적을 만든 자는 꼭 필요한 때에 친구를 찾을 수 없다는 것을 보여주고 있다.


&ast; 주(註) : 여기서 음식을 도둑질했다는 말은 까마귀가 제단 위나 신전 안에 떨어진 제물 부스러기를 슬쩍하거나, 심지어 실제로 제물을 바치는 의식이 거행되는 도중에 일부분을 낚아채 가는 것을 의미한다.

243

# 204
## 뿔종다리

덫에 걸린 뿔종다리가 한탄하며 이렇게 말했다.

"아아, 슬프도다! 나같이 불행한 새가 또 있을까! 나는 어느 누구로부터도 돈이나 황금이나 어떤 보석도 훔친 적이 없어. 그런데 조그만 곡식 한 알을 먹으려다가 죽게 되다니!"

이 우화는 하찮은 일 때문에 커다란 위험에 자신을 노출시키게 된 사람들에게 해당되는 것이다.

✱ 주(註) : 아리스토파네스의 『새들』(471)에 보면, 뿔종다리에 관한 또 다른 이솝 우화가 있었지만 소실되었다는 증거가 나온다. 그 이상한 신화적 우화에서는 뿔종다리가 세상 무엇보다도 가장 먼저 창조되었다고 한다. 그래서 뿔종다리의 아버지가 죽었을 때, 그 새는 시신을 묻을 곳을 찾지 못했다. 땅조차 아직 창조되지 않았기 때문이었다. 결국 '5일째 되던 날'에 달리 묻을 곳을 찾지 못한 뿔종다리는 아버지를 자신의 머리—즉 뿔—에다 묻었다. 불행하게도 이 기이한 이야기는 아리스토파네스의 단편적인 언급을 통해서만 알려져 있을 뿐, 그 어디에서도 전해져 내려오지 않고 있다. 따라서 이 우화의 참된 의미가 무엇인지 짐작할 수 없다.

# 205
## 개똥지빠귀와 까마귀

개똥지빠귀는 까마귀가 인간에게 예언을 하고 흉조를 알려 주고, 미래를 예지하는 점쟁이 새라는 이유 때문에 까마귀를 부러워하게 되었다. 개똥지빠귀는 자신도 그러한 점쟁이가 되기로 결심했다. 그래서 여행자들이 지나가는 것을 보자, 길가로 날아가서 나뭇가지에 앉아 커다랗게 울어 보였다. 그 울음소리를 듣고 여행자들이 깜짝 놀라 돌아다보았다.

그러나 여행자들 중 하나가 이렇게 설명했다.

"그냥 길을 가세, 친구들. 저것은 개똥지빠귀일 뿐일세. 개똥지빠귀의 울음소리는 아무런 전조도 아니니까 말일세."


사람의 경우도 마찬가지다. 자신보다 강한 라이벌과 경쟁을 하는 사람들은 따라잡기는커녕 자칫 잘못하면 웃음거리가 되기 십상이다.

# 206
## 개똥지빠귀와 개

어떤 개똥지빠귀가 아테나 신에게 제물을 바치고, 그 제물을 바치는 의식에 개를 초대했다. 그 개는 개똥지빠귀에게 이렇게 말했다.

"자네는 왜 쓸데없는 제물을 올려서 재물을 낭비하나? 아테나 여신은 실제로는 자네를 싫어하고, 자네의 예언과 점을 완전히 불신하고 있다네."

그 말을 듣고 개똥지빠귀는 이렇게 대답했다.

"바로 그런 이유 때문에 나는 여신에게 제물을 바치고 있는 것일세. 그런 식으로 나에게 나쁜 감정을 갖고 있다는 것은 나도 잘 알고 있네. 그래서 아테나 여신과 화해를 하고 싶은 것일세."


마찬가지로, 많은 사람들은 자신의 적을 돕는 데 주저하지 않는다. 그들은 적을 두려워하고 있기 때문이다.

# 207
## 달팽이들

농부의 아들이 달팽이를 굽고 있었다. 달팽이가 탁탁 튀는 소리를 듣더니 꼬마가 이렇게 말했다.

"멍청한 녀석들 같으니! 너희 집이 불타고 있는데도 노래를 부르고 있냐?"


이 우화는 때와 장소에 어울리지 않는 모든 것은 비난을 받는다는 것을 보여준다.

# 208
## 거위로 오해받은 백조

어떤 부유한 사람이 거위 한 마리와 백조 한 마리를 함께 키우고 있었다. 물론 같은 목적을 위해서 키우는 것은 아니었다. 백조는 노래 소리를 듣기 위해서이고, 거위는 식탁에 올리기 위해서였다.

거위가 최후의 운명을 맞이할 때가 되었을 때— 때마침 밤이었다— 그 두 마리를 분간하기가 어려웠다.

주인이 거위 대신 잘못해서 백조를 붙잡았고, 백조는 그 자신의 죽음의 전주곡인 노래를 부르기 시작했다. 그 목소리를 들은 주인은 금방 잘못을 깨달았다. 백조의 노래가 자신의 목숨을 구한 것이다.

이 우화는 음악이 어떻게 죽음을 지연시켜 줄 수 있는가를 웅변적으로 말해주고 있다.

\* 주(註) : 이 우화는 '백조의 노래'라는 이상한 전설에 근거한 것으로, 그것은 죽음을 목전에 둔 백조는 구슬픈 노래로 생애를 마감한다는 오래된 믿음이다. 정확히 시기를 알 수 없는 과거의 어느 시점에 분명 이런 이상한 사건이 일어났었던 모양이다. 그리고 그 이야기가 되풀이 되어 전해져 오다가 그만 전설이 되었을 것이다. 바로 뒤이어 나오는 우화를 참조할 것. 어느 쪽이 더 이상할까? 고대 그리스에서 모든 사람들이 이 전설을 믿었다는 사실일까? 아니면 우리가 오늘날에도 여전히 '백조의 노래'라는 표현을 사용한다는 사실일까?

# 209
## 백조와 주인

　백조는 죽을 때가 되면 노래를 부른다고 한다. 한 남자가 팔려고 내놓은 백조를 보고, 백조가 아름다운 노래를 부를 수 있다는 풍문이 생각나서 백조를 샀다. 어느 날 연회를 베푼 주인은 백조를 데려다가 잔치가 벌어지는 동안 노래를 하라고 시켰다. 백조는 끝까지 침묵했다.

　그러나 얼마 후 자신의 죽음을 예감한 백조는 구슬프게 노래했다. 백조의 주인은 이것을 듣고서는 이렇게 말했다.

　"죽을 때가 되어야만 노래를 하는데 그것도 모르고 그냥 노래하라고 시킨 내가 바보였지. 차라리 그때 널 죽일 준비를 했다면 노래를 불렀을 텐데."


　사람들은 하고 싶지 않은 일을 때론 강요에 의해서 억지로 하곤 한다.

# 210
## 사냥개와 집 지키는 개

　어떤 남자가 두 마리의 개를 데리고 있었다. 한 마리는 사냥용으로 훈련시켰고 다른 한 마리는 집을 지키기 위한 것이었다.
　사냥개가 사냥을 나가서 먹이를 물어오자 주인은 집을 지키고 있던 다른 개에게 먹이의 일부를 나누어주었다. 사냥개는 화가 나서 집 지키는 개를 비난했다. 사냥을 나가서 어렵사리 사냥감을 물어온 것은 자기이며, 집 지키는 개는 그냥 거저 먹으려 하고 아무것도 한 일이 없다고 했다. 그러자 집을 지키는 개가 말했다.
　"우리 주인을 탓해야지 날 탓하면 안되지. 주인은 내게 일하지 말고 그냥 다른 사람이 가진 몫을 나누어 먹으며 얹혀 살라고 가르쳐 줬거든."


　게으른 아이들은 그의 부모가 그런 식으로 길렀기 때문이므로 아이들을 탓해서는 안된다.

# 211
## 굶주린 개들

굶주린 개들이 강물에 떠 있는 짐승 가죽을 보았다. 하지만 아무래도 가죽까지 도달할 수가 없자, 개들은 강물을 몽땅 마셔버리기로 했다. 그러나 가죽에 도달하기도 전에 먼저 개들은 물을 너무 마신 탓에 배가 터져 죽어버렸다.

사람들은 어떤 이득을 바라고서 위험한 일을 감수하지만 원하는 목표를 얻기 전에 실패하고 만다.

# 212
## 개에게 물린 남자

개에게 물린 남자가 있었다. 그는 상처를 치료해줄 사람을 찾고 있었는데, 마침 어떤 사람이 다가와서는 우선 상처에서 흘러나오는 피를 빵으로 닦고 나서 남자를 문 개에게 그 빵을 던져주어야 한다고 말했다. 그러자 개에게 물린 남자가 대꾸했다.

"만일 내가 그렇게 한다면 시내에 돌아다니는 모든 개가 날 물려고 할 것이오."

이와 마찬가지로 나쁜 사람의 요구를 들어주기 버릇하면 그가 점점 더 나쁜 짓을 하도록 자극하는 셈이 된다.

# 213
## 손님으로 환대받은 개

한 남자가 자신의 친구를 위한 만찬을 준비하자 그 집의 개도 친구를 초대했다.

"친구여, 저녁이나 함께 하세." 개가 친구에게 말했다.

초대받은 개가 기쁨에 넘쳐 그 집에 도착해 마련된 음식들을 둘러보며 입을 다물지 못했다.

'세상에, 이 무슨 횡재냐! 이제부터 잔뜩 먹어야겠다. 그러면 내일 하루 종일 배가 고프지 않겠지.'

초대받은 개는 친구에게 아양을 떨듯이 꼬리를 흔들어댔다.

그러나 낯선 개가 왔다갔다하는 것을 본 요리사는 이 개를 창문 밖으로 던져버렸다.

초대받았던 개는 실망해서 집으로 돌아가는 도중에 다른 개를 만나게 되었다. 다른 개가 초대받은 개에게 물었다.

"오늘 저녁 식사는 어땠어?"

초대받은 개가 말했다.

"글쎄, 잘 기억이 안 나네. 사실 오늘밤 엄청나게 마셔서인지 완전히 취해버렸거든. 어떻게 그 집을 나왔는지조차 기억이 안 난다네."

다른 사람의 것을 가지고서 호의를 베푸는 사람을 믿어서는 안된다.

# 214
## 사냥개와 개들

집에서 기르는 어떤 개가 사나운 맹수와 싸우도록 훈련을 받았다. 어느 날 그 사냥개는 다른 사냥개 몇 마리가 전투태세로 길게 늘어서 있는 것을 보자, 그만 목에 메여 있는 목걸이를 끊고 거리로 달아나 버렸다. 길거리의 다른 개들이 황소만큼이나 덩치가 큰 그를 보고 물었다.

"도대체 넌 왜 도망가는 거니?"

"난 이제 잘 알게 됐어." 사냥개가 대답했다. "내가 평소에 실컷 먹고도 남을 만큼 풍족함 속에 살긴 해도, 곰이며 사자와 싸우면서 항상 죽음의 위협에 시달리고 있다는 걸 말이야."

그러자 다른 개들도 깨닫는 바가 있었다.

"비록 배고플 때도 있지만 곰이나 사자와 싸울 필요가 없는 우리가 속 편하게 사는 거로군."


호화스러운 삶이나 허영심을 위해서 위험을 무릅쓸 필요가 없다.


＊ 주(註) : 도시에 사는 시민들에게 여흥을 제공하기 위해서 개들은 종종 야생동물과 싸우도록 훈련을 받았다.

# 215
## 개와 수탉과 여우

서로 친구 사이인 개와 수탉이 함께 길을 걸어가고 있었다. 저녁이 되자 수탉은 나무로 올라가 잠을 청했으며 개는 나무의 밑에 있는 움푹 파인 구멍 속에서 잠을 청했다.

수탉은 자신의 습성대로 새벽이 되자 목청껏 울었는데 지나가던 여우가 이 울음소리를 듣고 나무로 달려와서 수탉에게 이렇게 유혹했다.

"이리 내려와 보세요, 나리. 그토록 아름다운 목소리를 가지신 분을 한번 안아보고 싶군요."

그러자 수탉이 말했다.

"그렇다면 나무 밑에서 자고 있는 문지기를 일단 깨우시오. 그래야 내가 내려갈 수 있으니까."

여우가 '문지기'라고 불린 개를 깨우러 다가간 순간, 개가 갑자기 달려들어서 여우를 갈기갈기 찢어 버렸다.

분별 있는 사람은 적의 공격을 당했을 때, 자기 자신보다 더 잘 지켜줄 수 있는 사람의 도움을 요청한다는 교훈을 가르쳐 주고 있다.

# 216
## 개와 조개

달걀을 통째로 잘 삼켜버리는 개가 있었다. 하루는 그 개가 조개를 보았다. 개는 조개가 달걀인 줄 알고 입을 딱 벌리고 단숨에 삼켜버리고 말았다. 하지만 먹자마자 배에서 묵직한 감을 느낀 개는 이내 병이 나 버렸는데 그제야 한탄했다.

"난 이런 일을 당해도 싸. 둥근 건 모두 달걀이라고 생각했으니 말이야."

무모하게 서두르는 사람들은 곤경에 빠지곤 한다.

# 217
## 사냥개와 산토끼

사냥개가 산토끼를 잡아서 물고 또 턱을 핥아댔다. 이에 산토끼는 지쳐서 한마디 했다.

"이봐요, 나를 물거나 키스하거나 둘 중에 하나만 하세요. 그래야 당신이 나의 적인지 친구인지 구별할 수 있을 것 아닌가요."

분명하지 않은 태도를 가진 사람에게 해당되는 얘기다.

# 218
## 개와 푸줏간 주인

　개가 푸줏간 앞을 지나가다 주인이 바쁜 틈을 타서 심장 부위를 물고 달아났다. 이때 뒤를 돌아본 푸줏간 주인은 고기를 물고 달아나는 개를 발견하고 소리쳤다.

　"요놈의 개야, 네가 어디로 가든 내가 널 항상 감시할 게다. 네 놈의 그런 짓 때문에 내가 용기(영어에서 심장heart은 용기를 뜻하기도 한다-역주)를 잃기는커녕 오히려 용기백배하게 되었으니 말이다."

　누구나 일단 사고가 나고 나서야 그 일을 통해서 배운다.

　✽ 주(註) : 그리스어의 '이중 의미double entendre'는 다행히도 영어에 그대로 전해졌다. 따라서 '심장heart'은 똑같은 관용적 용법으로 사용되었다.

# 219
## 방울을 단 개

사람을 잘 무는 개가 있었다. 그래서 개 주인은 하는 수 없이 개가 다가오는 것을 사람들이 알아차리도록 개의 목에 방울을 매달았다. 개는 아무것도 모르고 방울을 흔들어대며 뽐내듯 광장을 걸어다녔다.

이를 보다 못한 늙은 개가 그 개를 나무랐다.

"대체 뭘 그렇게 뽐내며 다니는 거지? 지금 너는 잘나서 방울을 단 게 아니라, 숨겨진 네 나쁜 심성을 온 세상에 알리고 있는 거라고."

허풍을 떠는 사람들은 곧잘 자신의 잘못된 마음을 허영심 가득한 행동을 통해서 드러내곤 한다.

# 220
## 사자를 쫓던 개와 여우

사냥개가 사자를 발견하고 쫓기 시작했다. 하지만 사자는 달아나기는커녕 오히려 사냥개를 향해 으르렁거리는 것이었다. 놀란 사냥개는 얼른 꽁무니를 빼버렸다.

여우가 이것을 보고 사냥개를 놀렸다.

"불쌍한 친구여, 사자를 쫓아가던 용기는 어디로 가고, 사자의 으르렁거리는 소리만으로도 겁을 집어먹다니."


건방진 사람들은 자신보다 강한 사람들에게 대항해 보려 하지만 막상 그런 강자와 마주치면 달아나 버린다.

# 221
## 모기와 사자

모기가 사자의 귀에다 대고 말했다.

"난 네가 두렵지 않아. 넌 나보다 강하지도 않으니까. 네가 그렇지 않다고 생각하면 어디 나한테 한번 보여줘봐. 물론 발톱으로 긁고 이빨로 물기야 할 수 있겠지. 하지만 그래 봤자 여자가 남편에게 바가지 긁는 것보다 나을 게 없을걸. 나로 말하자면 너보다 훨씬 힘이 세다고. 못 믿겠으면 나랑 한번 붙어보자고!"

모기는 전투의 나팔을 불며 사자에게 곧장 덤벼들었다. 그리고 사자의 콧구멍으로 날아 들어가서 사자의 콧속과 털이 나지 않은 얼굴 부위를 닥치는 대로 물어버렸다. 사자는 발톱으로 몸을 긁어댔지만 모기를 잡을 수가 없었고 결국 포기해 버렸다. 사자에게 이겼다고 생각한 모기는 앵앵 나팔을 울리고 승리의 노래를 부르며 주위를 맴돌다가 멀리 날아갔다.

그러나 승리의 기쁨도 잠시, 모기는 거미줄에 걸려서 거미에게 잡아먹히게 되었다.

모기는 통곡하며 말했다.

"모든 동물 중에서 가장 강하다는 사자도 굴복시킨 내가 한낱 거미에게 잡아먹히다니!"

# 222
## 모기와 황소

모기가 황소의 뿔에 내려앉았다. 모기는 잠시 앉아 있다 다시 날아오르기 전에 황소에게 자신이 떠나는 것이 좋은지 어떤지 물어보았다. 그러자 황소가 대답했다.

"나는 네가 내 뿔 위에 앉았는지 눈치채지도 못했단다. 그러니 다시 날아가든지 말든지 마음대로 하렴."

그 존재가 보잘것없는 사람은 그가 있건 없건 어떤 도움을 주지도 해를 입히지도 않는다.

＊주(註) : 고대 수메르에는 황소 대신 코끼리가 등장하는, 똑같은 내용의 우화가 있었다. 그 시대는 고대 그리스보다 최소한 2천 년은 앞선 것이다. 이솝 우화집의 편찬자는 아마 각다귀에게 무관심하기는 커녕 겁을 내는 코끼리가 등장하는 우화 35번이 완전히 터무니없는 이야기가 되지 않도록 하기 위해서, 코끼리를 황소로 바꾸었을 것이다.

# 223
## 토끼들과 여우

어느 날 산토끼가 독수리와 싸우다가 여우에게 도움을 요청했다. 하지만 여우는 이렇게 말하며 정중히 거절했다.

"미안하네, 자네가 누구와 싸우는지 몰랐더라면 도와줄 수도 있었을 텐데 말이야."

자기보다 강한 상대와 싸우는 사람들은 종종 자신의 안전을 무시해 버리는 셈이다.

# 224
## 토끼들과 개구리들

하루는 토끼들이 한 자리에 모여서 이토록 두려움에 떨며 불안하게 살아야 하는 자신들의 신세를 한탄했다. 토끼는 결국 인간이나 개, 독수리, 그리고 다른 여러 동물들의 먹잇감이 아닌가? 공포 속에서 계속 살아가느니 차라리 모두 한꺼번에 죽어버리는게 낫지 않겠는가?

이 결정이 받아들여지자, 토끼들은 모두 물에 몸을 던지려고 호수를 향해 우르르 몰려갔다. 그때 호숫가 주변에 있던 개구리들이 토끼들이 내는 소란스러운 소리를 듣고는 얼른 호수에 뛰어들어 몸을 숨겼다. 이걸 보고 선두에 있던 토끼 한 마리가 이렇게 외쳤다.

"잠깐만 기다리시오, 나의 동료들이여! 스스로를 해치는 짓은 하지 맙시다! 여길 한번 보시오. 여기에 우리보다 무서움을 더 많이 타는 동물이 살고 있지 않습니까!"

불행한 사람들은 자신들보다 더 불행한 사람들을 통해서 위로를 받곤한다.

# 225
## 토끼와 여우

토끼가 어떻게든 여우의 환심을 사보려고 이렇게 말했다.

"여우님이 '교활' 하단 소리를 들으시지만, 사실 그건 어느 누구보다도 여우님이 '교' 육적으로 시간을 '활' 용하는 법을 잘 알기 때문이라고 하더군요. 그게 정말인가요?"

"그걸 확인하고 싶다면 오늘밤 나와 함께 우리 집에 가세. 식사나 하면서 내가 저녁 시간을 어떻게 보내는지 보여주겠네."

여우가 말했다. 토끼는 여우의 집에 따라갔다. 그러나 집에는 저녁 식사를 위한 아무런 준비도 되어 있지 않았다. 있는 것이라곤 그 집에 온 토끼 자신뿐이었다. 이에 자신의 운명을 깨닫게 된 토끼는 비통해 하면서 이렇게 말했다.

"너의 명성은 바로 이런 간교한 수작에서 나온 것이구나."

지나치게 호기심이 강한 사람은 경솔한 행동을 함으로써 위험에 빠지곤 한다.

＊주(註) : 이 우화의 그리스어 원본은 '케르도스kerdos' 라는 단어의 번역 불가능한 말장난에 기반하고 있다. 이 단어는 '이익profit' 과 '교활한wily' 이라는 두 가지 뜻을 지녔다. 따라서 영어식 말장난으로 대체했는데(이 책에서는 한국식 말장난으로 대체), 의미가 꼭 들어맞는 것은 아니지만, 원본의 느낌을 어느 정도 전해주고 있다. 원본에서 토끼는 비위를 맞추느라, 자신은 여우가 '교활하다' 고 불리는 진짜 이유가 어떻게 '이익' 을 남길 수 있는지 그 방법을 알기 때문이라고 말한다. 하지만 결국 자신이 얼마나 잘못 생각했는지 깨닫게 된다!

# 226
## 갈매기와 솔개

갈매기가 급히 어떤 고기를 삼키다가 그만 식도가 찢어져서 죽은 채 해변에 누워 있었다. 솔개가 이를 발견하고는 말했다.

"새로 태어나 바다에서 먹을 것을 구하다 이 지경이 되었으니 자업자득이구나."


천직을 버리고 잘 모르는 일에 덤벼드는 사람들은 불행을 겪는 게 당연하다.

# 227
## 사자와 곰과 여우

목신(반은 사람, 반은 양의 모습을 한 신-역주)의 시체를 동시에 발견한 사자와 곰이 누가 그것을 차지할 것인지를 두고 싸우고 있었다. 그들은 서로 너무 격렬하게 싸운 나머지 급기야 의식을 잃고 반죽음 상태가 되었다. 이때 우연히 그곳을 지나던 여우가 이들이 움직이지도 못하고 누워 있는 것을 보고는 얼른 시체를 훔쳐 달아났다.

사자와 곰은 심한 부상을 입어서 일어날 수조차 없는 상태에서 이렇게 서로 중얼거렸다.

"우린 참 어리석구나! 기껏 여우 좋은 일만 시킨 셈이니."


정성 들여 한 일이 예기치 않게 허사가 되어버릴 때 분노하는 건 당연하다.

# 228
## 사자와 개구리

멀리서 들려오는 개구리의 울음소리를 들은 사자는 저렇게 시끄러운 소리를 내는 짐승은 아마도 커다란 동물임에 틀림없다고 생각하고는 자신도 이에 맞서 으르렁거렸다.

상대가 나타나길 기다리던 사자는 이윽고 호숫가에 모습을 드러낸 개구리를 발견하고 다가가서 두 발로 밟아버리며 이렇게 말했다.

"요렇게 조그만 녀석이 그렇게 시끄럽게 떠들어대다니!"

이 우화는 소리만 요란할 뿐, 실속은 없는 사람에게 적용된다.

# 229
## 사자와 돌고래

사자가 해변을 어슬렁거리다가 물 속에서 머리를 내미는 돌고래를 보게 되었다. 사자는 돌고래에게 친구가 되자고 제안했다.

"당신과 나는 아마도 가장 멋진 친구가 될 수 있을 것 같은데요, 나는 지상에서 맹수의 왕으로 군림하고 있으며 당신은 바다의 통치자니까요."

돌고래는 이를 기꺼이 수락했다.

얼마 후, 들소와 오랫동안 적대 관계에 있던 사자는 자신을 도와달라고 돌고래를 불렀다. 돌고래는 사자를 돕고자 육지로 올라가려고 애를 써봤지만 번번이 실패로 돌아가고 말았다. 그러자 사자는 돌고래가 자신을 배반했다고 비난했다.

이에 돌고래가 말했다.

"나를 탓하지 말고 어머니 자연을 탓하시오. 그분은 나를 물 속에서 지내도록 만들었을 뿐, 땅 위를 걷는 것은 허락하지 않았으니까요."


서로 도움을 주고받고자 하는 상대를 고르고자 한다면 진짜 위험한 경우에 도움을 줄 수 있는 상대를 골라야 할 것이다.

# 230
## 사자와 멧돼지

어느 여름날 더위에 지친 사자와 멧돼지가 물을 마시기 위해 작은 샘물가로 왔다. 서로 먼저 마시려고 하던 그들의 다툼은 결국 목숨을 건 싸움으로 커져버렸다.

싸움을 하다가 말고 숨을 가다듬기 위해서 잠시 쉬던 이들은 자신들이 죽기를 기다리고 있는 독수리 떼를 보았다. 그래서 잠시 미운 감정을 접어두고 말했다.

"서로 싸우다 시체가 되어서 까마귀와 독수리 떼의 먹이가 되느니 차라리 사이좋은 친구가 되는 편이 낫겠네."

싸움과 경쟁하기를 그만두지 않는다면, 고통받는 것은 결국 당사자들이다.

# 231
## 사자와 토끼

잠들어 있는 토끼를 발견한 사자는 옳다구나 하고 잡아먹으려 했다. 하지만 바로 그 순간 사자의 눈앞에 사슴이 나타났다. 사자는 토끼를 놔두고 이번엔 사슴을 뒤쫓았다. 어수선한 소리에 잠이 깬 토끼는 놀라서 도망가 버렸다.

사슴을 놓친 사자는 토끼가 있던 자리로 돌아왔으나 토끼마저 사라진 것을 알고는 이렇게 말했다.

"더 큰 것을 바라다가 손안에 든 것마저 놓쳐버렸구나."


사람들은 때로 적당한 수준에서 만족하기보다는 좀더 멋진 것을 좇다가 자신의 손안에 든 것조차 놓쳐버리고 만다.

# 232
## 사자와 늑대와 여우

늙은 사자가 동굴 속에 앓아 누웠다. 모든 동물들이 그들의 왕의 병문안을 다녀갔으나 여우는 오지 않았다. 늑대는 기회는 이때다 히고서 시지 앞에서 여우를 비난했다.

"여우는 당신과 당신이 정해놓은 규칙을 존중하지 않는군요. 여태까지 병문안을 오지 않는 것만 봐도 알 수 있잖아요."

늑대가 말을 하고 있는데 여우가 도착해서 이 말을 엿듣게 되었다. 사자가 화를 벌컥 내자 여우는 이렇게 변명했다.

"여기 모인 그 누구도 나만큼 폐하를 위해서 애쓰진 않았을 겁니다. 나는 폐하의 병세에 대해서 물어볼 만한 의사를 찾아 먼 곳까지 돌아다니다가 마침내 병이 나을 수 있는 방법을 알아냈습니다."

사자는 그것이 무엇인지 급히 물어보았다. 그러자 여우가 산 채로 늑대의 가죽을 벗겨서 늑대의 체온이 남아 있을 때 따뜻하게 몸에 두르고 있으면 병이 낫는다고 대답했다. 사자는 즉각 산 채로 늑대의 가죽을 벗기도록 명령을 내렸다. 여우가 끌려가는 늑대를 돌아보고 비아냥 섞인 웃음을 보내며 말했다.

"폐하께 나에 대해서 모함하지 말고 칭찬을 했더라면 좋았을 텐데 말이야."

만일 당신이 다른 사람의 욕을 한다면 당신은 스스로에게 올가미를 씌우는 셈이다.

# 233
## 사자와 은혜 갚은 생쥐

생쥐가 잠들어 있는 사자의 몸 구석구석을 돌아다녔다. 잠에서 깨어난 사자가 생쥐를 붙잡아 먹어버리려 하자 생쥐는 사자에게 살려달라고 빌면서 살려준다면 꼭 그 은혜를 갚겠노라고 말했다.

사자는 그 말이 재미있어서 작은 생쥐를 놓아주었다.

그런 일이 있고 얼마 지나지 않아 생쥐는 사자의 은혜를 갚을 수 있게 되었다. 사냥꾼들이 사자를 잡아서 나무에 묶어 놓았던 것이다. 사자의 신음소리를 들은 생쥐는 사자에게 달려가 묶어 놓은 줄을 입으로 갉아 끊어서 달아날 수 있게 해주었다.

생쥐가 찍찍거리며 말했다.

"보셨지요? 얼마 전에 내가 은혜를 갚겠다고 했을 때 비웃었잖아요. 하지만 이제 이 작은 생쥐도 은혜를 갚을 줄 안다는 걸 아셨죠!"

처지가 뒤바뀌는 일이 생긴다면 강자가 약자의 신세를 질 수도 있다.

* 주(註) : 이 우화의 또 다른 판본이 인도 우화집인 『팡카탄트라 Pancatantra』의 「친구 얻기」라는 장(169)에 나온다. 거기에서는 단지 덫에 걸린 대왕 코끼리의 그물을 이빨로 갉아서 구해주는 생쥐들의 숫자가 더 많을 뿐이다. 아마도 인도 판본이 알렉산더 대왕의 시대 이후에 그리스 우화를 각색했을 것이다. 우화 139와 285의 각주 참조.

# 234
## 사자와 야생 당나귀

　사자와 야생 당나귀가 함께 들짐승들을 사냥하기로 의견일치를 보았다. 사자는 자신의 강한 힘으로, 당나귀는 자신의 발빠름으로 서로를 보완하기로 한 것이다. 그들이 함께 여러 마리의 동물을 잡고 난 후에 사자는 사냥감을 삼등분했다.

　"내가 맹수의 왕이므로 첫번째 부분을 가지겠다." 사자가 말했다.

　"두 번째 부분은 내가 너를 도와줬으니까 내가 갖기로 한다." 사자가 다시 말했다.

　"그리고 세 번째 부분은 네게 아주 큰 피해를 입힐지도 몰라, 이걸 탐낸다면 널 혼내줄 테다, 어서 꺼져 버려라!'

　자신이 가진 능력을 제대로 파악해서 자신보다 강한 사람과의 동맹은 피하는 것이 좋다.

　* 주(註) : 이 우화와 뒤이어 나오는 두 편의 우화들도 당나귀가 육식동물이 아니며, 따라서 동물을 잡아먹는 데에는 아무런 관심이 없다는 명백한 사실을 무시하고 있다. 결국 이 야생 당나귀는 원래의 다른 동물, 즉 사자보다 더 오래 빨리 달릴 수 있는 육식동물을 대체한 것이라고 추측하지 않을 수 없다. 뒤의 해설 참조.

# 235
## 함께 사냥을 나간 사자와 당나귀

사자와 당나귀가 함께 사냥을 하기로 약속했다. 야생 염소가 사는 동굴에 이르자, 사자는 동굴 입구에서 염소들이 뛰쳐나오기를 기다렸다. 그리고 당나귀는 동굴 안으로 들어가 염소들 틈에서 히잉히잉 울부짖으며 펄쩍펄쩍 날뛰어 염소들을 도망치게 만들었다.

사자가 염소들 중에서 가장 큰 놈을 잡았을 때, 당나귀가 밖으로 나와서 자기도 용감하게 싸워 염소들을 밖으로 내몰지 않았느냐고 물었다.

그러자 사자가 대답했다.

"내 장담하지만, 자네가 당나귀인줄 몰랐더라면 아마 나라도 겁이 나 죽는 줄 알았을 거야."

자신의 처지를 잘 아는 사람들 앞에서 잘난 척하는 것은 자신을 조롱거리로 만들 뿐이다.

# 236
## 사자와 당나귀와 여우

사자와 당나귀, 여우가 함께 사냥을 하기로 결정했다. 사냥감을 많이 잡았을 때에 사자는 당나귀에게 사냥감을 나누라고 시켰다. 그러자 당나귀는 똑같이 삼등분을 해서 사자를 불러서 자기 몫을 선택하라고 했다. 사자는 화가 나서 당나귀를 잡아먹어 버렸다.

그리고 나서 사자는 다시 여우에게 사냥감을 나누라고 시켰다. 여우는 사냥감을 하나의 커다란 덩어리로 만들어 놓고 자기 몫으로 아주 작은 부분만을 남겨둔 채로 사자를 불러 이 중에 선택하라고 했다.

사자가 이것을 보고 말했다.

"이런, 훌륭한 친구로군. 이렇게 제대로 나누는 법을 누구에게 배웠나?"

여우가 대답했다.

"이런 기술은 당나귀의 불행을 보고 배운 것이지요."


우리는 다른 사람의 불행을 통해 교훈을 얻을 수 있다.

# 237
## 사자와 황소

사자가 황소를 잡아먹고 싶어하다가, 결국 속임수를 써서 황소를 잡아보겠다고 마음먹었다. 사자는 황소에게 양을 제물로 바쳐 제사를 벌였으니 그 연회에 와주었으면 한다고 말했다. 물론 황소가 음식을 먹으려고 자기 옆으로 가까이 다가오면 죽이려는 속셈이었다. 황소가 사자의 초대에 응해서 와 보니 거기에는 양은 없고 커다란 불 꼬챙이와 가마솥뿐이었다. 이에 황소는 말없이 서둘러 떠나버렸다. 사자는 다시 황소를 불러서 무슨 해를 당한 것도 아닌데 왜 아무런 이유도 없이 그냥 가버렸냐고 비난했다.

"오, 그럴만한 이유가 있었죠."

황소가 대답했다.

"양을 잡은 흔적은 어디에도 없었는데, 당신은 고기로 저녁 식사를 하려고 온갖 준비를 다 해놓은 게 훤히 보였거든요."

달콤한 사탕발림의 말이나 호언장담보다 자신의 두 눈으로 확인한 사실을 믿어야 한다.

# 238
## 화가 난 사자와 사슴

사자가 화가 난 것을 눈치챈 사슴이 소리쳤다.
"아이고, 재수가 되게 없군! 이 사자는 우리가 아무리 피하려
해도 이미 화가 나 있는걸."


힘세고 성급한 사람이 뭔가 해를 끼치려고 하면 피해야 한다.

# 239
## 생쥐를 두려워하는 사자와 여우

어느 날 사자가 잠을 자고 있을 때에 생쥐가 그의 몸 위를 뛰어다녔다. 깜짝 놀라 잠에서 깨어난 사자는 누가 자신을 괴롭히는지 알아내려고 애를 쓰면서 바닥을 데굴데굴 굴렀다. 여우가 이 광경을 모두 보고 있다가 사자에게 그렇게 겁내지 말라고 핀잔을 주었다. 사자인 그가 한낱 생쥐를 두려워하다니! 이에 사자가 대답했다.

"이봐, 내가 생쥐를 무서워하는 게 아니야. 난 단지 누구든 간에 잠자는 사자의 몸 위를 뛰어다닐 수 있을 만큼 대담한 놈이 있다는 사실에 놀랐을 따름이라고."

현명한 사람이라면 아무리 하찮은 존재라 할지라도 무시하지 않는다.

# 240
## 산적과 뽕나무

길에서 사람을 죽인 산적이 마침 근처에서 이를 목격한 사람들에게 쫓기고 있었다. 산적은 피를 흘리는 희생자를 버려 두고 도망치기 시작했다. 반대편에서 걸어오던 한 여행자가 산적과 마주치게 되자 그의 손에 묻은 핏자국에 대해서 물어보았다. 산적은 얼른 뽕나무에 올라갔다가 내려오는 길이라고 둘러댔다. 그러던 차에 산적은 그만 사람들의 손에 붙잡히게 되었다. 그들은 산적을 뽕나무에 매달았다. 그러자 나무가 산적에게 이렇게 말했다.

"이봐요, 나는 당신을 벌하는데 도움을 주고 있긴 하지만 당신한테 전혀 미안하지 않아요. 당신은 살인을 저지르고 나를 이용해서 변명하려 했으니까요."

착한 천성을 가진 사람이라도 중상모략을 당하면 상대에게 이를 되돌려주는 법이다.

# 241
## 늑대와 개의 싸움

어느 날 개와 늑대 사이에 전쟁이 벌어졌다. 개들은 그리스인을 지휘관으로 뽑았다. 하지만 그리스 출신 대장은 늑대들의 사나운 위협에도 불구하고 전혀 서둘러 전투에 임하려 하지 않았다. 대장이 개들에게 말했다.

"이봐, 내가 일부러 싸움을 미루고 있는 이유를 말해주지. 그건 행동으로 옮기기 전에 먼저 신중해야 하기 때문이라네. 사실 늑대들은 모두 같은 혈통이고 같은 종이지. 그러나 우리 병사들은 습성도 다양하고 제각기 자기 나라에 대해 자부심을 갖고 있어. 심지어 색깔조차 저마다 달라서 어떤 놈은 검고 어떤 놈은 황갈색이고 또 어떤 놈은 흰색이거나 회색이기도 하지. 이렇게 조화를 이루지 못하고 모두 제각각인 개들을 데리고 내가 어떻게 전투에 임할 수 있겠는가?"

의지와 목표를 통일하면 적을 제압하고 승리를 할 수 있다.

# 242
## 늑대와 화해한 개

어느 날 늑대들이 개들에게 한 가지 제안을 했다.

"모든 면에서 너희들은 우리와 아주 닮았는데, 우리 서로 이해하고 형제처럼 지내는 게 어떨까? 사실 우리는 사고방식 말고는 모든 게 비슷하잖아. 우리는 아주 자유롭게 사는 반면에 너희들은 인간에게 복종하고 노예가 되어 매질도 참고 견디지. 또 너희들은 목에 줄을 감은 채 인간의 가축을 돌보지만, 너희 주인들은 식사를 하면서 너희에게 던져주는 거라곤 고작 뼈다귀뿐이야. 우리가 약속하는데, 이제라도 너희가 지키고 있는 양을 우리에게 넘겨준다면 우리는 모두 함께 모여서 맛있는 식사를 할 수 있을 거야."

개들은 늑대의 제안에 솔깃해져서 늑대를 양 우리 속으로 들어가도록 허락했다. 하지만 원래 약속과는 달리 늑대는 개들부터 먼저 죽여 버렸다.


이것은 조국을 배신한 반역자들이 받아 마땅한 징벌이다.

# 243
## 늑대와 양 떼

  늑대 한 무리가 양떼에게 접근하려고 애썼으나 양 떼를 지키는
개들 때문에 번번이 실패하고 말았다. 이에 늑대는 한 가지 묘안
을 생각해냈다. 늑대는 양들에게 늑대들의 대변인을 보내서, 그
들 사이의 나쁜 감정은 모두 개에 의해서 생겨난 것이므로 이제
부터라도 개를 따르지 않는다면 그들 사이의 긴장감도 사라질
거라고 말했다. 이 말에 앞으로의 운명을 내다보지 못한 불쌍한
양들은 개의 도움을 받지 않기로 결정을 내렸다. 그러자 호시탐
탐 기회를 노리고 있던 늑대는 기다렸다는 듯이 더 이상 보호자
가 없는 양들을 마구 잡아먹었다.


  도시국가들이 바로 이런 경우이다. 웅변가를 쉽게 포기해버리는 나라
들은 조만간 적국에 정복당하고 말 것이다.

# 244
## 늑대와 양들과 늙은 숫양

늑대가 양들에게 친선 사절을 보내 만약 양들이 개를 그들에게 넘겨준다면 그들 사이의 평화는 영원히 유지될 것이라고 말했다. 이에 멍청한 양들이 늑대의 말을 믿고 시키는 대로 하려고 하자 한 늙은 숫양이 이렇게 소리쳤다.

"우리가 어떻게 늑대들과 더불어 살아갈 수 있겠는가? 개들이 우리를 지켜주는데도 마음놓고 풀을 뜯지 못하면서 말이야."

결코 화해할 수 없는 적들을 믿고 우리의 안전을 지켜주는 대상을 멀리 해서는 안 된다.

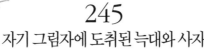

# 245
## 자기 그림자에 도취된 늑대와 사자

어느 날 늑대가 어슬렁거리며 돌아다니다가 마침 태양이 지평선 너머로 기울고 있어 길게 드리워진 자신의 그림자를 바라보며 황홀해 했다.

"내 몸집 좀 봐. 이 정도면 사자도 무섭지 않은걸. 나 정도의 몸집이라면 맹수의 왕이 못 되란 법도 없지."

늑대가 이런 생각에 함빡 빠져들었을 때에 엄청난 힘을 가진 사자가 달려들어 그를 먹어버렸다.

죽기 직전에 늑대는 이렇게 울부짖었다.

"나의 괜한 자만심이 이런 무서운 결과를 가져왔구나!"

# 246
## 늑대와 염소

한 늑대가 가파른 벼랑 위에 있는 동굴에서 풀을 뜯고 있는 염소를 발견했다. 하지만 높은 곳에 있는 염소에게 가까이 가기 어렵다는 것을 깨달은 늑대는 염소에게 밑으로 내려오라고 유혹했다. 자칫하다가 떨어질 수도 있다는 것이었다. 게다가 그가 서 있는 이 아래쪽에는 훨씬 더 초원이 많고 풀도 무성하다고 말했다. 하지만 염소는 늑대의 말을 이렇게 무시해버렸다.

"당신이 그 초원으로 부르는 건 나를 위해서가 아니죠. 먹을 게 하나도 없는 쪽은 바로 당신이기 때문이지요."


교활한 악당은 사람들을 자신의 사악함 속으로 끌어들인다. 그러나 자신의 교묘한 술수로 얻을 수 있는 것은 아무것도 없다.

# 247
## 늘대와 어린 양

늘대가 시냇가에서 물을 마시고 있는 어린 양을 보고는 잡아먹기 위해서 적당한 구실을 찾고 있었다. 늘대는 양들이 물을 진흙탕으로 만들어 버려서 마실 수 없게 됐다고 나무랐다. 양은 억울해 하며 자기는 혀로만 살짝 물을 마셨으며 게다가 아래쪽 냇물을 마셨기 때문에 위쪽은 더러워질 까닭이 없다고 말했다. 늘대는 자기의 꾀가 허사가 되어 버리자 이번에는 이렇게 말했다.

"작년에 네가 우리 아버지를 모욕했었지."

"난 작년엔 태어나지도 않았는데요."

어린 양이 대답하자 늘대가 말했다.

"좋다, 네가 뭐라고 하든 널 잡아먹어 버리고 말 테다."

어떤 사람이 해를 끼치려고 마음먹는다면 아무리 정당한 수단으로 방어하더라도 소용이 없다.

# 248
## 늑대와 신전 안으로 피신한 어린 양

늑대에게 쫓기던 어린 양이 신전으로 피해버렸다. 늑대는 나오라고 외치면서 만일 신전 안에서 양이 발견된다면 아마도 신께 올리는 제사에 쓰이는 희생물로 바쳐질 것이라고 말했다. 그러자 양이 대답했다.

"그렇다면 다행이군요. 당신 손에 죽느니 차라리 신에게 바쳐지는 희생양이 되겠어요."


누군가 죽을 상황에 처해 있다면 차라리 명예롭게 죽는 편이 나을 것이다.

# 249
## 늑대와 할머니

굶주린 늑대가 음식을 찾아 기웃거리다가 어떤 집으로 다가갔
는데 우는 아이를 달래는 할머니의 말이 들렸다.

"울지 마라. 빨리 울음을 안 그치면 널 늑대한테 줘버릴 테다."

늑대는 할머니의 말을 곧이곧대로 믿고서는 한참을 기다렸으
나 저녁이 되어버렸고 다시금 할머니가 아이에게 이렇게 말하는
것을 들었다.

"애야, 만일 늑대가 온다면 우리가 죽여버리자."

이 말을 들은 늑대는 체념하고 돌아서면서 말했다.

"이 집에선 말과 행동이 다르구나."


이 얘기는 말과 행동이 일치하지 않는 사람에 대한 것이다.

# 250
## 늑대와 왜가리

늑대가 목에 걸린 뼈 때문에 고생이었다. 늑대는 이것을 꺼내 줄 만한 누군가를 찾아다니다 마침 왜가리를 만나게 되었다. 늑대는 목에 걸린 뼈를 꺼내주면 대가를 지불해 주겠다고 약속했다. 그래서 왜가리는 늑대의 목 안으로 머리를 집어넣어서 뼈를 꺼내주고는 약속한 대가를 요구했다. 그러자 늑대는 이렇게 말했다.

"이보게, 친구! 늑대의 목 안에 머리를 넣고서도 안전하게 살아 있다면 이미 그 대가는 충분한 거 아니야? 더 이상 뭘 바라는 거지?"

악한 사람들을 도와줬을 때에 이들이 감사하기는커녕 해를 끼치지 않는 것만으로도 다행스러워해야 한다.

# 251
## 늑대와 말

늑대가 농경지를 지나다가 보리가 심어진 것을 보았다. 하지만 보리를 먹지 않기에 그냥 지나쳐 가다가 우연히 말을 만나게 되었다. 그러자 늑대는 농경지로 말을 데리고 갔다.

말에게 보리를 먹어보라고 권하며 늑대가 말했다.

"내가 이것을 먹는 것보다는 자네가 먹는 것을 지켜보는 편이 더 즐거울 것 같네. 어서 자네가 우물거리며 씹는 소리를 듣고 싶군."

그러자 말이 이렇게 말했다.

"이봐, 친구여. 자네가 보리를 저녁식사로 먹을 수 있다면 지금 나에게 이걸 권해서 자네 귀를 즐겁게 하기보다는 아마도 자기 배부터 채웠겠지."

천성적으로 사악한 사람은 아무리 착한 척해도 아무도 그의 말을 믿지 않는다.

# 252
## 늑대와 개

늑대가 목에 커다란 나무칼을 쓰고 있는 개를 보고는 이렇게 물어보았다.

"누가 너의 목에 줄을 매달고 그렇게 묶인 채로 음식을 먹게 한 거니?"

"바로 우리 주인인 사냥꾼이야." 개가 대답했다.

"오, 하느님, 우리 늑대들을 사냥꾼으로부터 지켜주실 뿐만 아니라, 굶주림과 무거운 나무칼로부터도 지켜주시옵소서!"


불행한 사람은 아마 먹는 즐거움도 모를 것이다.

# 253
## 늑대와 사자

어느 날 늑대가 무리에서 뒤처진 양을 붙잡아서 자신의 굴로 데리고 가려 했다. 하지만 가는 도중에 사자가 나타나서 양을 빼앗아 버렸다. 늑대는 안전하게 멀찍이 떨어진 채, 양을 뺏긴 것에 대해 사자에게 불평을 했다.

"어떻게 내 재산을 빼앗아 갈 수 있는 겁니까?"

그러자 사자가 늑대에게 빈정거리며 말했다.

"그럼 너는 이 양을 떳떳하게 가져온 거냐? 친구로부터 얻은 선물이기라도 하단 말이냐?"

서로 싸우는 탐욕스런 약탈자와 도둑들이 명심해야 할 얘기이다.

# 254
## 늑대와 당나귀

한 늑대가 우두머리가 되어서 몇 가지 규칙을 세웠는데, 사냥으로 잡은 것은 무엇이건 모두가 함께 나눠 먹는다는 것이었다. 그렇게 함으로써 늑대들은 두 번 다시 먹이가 부족해서 서로 동족을 잡아먹는 지경까지 떨어지지 않을 것이라고 말했다.

그런데 당나귀가 다가와서는 갈기를 흔들면서 이렇게 말했다.

"당신이 훌륭한 결정을 내렸음에는 틀림없지만, 당신이 어제 잡아서 몰래 은신처에 숨겨놓은 먹이는 어떻게 된 거죠? 그것도 역시 꺼내 와서 모두에게 나눠줘야 하는 것 아닌가요?"

당나귀의 이 말에 우두머리 늑대는 당황해서 자신이 만든 규칙을 없애버렸다.

정의에 따라서 법령을 제정하는 것처럼 보이는 사람들이 자기 스스로 만들고 선포한 법조차 지키지 못한다.

# 255
## 늑대와 양치기

늑대가 아무런 말썽도 부리지 않으면서 양떼를 따라다녔다. 처음에 양치기는 늑대를 두려워해서 조심스레 지켜보았다. 하지만 늑대는 양들에게 아무런 공격도 하지 않고 묵묵히 따라다니기만 했다. 이에 안심한 양치기는 늑대를 적으로 보기보다는 보호자로 생각했다. 그런데 어느 날 갑자기 마을로 내려가야 할 일이 생긴 양치기는 늑대가 양떼 곁에 함께 있는 것을 보고도 그냥 놔두고 떠나버렸다. 절호의 기회를 잡은 늑대는 양들에게 달려들어서 갈기갈기 찢어버렸다. 뒤늦게 돌아온 양치기는 양들을 잃은 것을 보자, 이렇게 울부짖었다.

"난 이런 일을 당해도 싸! 어떻게 늑대를 믿고 그 손에 양을 맡길 수 있었단 말인가?"

탐욕스런 인간을 신뢰한다면 당신은 아마도 무언가를 잃게 될 것이다.

# 256
## 램프

기름이 잔뜩 든 램프가 환하게 빛을 발하며 자신이 태양보다 더 눈부시다고 거드름을 피웠다. 하지만 바람이 한번 스치고 지나가자, 램프는 당장 꺼지고 말았다. 누군가 램프에 다시 불을 밝히며 이렇게 말했다.

"다시 빛을 발하렴, 램프야. 하지만 별빛은 결코 꺼지는 법이 없다는 걸 명심하려무나."

명성이 아무리 높아져도 자만심에 눈이 멀어서는 안 된다. 나중에 얻은 것은 모두 겉껍데기에 불과하기 때문이다.

# 257
## 점쟁이

점쟁이가 광장에서 점을 치고 있었다. 그때 갑자기 어떤 사람이 다가와서 점쟁이의 집 문이 활짝 열려 있고 모든 게 없어져 버렸다고 전해 주었다. 놀란 점쟁이는 얼른 집으로 달려갔는데 지나가는 행인이 이를 보며 소리쳤다.

"어이! 이봐요! 당신은 다른 사람의 미래를 알고 있다고 잘난 척했잖소! 막상 자신에게 닥칠 일도 모르면서 말이오."

자신의 삶은 한치 앞도 내다보지 못하는 별 볼일 없는 사람이 다른 사람의 문제에 대해서 왈가왈부해서는 안된다.

# 258
## 꿀벌과 제우스

꿀벌은 인간이 자신의 꿀을 꺼내 가는 것이 불만스러운 나머지 제우스 신에게 꿀을 훔치려고 벌집에 접근하는 사람을 죽일 수 있도록 힘을 달라고 부탁했다. 제우스 신은 꿀벌들의 이런 이기적인 요구에 화가 나서 벌이 누군가를 쏠 때마다 독침을 잃어버릴 뿐 아니라 결국은 죽어버리게 만들었다.


자신의 질투심으로 인해서 고통받는 사람들에게 적용할 수 있는 이야기이다.

# 259
## 양봉가

한 남자가 양봉가의 집에 침입해서 그가 없는 사이에 꿀과 벌집을 훔쳐가 버렸다. 얼마 후 집에 돌아온 양봉가는 텅 비어 있는 꿀벌통을 들고 살펴보았다. 그때 꿀을 찾으러 나갔다 돌아온 꿀벌들은 이 사태를 보고서는 양봉가를 공격하고 침으로 마구 찔러 상처를 입혔다. 그러자 그는 이렇게 말했다.

"불쌍한 녀석들 같으니라고! 벌통을 훔쳐간 도둑은 그냥 도망가게 내버려두고 너희들을 돌보아주는 나를 무자비하게 괴롭히다니!"


사람들은 무방비 상태에서 적들에게 당하고 난 뒤에 친구들에게 혐의를 두곤 한다.

# 260
## 키벨레 여신의 탁발승

탁발승들에게 짐을 여기저기로 운반해주는 당나귀 한 마리가 있었다. 어느 날 그 당나귀가 힘든 일에 시달리다 지쳐서 죽어버렸다. 그러자 그들은 당나귀의 껍질을 벗겨서 큰북을 만들어 아주 유용하게 사용했다.

얼마 후 당나귀의 행방을 모르던 또 다른 무리의 탁발승들이 그들에게 당나귀가 어디 있느냐고 물었다.

"오, 그 당나귀는 죽었다네. 하지만 살아 있을 때만큼이나 엄청나게 두들겨 맞고 있지."


노예들이 자유를 얻었다고 해도 노예의 짐을 완전히 벗어버린 것은 아니다.

# 261
## 생쥐들과 집족제비

생쥐와 집족제비가 서로 싸우고 있었다. 생쥐들은 자신들이 언제나 지는 원인이 바로 대장이 없기 때문이라고 결론을 내리고는 회의를 소집해서 투표를 통해 대장을 선출했다. 새로운 대장은 일반 병사와는 다르게 보이길 원해서 뿔을 만들어서 자신의 머리에 동여맸다. 하지만 집족제비와의 전투에서 생쥐 군대가 패배했다. 패배한 병사들은 구멍으로 쉽게 도망칠 수 있었지만 대장은 자신이 만든 뿔이 구멍에 걸려서 안으로 숨을 수가 없었다. 그는 뿔 때문에 집족제비에게 잡혀 죽는 신세가 되었다.

헛된 과시욕이 때로는 불행을 부르기도 한다.

# 262
## 파리

파리가 맛있는 음식이 들어 있는 항아리 속으로 떨어졌다. 묽은 수프 속에 빠져서 허우적거리며 이렇게 말했다.

"먹고, 마시고, 목욕까지 하는구나. 이제 곧 죽을 목숨이지만 그게 무슨 상관이랴!"


죽음이 아무런 고통 없이 다가온다면 사람들은 죽음에 대해 쉽게 받아들인다.

# 263
## 파리들

파리들이 지하실에 쏟아진 꿀을 발견하고는 달려들어 먹기 시작했다. 너무나 달콤한 식사여서 도저히 멈출 수가 없었다. 하지만 발이 바닥에 찰싹 달라붙어 버려서 도저히 날아갈 수가 없게 되었다. 결국 질식해 죽어가기 시작했을 때, 파리들은 이렇게 한탄했다.

"아이고, 가련한 우리들이여! 한순간의 쾌락 때문에 죽어가고 있구나."


폭식을 하는 것은 종종 해로울 때가 있다.

# 264
## 개미

옛날 옛적에 인간이었던 개미가 있었다. 그는 농부였는데 자신의 수확에 만족하지 못하고 다른 이웃이 가진 것을 부러워하며 이를 훔치기까지 하였다. 제우스는 그의 탐욕스러움에 화가 나서 개미로 만들어 버렸다. 하지만 개미가 되었어도 그의 탐욕스러운 성품은 여전히 바뀌지 않았다.

오늘날에도 개미는 들판을 다니면서 다른 사람의 밀과 보리를 훔쳐내어 자기 것으로 챙긴다.


아무리 혹독한 처벌을 받는다 해도 사람들의 타고난 성품과 나쁜 인격은 좀체 바뀌지 않는 법이다.

# 265
## 개미와 왕쇠똥구리

여름 내내 개미는 들판을 돌아다니며 밀과 보리 같은 곡식을 모으고 겨울을 준비했다. 다른 동물들이 일을 멈추고 휴식을 취할 때에도 힘들게 일하는 개미를 보며 왕쇠똥구리는 놀리며 빈정거렸다. 그럴 때마다 개미는 아무런 대답도 없이 묵묵히 일만 했다.

겨울이 되고 비가 대지를 적시자 쇠똥구리는 배가 고파져서 개미에게 음식을 조금만 꿔달라고 부탁했다.

그러자 개미가 말했다.

"이봐, 내가 힘들게 일할 때 자네도 날 비웃는 대신에 나처럼 했더라면 아마도 지금 먹을 양식이 부족해서 굶주리진 않을 텐데 말이야."

모든 것이 풍요로울 때에 어려운 시절을 대비한다면 고통받지 않을 것이다.

# 266
## 개미와 비둘기

목이 마른 개미가 샘물가로 가서 물을 마시려고 하다가 그만 물에 빠져 떠내려갈 참이었다. 이것을 보고 있던 비둘기가 작은 나뭇가지를 부러뜨려서 물에 빠진 개미에게 던져줬다. 개미는 그 위로 간신히 기어올라가 살아났다.

얼마 후에 새 사냥꾼이 새 잡는 끈끈이를 바른 나뭇가지를 가지고 비둘기를 잡기 위해서 다가오는 것을 본 개미는 위기를 눈치채고는 사냥꾼의 발을 물어버렸다. 사냥꾼이 아파서 나뭇가지를 떨어뜨리자 비둘기는 안전하게 날아갈 수 있었다.

선행을 베풀면 보답이 따르곤 한다.

# 267
## 건달과 제비

한 젊은 건달이 물려받은 재산을 모조리 탕진하고 외투 한 벌밖에 남은 게 없었다. 그런데 일찍 날아온 제비 한 마리를 보고 여름이 왔다고 생각한 건달은 외투를 벗어 그것마저 팔아버렸다. 하지만 날씨가 따뜻해지기는커녕 여전히 추웠다.

어느 날 건달이 덜덜 떨며 길을 걸어가다가 얼어 죽은 제비를 발견했다.

"불쌍한 것, 너 때문에 우리 둘 다 망했구나."

괜히 서둘러서 시기를 잘못 선택하는 것은 매우 위험한 일이다.

# 268
## 들쥐와 집쥐

들쥐가 집쥐를 친구로 삼았다. 들쥐는 집쥐를 자신의 시골집으로 식사 초대를 했다. 하지만 식사거리라고는 보리와 옥수수가 전부인 것을 본 집쥐는 이렇게 말했다.

"자네는 개미처럼 살고 있군. 난 집에 멋진 것들을 많이 가지고 있다네. 이번에는 우리 집에서 식사를 하세."

그들은 함께 집쥐의 집으로 갔다. 집쥐는 들쥐에게 몇 가지 콩들과 밀가루, 치즈, 벌꿀, 과일 등 온갖 맛있는 음식들을 보여주었다. 들쥐는 이런 멋진 음식들을 먹고 사는 집쥐를 부러워하면서 자신이 가진 것들을 한탄했다. 하지만 이들이 식사를 막 하려는 순간에 한 남자가 갑자기 문을 열었다. 놀란 쥐들은 갈라진 틈으로 숨어버렸다. 얼마 후에 이들은 다시 무화과 열매를 맛보기 위해서 기어 나왔다. 그런데 이번엔 다른 사람이 방에 들어와서 무언가를 찾기 시작했다. 놀란 쥐들은 다시 구멍으로 숨어버렸다. 그리고 나자 들쥐는 배고픔도 잊어버리고 한숨을 내쉬며 말했다.

"잘 있게, 친구. 자네는 맛있는 것을 잔뜩 먹을 수 있지만 그 대가로 엄청난 공포와 위험 속에 살고 있군. 하지만 난 가난하긴 해도 다른 사람을 두려워할 필요가 없으니, 앞으로도 마음 편하게 보리나 옥수수에 만족하며 살아가려네."

이 우화는 다음과 같은 교훈을 준다.

공포와 두려움 속에 사치스럽게 살기보다는
욕심으로부터 벗어나 소박하게 살아라.

✱ 주(註) : 이 우화는 다른 몇몇 우화들처럼 운문으로 되어 있으나,
우리는 단지 교훈 부분만 운문으로 옮겼다. 호레이스도 『풍자Satires』
(II, 6, 79–117)에 이 우화의 또 다른 판본을 수록했는데, 재치 있는
이 운문 우화를 가지고 제2권의 풍자 6번을 결론짓고 있다. 그런 사실
들로 미루어보아, 당시 로마에서 이 우화가 상당히 유명했음을 짐작할
수 있다. 「도시쥐와 시골쥐」라는 라 퐁텐느의 우화는 단지 제목만 이솝
우화에서 따왔을 뿐, 전혀 다르다.

# 269
## 생쥐와 개구리

땅에 사는 생쥐가 운 나쁘게도 개구리와 우정을 맺게 되었다. 어느 날 개구리가 짓궂은 의도를 가지고 자신의 다리에 생쥐의 앞발을 묶었다. 먼저 그들은 옥수수를 먹으려고 땅 위로 뛰어올랐다. 이윽고 연못의 가장자리에 도착하자, 개구리는 생쥐를 매단 채, 연못 바닥까지 끌고 들어갔다. 그리고는 개굴개굴 하는 소리를 내며 물 속을 헤엄치고 돌아다녔다. 불쌍한 생쥐는 물을 잔뜩 먹고서 죽어 버렸다. 하지만 개구리의 발에 묶인 생쥐의 몸이 수면으로 떠올랐고 이를 본 독수리가 날카로운 발톱으로 낚아챘다. 그러자 생쥐의 발에 묶여 있던 개구리도 함께 독수리의 저녁 식사거리가 되었다.

죽은 자도 복수를 할 수 있다. 왜냐하면 신의 정의는 모든 걸 지켜보시며 끝내 저울 바늘의 균형을 다시 맞춰놓기 때문이다.

　＊ 주(註) : 개구리 울음 소리를 흉내낸 '브레케케켁스brekekekex' 라는 의성어를 사용한 가장 유명한 사례는 바로 아리스토파네스의 희곡 〈개구리들The Frogs〉이다. 개구리와 불운한 우정을 맺은 결과로 물에 빠져 죽는 쥐는 또한 풍자 서사시 〈개구리와 생쥐의 전투Battle of the Frog and Mice〉(90)에도 등장한다. 이 일을 계기로 두 동족 간의 전쟁이 벌어지는 것이다. 그 서사시는, 참으로 이솝식의 문체로, 물에 빠져 죽어가는 쥐를 이렇게 묘사하고 있다. "이윽고 죽어가던 그는 마지막으로 이런 말을 내뱉었다." 유머 감각이 별로 없는 사람들은 잘 알아채지 못하겠지만, 이 풍자 서사시는 정말 웃긴다. 종종 호머의 작품으로 이야기되지만, 수다(이전에는 학자들이 수이다스라고 불렀던)는 이 서사시가 사실은 기원전 480년 카리아 키르카의 피그레스가 쓴 것이라고 주장한다. 풍자 서사시와 그의 우화 사이에 연관이 있는 것은 분명하다. B. E. 페리는 팔레룸의 데미트리우스가 풍자 서사시를 가지고 우화를 만들었다고 생각한다. 하지만 풍자 서사시가 이솝식의 임종 연설을 명백하게 패러디하고 있다는 사실은, 실제로 풍자 서사시가 이미 존재하는 우화를 웃기게 비틀고 있음을 암시한다. 게다가 피그레스의 풍자 서사시가 상당히 예전 시대의 것임을 고려한다면, 이 우화가 진짜 이솝의 작품일 가능성도 높다.

# 270
## 조난자와 바다

해변으로 떠밀려 올라온 조난자가 지친 나머지 잠이 들었다. 이윽고 잠에서 깨어난 조난자는 바다를 보고 이런 고요한 모습으로 남자를 유혹한다고 비난했다. 그러다가 일단 그녀의 젖은 손아귀에 붙잡히면, 갑자기 미쳐 날뛰며 사람을 멸망시킨다는 것이었다. 이 말을 들은 바다는 여자의 모습을 하고 나타나 그에게 이렇게 말했다.

"나의 친구여, 그건 내 탓이 아니랍니다. 차라리 바람을 원망하세요. 지금 당신이 보는 모습이 원래 내 본성이니까요. 하지만 아무 예고도 없이 바람이 찾아와서는 파도를 치게 만들고 미친 듯이 물결을 일으키게 한답니다."

다른 사람의 명령을 받아서 일을 수행한 사람을 비난해서는 안된다. 대신에 그렇게 하도록 명령을 내린 사람을 비난해야 한다.

# 271
## 젊은이와 푸줏간 주인

두 젊은이가 푸줏간에서 고기를 사고 있었다. 푸줏간 주인이 등을 돌린 사이에 한 젊은이가 고깃덩이 중에서 귀와 발 같은 값싼 부위를 재빨리 집더니 느슨하게 벌려져 있던 또 다른 젊은이의 호주머니 속에 집어넣었다. 다시 돌아선 푸줏간 주인은 고기 조각을 찾다가 두 젊은이를 의심했다. 하지만 정작 고기를 훔친 젊은이는 자신이 고기를 갖고 있지 않다고 맹세하고 고깃덩어리를 가지고 있는 젊은이는 자신이 고기를 훔치지 않았다고 맹세했다.

이들의 궤변을 꿰뚫어본 푸줏간 주인이 말했다.

"내게는 거짓 맹세를 하고 달아날 수 있겠지만 결코 신의 눈길을 피할 수는 없을 걸세."


아무리 궤변을 늘어놓아도 거짓 맹세는 여전히 불경한 짓임을 보여준다.

# 272
## 통나무들과 올리브나무

옛날에 통나무들이 왕을 선출하려고 회의를 했다. 그들은 올리브나무에게 자신들을 다스려 달라고 부탁했다. 하지만 올리브나무는 이렇게 대답했다.

"뭐라고? 인간과 신에게 엄청난 사랑을 받는 나의 기름을 포기하고 너희 통나무를 다스리기 위해 가라고? 그건 안 될 말이지."

그러자 통나무는 이번엔 무화과나무에게 부탁했다.

"와서 우리를 다스려 주십시오."

그러자 무화과나무도 비슷하게 말했다.

"나의 달콤하고도 맛있는 열매를 포기하고 너희 통나무를 다스리러 갈 수는 없어."

계속 거절당하자 통나무는 가시덤불에게 찾아갔다.

"우리를 다스리러 와 주십시오."

그러자 가시덤불이 말했다.

"나를 왕으로 삼길 원한다면 너희들은 내 바로 밑에 은신처를 마련해야 할 거야. 그렇지 않으면 나의 마른 가지에서 불꽃이 튀어나가 레바논의 삼나무 숲을 삼켜버릴지도 모르니까 말이다."

　＊ 주(註) : '실론xylon'이란 단어는 '떨나무' 혹은 '통나무'를 뜻한다. 하지만 샹브리 교수는 이것을 'arbre' 즉 '나무'라고 잘못 번역해놓았다. 왜냐하면 우리가 알고 있는 다른 모든 역자들과 마찬가지로, 그 역시 이 농담을 이해하지 못했기 때문이다. 이 우화는 성경의 사사기(9장 8절)에 나오는데, 『킹 제임스 성경』이나 『새 영어번역 성경 New English Bible』 모두 통나무가 아니라 나무라고 번역해놓았다. 하지만 『70인 역 성서Septugint』(역주―기원전 270년경에 완성된 가장 오래된 그리스어 구약성서)까지는 찾아보지 못했다. 지나치게 광범위한 주석을 달게 될 뿐만 아니라, 히브리어를 읽을 줄 모르기 때문이다.

　어쨌든 그리스 우화가 성경에 차용된 것이지, 그 반대의 경우는 아니었던 것으로 보인다. 그렇게 믿는 근거는, 여기 나오는 것이 나무가 아니라 통나무임을 알 때에만 비로소 이 우화의 진정한 의미가 파악된다는 점에 있다. 이 우화가 통나무가 아니라 나무에 대한 것으로 생각하게 만든 이런 실수는, 분명히 이 이야기가 성경의 사사기에 차용되기 이전에 일어났을 것이다. 사사기에서는 '아비멜렉에서 불이 나와서'라는 식으로, 요담의 입을 통해 이 우화가 전해진다. '실론'을 '나무'라고 잘못 번역한 것만 제외하면, 이솝 우화와 성경의 본문은 신기할 정도로 비슷하다. 이 사실은, 사사기의 연설을 했다고 알려진 역사적 인물인 요담이 이 우화를 차용한 것이 아니라 사사기의 저자가 그리스어 본문을 앞에 두고 있었고, 샹브리 교수와 마찬가지로 이 우화의 농담을 전혀 이해하지 못했음을 알려준다. 이솝식의 이야기에서는 너무나 전형적으로 나타나는, 비틀린 농담은 성경의 전형적인 어조인 진지함과는 전혀 어울리지 않을 뿐만 아니라, 사실상 이 우화의 농담 자체가 사사기의 엄숙한 저자에 의해 완전히 무시되고 있다.

　따라서 이 우화가 원래 성서에서 비롯되어 이솝 우화집으로 흘러들어갔을 가능성은 전혀 없을 것으로 보인다. 만약 그랬다면 성경에는 존

315

재하지 않는 유머와 특별한 의미들이 주입되는 상상할 수 없는 일이 일어났음을 뜻하기 때문이다. 이런 과정은 마치 물이 위에서 아래로 흐르듯, 거꾸로 진행되지는 않는 법이다. 그러므로 실제로는, 그리스어에 서툰 어떤 히브리 작가가 이 우스꽝스런 우화를 잘못 이해하고서 가족들이 모두 살해되었음을 통탄하는 남자라는, 전혀 재미없는 목적―정말 우리가 상상할 수 있는 한, 가장 어울리지 않는 맥락―을 위해 차용했을 거라고 짐작된다. 사사기의 저자가 하필 이 우화를 선택한 까닭은, 아마도 레바논의 삼나무가 언급되었기 때문이었을 것이다. 이 나무는 이스라엘에서만큼이나 그리스에서도 유명했다. 저자는 레바논의 삼나무 숲을 태워버린다는 생각이, 아비멜렉을 완전히 태워버릴 불에 대한 대단히 강력한 이미지라고 판단했음이 틀림없다. 분명한 것은, 유머가 없는 우화에 뒤늦게 유머를 집어넣을 수는 없다는 사실이다. 따라서 처음에는 있었던 유머가 전래되면서 사라졌다고 봐야 할 것이다.

이런 사실들이 이 우화의 연대를 추정하는 데 어떤 의미를 갖는지는 알 수 없다. 우리는 성경 연구가가 아니기에 사사기가 언제 기록되었는지, 혹은 가장 오래된 사본일 거라고 믿고 있는 『70인 역 성서』에 이 우화가 나중에 덧붙여진 것인지 아닌지 알지 못한다. 그리스에서 그랬듯이, 어떤 열성적인 알렉산드라인이 그 단계에서 이 우화를 덧붙였을 수도 있다는 뜻이다. 그럴 경우에는 이 우화가 특별히 오래된 것이어야 할 필요가 없다. 헬레니즘 시대의 것일 수도 있다. 또한 온갖 다양한 동물들과 식물들이 그들의 왕을 찾는 다른 모든 우화들에 비추어 볼 때, 통나무가 왕을 선출하고 싶어 한다는 착상은 그 자체로 당시에는 상당히 우스꽝스럽게 여겨지는 농담이었을 것이라는 사실을 잊지 말도록 하자. 특히 이솝 우화집의 맥락에서는 더욱 그러했다. 다시 말해서 이 우화는 순전히 재미를 주려는 생각에서 이 우화집에 덧붙인 풍자적인 부가물이라는 것이다.

# 273
## 아기사슴과 아빠사슴

어느 날 아기사슴이 아빠사슴에게 이렇게 물어보았다.

"아빠, 아빠는 개보다 훨씬 크고 빠르며 멋진 뿔로 자신을 보호할 수도 있는데 왜 항상 개가 오면 도망가는 거죠?"

아빠사슴이 웃으며 대답했다.

"그건 사실이야, 아가야. 그렇지만 사실이야 어떻든간에 사냥개가 짖는 소리만 들려오면 무조건 달아나게 되는데 어쩌겠니."

아무리 노력해도 소심한 사람은 어떤 일에든 지레 겁을 집어먹기 마련이다.

# 274
## 나무꾼과 헤르메스

나무꾼이 강둑에서 나무를 베다가 도끼를 물 속에 빠뜨렸다. 어찌할 바를 몰라서 강둑에 앉아서 목놓아 울고 있는데, 헤르메스 신이 그가 슬퍼하는 이유를 알고서 그의 불쌍한 처지를 동정하게 되었다.

헤르메스는 강물로 들어가 금도끼를 가져와서 그의 것이냐고 물었다. 나무꾼은 '아니오, 그것은 제 것이 아닙니다' 라고 대답했다. 헤르메스가 다시 물 속으로 들어가 은도끼를 가져와 보여주었다. 하지만 나무꾼은 그것도 아니라고 말했다.

헤르메스는 세 번째로 강물에 다시 들어가서 나무꾼의 도끼를 가지고 나왔다. 나무꾼은 그것이 자신이 잃어버린 도끼라고 대답했다. 헤르메스는 그의 정직함에 감동하여 도끼 세 개를 모두 주었다.

친구들이 있는 곳으로 되돌아간 나무꾼은 자신이 겪은 모험을 들려주었다. 그러자 그들 중에 한 사람이 자기도 도끼를 얻어 보자는 생각이 들었다. 그리하여 그는 강가로 가서 자신의 도끼를 강물 속에 일부러 던져버리고는 둑에 앉아 눈물을 흘렸다. 그러자 역시 헤르메스가 나타나서 그가 우는 사연을 듣고서는 강물 속으로 들어갔다. 그리고 금도끼를 가지고 와서 보여주고 그가 잃어버린 도끼인지 물어보았다.

그 남자는 기뻐서 소리쳤다. "그렇습니다! 그게 바로 제 도끼입니다!'

헤르메스는 이 남자의 뻔뻔스러움에 화가 나서 금도끼를 주기
는커녕 남자의 도끼도 되돌려 주지 않았다.


신은 정직한 사람을 사랑하고 거짓말을 하는 사람에겐 벌을 내린다.


＊ 주(註) : 이 우화는 어느 비밀 종교에서부터 비롯된 입문 의식에
바탕을 두고 있는 듯 보인다. 어떤 신이 값비싼 황금이나 은으로 된 무
기를 물 속에서 가지고 나온다는 모티프는 『호수의 귀부인』, 『엑스칼리
버』, 『니벨룽겐의 반지』와 같은, 좀더 친숙한 전통들과 똑같은 뿌리에
서 뻗어 나온 것이다. 한편 도끼로 말하자면, 크레타 문명 시대에서는
특별히 신성한 의미를 지닌 물건이었으며, 그 믿음은 석기 시대 문명으
로까지 거슬러 올라간다.

# 275
## 박쥐와 집족제비

　땅바닥에 떨어진 박쥐가 집족제비에게 잡혔다. 자신이 죽을 운명임을 알게 된 박쥐는 살려달라고 족제비에게 빌었다. 하지만 족제비는 그를 놓아줄 생각이 없다고 말했다. 그 이유는 바로 자기가 모든 새 종류와는 천적 관계이기 때문이라고 했다. 박쥐는 자신이 새 종류가 아니라 쥐의 일종이라고 둘러댔다. 박쥐는 위험으로부터 벗어나는데 성공했다.

　안도의 순간도 잠시, 박쥐는 또다시 다른 족제비에게 잡혔다. 이번에도 박쥐는 살려달라고 빌었다. 그러자 두 번째 족제비는 자신이 쥐란 쥐는 전부 싫어하기 때문에 살려줄 수 없다고 말했다. 이 말을 들은 박쥐는 자신은 쥐가 아니라 새의 일종이라고 주장했다. 그래서 다시 한번 풀려날 수 있었다.

　이처럼 박쥐는 단지 이름을 바꾼 것만으로 두 번이나 죽을 고비를 넘길 수 있었다.

　살아가면서 같은 방법을 반복할 필요는 없다. 대신 상황에 맞게 유연하게 적응하고 대처한다면 위험에서 보다 손쉽게 벗어날 수 있다.

# 276
## 여행자들과 곰

두 친구가 함께 여행하고 있을 때 갑자기 곰이 나타났다. 친구 중 한 명이 얼른 나무 위로 기어 올라가 몸을 숨겨버렸다. 그러자 나머지 한 명은 위기를 벗어나고자 몸을 땅에 납작 엎드려서 죽은 체하였다. 곰이 그에게 다가가 냄새를 맡아보고 살펴보았으나 남자는 숨을 멈추고 있었으므로 죽은 줄 알고 그냥 가버렸다. 곰은 죽은 시체는 건드리지 않기 때문이었다.

곰이 가버리자 나무 위로 피신했던 친구가 내려와서 곰이 친구의 귀에다 대고 무슨 말을 하고 갔느냐고 물어 보았다.

그러자 그 친구가 대답했다.

"위험한 순간에 혼자만 살려고 하는 의리 없는 친구와는 앞으로 상종도 하지 말라고 했다네."

위험에 닥쳤을 때에 진정한 친구는 함께 그 위험에 맞선다.

\* 주(註) : 위험한 동물이 코를 킁킁거리는 동안, 죽은 척하고 꼼짝하지 않는 것은 그런 아슬아슬한 상황에서 살아남는 일반적인 방법이다. W. H. 허드슨은 언젠가 아르헨티나의 광활한 대초원에서 황소에게 공격을 당했을 때, 그렇게 해서 목숨을 건졌다. 또한 다양한 종류의 사나운 동물로부터 공격을 당하고 이런 방법을 써서 무사했다는 유사한 이야기들이 수없이 많다. 따라서 이 우화는 시대를 초월한 전통을 정확하게 보존하고 있는 셈이다. 아마 이 전통은 짐승들이 훨씬 더 위협적이고 번성했던 석기 시대에 보다 잘 알려져 있었을 것이다. 이솝 우화의 소재들이 대개 그렇듯이, 이런 상황 역시 결국에는 농담으로 이용되었다.

# 277
## 여행자들과 까마귀

사업 때문에 함께 여행중인 사람들이 외눈박이 까마귀를 보게 되었다. 그들 중 하나가 자기 생각엔 까마귀를 만난 것은 아무래 노 나쁜 징조인 것 같다며 오던 길을 되돌아가자고 했다. 하지만 다른 친구는 그의 말에 반대하며 이렇게 말했다.

"자기 눈 하나를 잃게 되리란 것도 예측하지 못한 저런 하찮은 짐승이 어찌 우리의 미래를 예측해줄 수 있겠나?"


자신의 상황에 대해서 어두운 사람은 다른 이에게 조언을 할 자격이 없다.


* 주(註) : 먼저 그 시대에는 새를 보고 점을 치는 것이, 오늘날 신문에 실리는 별점만큼이나 매우 일상적이고 대중적인 미신이었다는 사실을 알고서 이 우화를 해석해야만 한다. 특히 새 점의 경우에는 공식적인 종교로부터 완벽한 승인을 받았다는 이점이 있었다. 실제로 로마의 후기 시대에 연설가 키케로는 로마 국가의 공인 점술가였다.

# 278
## 여행자들과 도끼

두 사람이 함께 길을 가다가 한 사람이 길 위에 떨어진 도끼를 발견하자, 그의 친구가 이렇게 말했다.

"우리가 도끼를 발견했네."

"우리라고 하지 말게. 내가 발견한 걸세."

주운 사람이 말했다.

얼마 후에 그들은 도끼를 잃어버린 주인이 자신들을 쫓아오고 있음을 알게 되었다. 그러자 도끼를 발견하고 주운 사람이 다른 한 사람에게 이렇게 말했다.

"우린 이제 큰일났네!"

"우리라고 하지 말게나. '난 이제 큰일났다' 라고 말하게. 자네가 도끼를 발견했을 때, 그 행운을 나와 나누려 하지 않았으니 말일세."


자신이 가진 행운을 친구와 나눠 갖기 싫다면 불행한 순간에 친구가 도와주리라 기대해서는 안된다.

# 279
## 여행자들과 플라타너스

어느 무더운 여름 한낮에 두 명의 여행자가 지쳐서 플라타너스 나무 그늘 아래서 쉬고 있었다. 이때 나무를 쳐다보며 그들이 말했다.

"여기 열매도 맺지 못하고 인간에게 아무 쓸모도 없는 나무가 있군."

이 말을 들은 플라타너스가 이렇게 말했다.

"이런 고마워할 줄 모르는 건방진 인간들아, 지금 내가 만들어 준 그늘에서 잘도 쉬면서 내가 아무런 쓸모도 없다고 말할 수 있는 거냐?"

운이 없는 사람은 이웃에게 호의를 베풀어도 자신의 선행을 인정받지 못한다.

# 280
## 여행자들과 나뭇가지

절벽 길을 따라 터벅터벅 올라가던 여행자들이 꼭대기에 이르렀다. 그들은 멀리 바다 위를 떠다니는 나뭇가지를 보고서 이를 전함으로 착각했다. 그리고 전함이 곧 상륙할 것이라고 믿으면서 마냥 기다렸다. 하지만 나뭇가지가 파도에 밀려 가까이 다가오자, 여행자들은 그것이 전함이 아니라 화물선이라고 생각했다. 잠시 후에 해안에 도착한 그들은 그것이 그저 나뭇가지임을 알고 입을 모아 말했다.

"아무것도 아닌 것을 마냥 기다린 우리는 참 멍청하군."

잘 모를 때에는 강인한 것처럼 보이는 사람이 막상 시험을 해보면 아무것도 아니라는 사실이 드러날 때가 있음을 보여준다.

# 281
## 시장에서 산 당나귀

어떤 남자가 당나귀 한 마리를 사려고 경매가 열리는 시장에 가서는, 관리인에게 자신이 사려는 당나귀를 다른 당나귀들과 섞어 놓아달라고 부탁했다. 그러자 그가 사려는 당나귀는 다른 당나귀들에게는 등을 돌리고, 가장 뚱뚱하고 게으른 당나귀 옆에 가서 섰다.

당나귀가 가만히 서서 아무것도 하지 않자, 당나귀를 사려던 남자는 당나귀에게 굴레를 씌워서 주인에게 도로 돌려주었다.

주인이 그 당나귀를 제대로 시험해 보았냐고 물어보자, 그는 이렇게 대답했다.

"더 이상 시험할 필요도 없어요. 이 무리 중에서 이 녀석이 고른 친구를 보니까 이 녀석이 어떤 놈인지 분명히 알겠거든요."

사람들은 친구를 보고 우리를 평가한다.

# 282
## 야생 당나귀와 집당나귀

눈부신 햇볕을 쬐면서 풀을 뜯고 있는 집당나귀를 본 야생 당나귀가 집당나귀에게 와서, 몸집이 참 포동포동하며 좋은 풀을 먹고 있어서 좋겠다고 말했다. 그러나 얼마 후, 야생 당나귀는 무거운 짐을 지고 가는 집당나귀 옆에서 당나귀 몰이꾼이 채찍으로 엉덩이를 치는 것을 보았다. 이것을 본 야생 당나귀는 말했다.

"아, 나는 더 이상 너에게 좋은 말을 해줄 수가 없구나. 너는 잘 먹는 대신 그만한 대가를 치르고 있는 거야."

더 좋아 보인다고 부러워하지만, 그 이면에는 위험과 고통이 따르기 마련이다.

# 283
## 소금을 지고 가는 당나귀

소금을 지고 가던 당나귀가 강을 건너게 되었는데, 그만 미끄러져서 물에 빠지고 말았다. 그런데 물에 소금이 녹아 짐이 전보다 가벼워지자, 당나귀는 기뻐했다.

그리고 얼마 후, 솜을 지고 강둑에 다다른 당나귀는 이번에도 물에 빠지면 짐이 가벼워질 거라고 생각했다. 그래서 당나귀는 일부러 물에 빠졌다. 그러나 이번에는 솜이 물을 빨아들여서 무거워진 탓에 물에서 빠져나오지 못한 당나귀는 죽고 말았다고 한다.


꾀를 부리다가 불행을 자초할 수 있다는 사실을 가끔 잊어버리는 경우가 있다.

# 284
## 신상(神像)을 지고 가는 당나귀

등에 신의 조각상을 지고 가던 당나귀가 어느 마을에 도착하였다. 지나가던 사람들이 신상 앞에서 무릎을 꿇자, 사람들이 자신에게 절을 하고 있다고 생각한 당나귀는 교만해져서 큰 소리를 내더니 더 이상 움직이려고 하지 않았다.

이러한 속셈을 알아차린 당나귀 몰이꾼이 채찍질을 하면서 소리쳤다.

"아이고, 이 어리석은 놈아! 너는 사람들이 당나귀를 받들고 있다고 생각하는 거냐? 네 등에 짊어진 신께 경배 드리는 거지!"

남의 잘난 점을 가지고 괜히 자기가 우쭐해하는 자는 주위 사람들의 조롱거리가 될 뿐이다.

* 주(註) : 어쩌면 이 우화에는 눈에 보이는 것 이상의 의미가 있는지 모른다. 패트라의 루시우스가 쓴 황금 당나귀에 관한 이야기를 아이러닉하게 암시하려는 의도가 있었을 수도 있다. 이 이야기는 나중에 『변신The Metamorphoses』이라든가, 기원후 2세기에 아풀레이우스가 썼으며 이솝 우화만큼이나 이야기 하나하나가 유머에 넘치는 『황금 당나귀Golden Ass』 같은 유명한 책에 다시 수록된다.

# 285
## 사자의 가죽을 뒤집어쓴 당나귀와 여우

　　사자의 가죽을 뒤집어쓴 당나귀가 동물들을 놀라게 하며 시골 길을 걷고 있었다. 이 때 지나가던 여우를 본 당나귀는 여우도 놀라게 하고 싶었다. 그러나 당나귀의 목소리를 기억하고 있는 여우가 당나귀한테 말했다.

　　"당나귀야, 내가 너의 목소리를 기억하지 못했더라면, 나도 틀림없이 무서웠을 거야."

　　무식하면서 유식한 체하는 사람이 너무 나서다 보면 본성이 탄로난다.

　　＊ 주(註) : 인도의 『팡카탄트라』에 이 우화의 또 다른 판본이 「지느냐 이기느냐」편에 수록되어 있다. 하지만 거기서는 주인이 당나귀에게 호랑이 가죽을 씌운다. 농부들이 겁을 집어먹고 당나귀를 내쫓지 못하게 만들어서, 당나귀가 다른 사람들의 보리밭에 들어가 마음 놓고 풀을 뜯어먹게 하려는 의도였다. 하지만 당나귀의 울음소리를 듣고 격분한 농부들이 돌과 화살과 나무 막대기로 그를 죽인다. 이 이야기는 아마도 알렉산더 대왕의 시대 이후에 그리스의 우화를 개작한 것인 듯하다. 우화 139와 233의 각주를 참조.

# 286
## 말이 행복하다고 생각한 당나귀

　말은 먹을 것도 많고 보살핌도 잘 받는 것에 비해서, 자신은 그렇게 열심히 일을 해도 지푸라기조차 배불리 먹지 못한다고 생각하는 당나귀가 있었다.

　그러나 전쟁이 터져서, 말은 머리끝부터 발끝까지 중무장을 한 기수를 태우고 사방으로 뛰어다녀야 했으며, 심지어 적진 속으로 뛰어 들어가 창에 찔려 목숨을 잃었다.

　이 사실을 알게 된 당나귀는 생각을 바꾸어 말이 불쌍하다고 여겼다.


　지도자나 부자들을 부러워해서는 안된다. 그들이 처한 위험을 생각해서 부족해도 참고 살아라.

# 287
## 당나귀와 수탉과 사자

어느 날, 당나귀와 수탉이 함께 먹이를 먹고 있을 때, 사자가 당나귀를 공격하였다. 수탉이 큰 소리로 울어대자, 사자는 수탉의 울음소리가 무서워서 도망을 쳤다.

자기가 무서워서 사자가 도망가는 것이라고 생각한 당나귀는 사자 뒤를 쫓아갔다. 당나귀가 수탉의 울음소리가 들리지 않는 곳까지 쫓아갔을 때, 사자는 몸을 돌려 당나귀를 잡아먹어 버렸다. 당나귀는 죽어가면서 이렇게 소리쳤다.

"나는 얼마나 운이 없고 멍청한가! 싸움을 싫어하는 조상을 둔 내가 왜 싸움을 시작하려고 하였던고?"

하찮은 적도 일단 공격을 받게 되면 우리를 망하게 할 수 있다.

# 288
## 당나귀와 정원사

정원사에게 당나귀가 한 마리 있었다. 일만 열심히 하고 제대로 먹지도 못했다고 생각한 당나귀는 제우스 신에게 새 주인을 구해 달라고 기도하였다. 제우스 신이 그의 기도를 들어주어, 당나귀는 옹기장이에게 팔려 갔다.

그러나 이번에도 당나귀는 짐을 더 많이 싣고 찰흙과 도자기도 날라야 한다고 불평을 했다. 그래서 당나귀는 다시 소원을 빌었고, 결국 가죽장이에게 팔려 갔다. 이렇게 그는 점점 더 형편없는 주인을 만나게 된 것이다. 새 주인이 일하는 것을 보고, 당나귀는 한숨을 쉬며 말했다.

"세상에! 복도 없지! 예전 주인과 함께 있었으면 훨씬 편했을 텐데. 새 주인은 내 가죽까지 벗기려 들지도 모르겠군."


하인들은 새 주인이 누구인가를 알기 전에는 첫번째 주인을 원망해서는 안된다.

# 289
## 당나귀와 까마귀와 늑대

등에 상처를 입은 당나귀가 들에서 풀을 뜯어먹고 있었다. 그때 까마귀 한 마리가 당나귀의 등에 내려앉더니, 상처를 쪼았다. 등이 그렇게 아픈 것이 상처 때문이라고만 생각한 당나귀는 울어대면서 날뛰기 시작했다. 좀 떨어진 곳에서 이 광경을 지켜본 당나귀 주인은 웃음을 터뜨렸다.

마침 지나가던 늑대가 당나귀 주인이 자신을 보고 비웃는 줄 알고 혼자 중얼거렸다.

"우리 늑대들은 얼마나 불쌍한지! 무리로 다니다가 사람들의 눈에 띄면 쫓겨야 하는 것도 서러운데, 무리에서 떨어져 혼자 다가가면 인간들의 조롱거리가 되는군."

해로운 사람은 첫눈에 알아볼 수 있다.

# 290
## 당나귀와 개와 주인

　한 남자가 말테즈 애완견과 당나귀를 키우고 있었다. 그는 항상 개와 장난을 쳤다. 밖에서 식사를 하고 돌아올 때면 남은 것을 싸가지고 와서, 개가 꼬리치며 그에게 달려들 때마다 그것을 던져 주었다. 이것이 부러웠던 당나귀는 어느 날, 주인 옆에서 종종걸음을 치며 까불기 시작했다.

　그러나 당나귀는 그만 주인의 발을 밟아버렸고, 화가 난 주인은 회초리를 휘둘러 당나귀를 마굿간으로 쫓아 그곳에 묶어 두었다.

　우리는 모두 똑같은 일을 하도록 만들어지지 않았다.

# 291
## 함께 여행을 떠난 당나귀와 개

　함께 여행을 하던 당나귀와 개가 봉투에 담긴 서류를 발견하였다. 서류를 주운 당나귀는 봉투를 뜯더니 큰 소리로 읽기 시작했고, 개는 그것을 듣고 있었다. 그것은 목초, 보리, 짚단과 같은 가축의 먹이에 관한 내용이었다.

　당나귀가 서류를 읽는 동안 지루해진 개는 이렇게 말했다.

　"이봐, 대충 읽어. 어디 고기나 뼈다귀에 관한 얘기는 없어?"

　나머지 서류를 훑어본 당나귀가 그러한 내용은 없다고 하자, 개가 크게 소리쳤다.

　"그 서류 내버리게. 아무짝에도 쓸모가 없구먼."

# 292
## 사자 가죽을 뒤집어쓴 당나귀

사자의 가죽을 뒤집어쓴 당나귀가 사자인 체하고 다니자, 사람들뿐만 아니라 동물들까지도 모두 그 당나귀를 보고 도망치기 바빴다.

그러나 바람이 불어 사자의 가죽이 벗겨지고, 당나귀임이 밝혀지자, 모두가 달려들어 지팡이와 몽둥이를 가지고 당나귀를 때리기 시작했다.

가난하고 평범하게 살아라. 부자인 척하지 마라. 그렇지 않으면 위험과 조롱을 자초하게 될 것이다. 타고난 본성과 어울리지 않는 것에 억지로 자신을 맞출 수는 없기 때문이다.

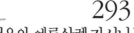

# 293
## 여우와 예루살렘 가시나무를 먹는 당나귀

당나귀 한 마리가 예루살렘 가시나무의 뾰족뾰족한 윗부분을 먹고 있었다. 이것을 본 여우가 비웃으며 말했다.

"그렇게 연약하고 축 처진 혀로 그토록 딱딱한 것을 마냥 행복한 듯 먹고 있다니 대단하군."

부드러운 혀로 날카롭고 위험한 발언을 서슴지 않는 사람들에게 들려줄만한 우화이다.

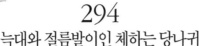

# 294
## 늑대와 절름발이인 체하는 당나귀

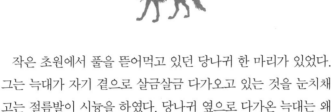

작은 초원에서 풀을 뜯어먹고 있던 당나귀 한 마리가 있었다. 그는 늑대가 자기 곁으로 살금살금 다가오고 있는 것을 눈치채고는 절름발이 시늉을 하였다. 당나귀 옆으로 다가온 늑대는 왜 다리를 절고 있느냐고 물었다.

당나귀는 울타리를 뛰어넘다가 가시에 찔렸다고 했다. 당나귀는 늑대에게 자신을 먹다가 가시에 찔리지 않도록 잡아먹기 전에 미리 가시를 빼라고 권했다. 늑대는 그것이 좋겠다고 했다. 늑대가 당나귀의 다리를 올려 잡고 발굽을 조사하고 있을 때, 당나귀는 재빠르게 늑대의 턱을 발로 차서 이빨을 부러뜨렸다.

곤경에 처한 늑대는 이렇게 중얼거렸다.

"나는 이런 일을 당해도 싸지. 아버지한테서 사냥꾼이 되는 법을 배워 놓고서, 왜 의사 노릇을 하려고 했을까?"

이렇게 자신의 능력 밖의 일을 하려고 하는 사람은 결국 망신을 당하게 된다.

# 295
## 새 잡는 사람과 비둘기들

새 잡는 사람이 그물을 펼치더니 자신이 기르는 비둘기를 그물에 매달았다. 그런 다음 멀리서 지켜보고 있었다.

그물에 걸린 집비둘기에게로 날아오던 야생 비둘기 몇 마리가 그물에 걸리자, 새 잡는 사람이 달려와서 야생 비둘기를 놓치지 않고 잡았다.

이것을 본 야생 비둘기는 집비둘기에게 같은 종족이면서 그물을 조심하라고 알려주지 않은 것을 원망했다. 그러자 집비둘기는 이렇게 대답했다.

"우리 집비둘기는 다른 비둘기들의 기쁨보다 우리 주인님의 슬픔을 더 걱정하기 때문이지."


집의 하인들도 마찬가지이다. 주인의 사랑을 받고자 자신의 동료들은 모른 척하더라도 그들을 비난할 수는 없다.

# 296
## 새 잡는 사람과 뿔종다리

어떤 새 잡는 사람이 그물을 설치하고 있었다. 멀리에서 이것을 보고 있던 뿔종다리는 새 잡는 사람에게 무엇을 하고 있느냐고 물었다. 그는 지금 도시(폴리스)를 짓고 있다고 대답했다.

그리고 나서 새 잡는 사람은 몸을 숨겼다. 그의 말을 믿은 뿔종다리는 날아서 내려오다 그물에 걸리고 말았다.

새 잡는 사람이 달려오자, 뿔종다리가 그에게 말했다.

"이봐요, 아저씨! 당신이 짓는 도시가 이런 것이라면, 거기서는 아무도 살지 못하겠군요."


사람들이 집과 도시를 떠나는 것은 그곳의 지도자가 거칠고 야만스럽기 때문이다.

# 297
## 새 잡는 사람과 황새

새 사냥꾼이 두루미를 잡기 위해 그물을 설치해놓은 다음, 멀리서 자신이 놓은 미끼를 지켜보고 있었다. 잠시 후에 황새 한 마리가 두루미들 틈에 내려앉았다. 새 사냥꾼은 얼른 달려와서 황새를 잡았다.

황새는 그에게 놓아달라고 애걸하면서, 자신은 인간들에게 전혀 피해를 주지 않으며, 오히려 뱀과 다른 파충류를 잡아먹으니 유익한 동물이라고 했다. 그러자 새 잡는 사람이 대답했다.

"네가 전혀 해로운 동물이 아닐지라도, 나쁜 동물들 사이에 내려앉은 것만으로 너는 벌을 받아야 해."

따라서 우리도 나쁜 사람들을 멀리해서 그들이 지은 잘못에 연관되어 있다는 오해를 받지 않도록 해야 한다.

＊ 주(註) : 평범한 고대 그리스인들이 이 우화를 이해하는데 당연히 알고 있었을 황새에 관한 배경 지식들 중에, 고대 테살리에서는 실제로 황새가 뱀을 잡아먹는 유익한 역할을 하기 때문에 황새를 죽이는 것을 금지하는 법이 있었다는 사실도 넣어야 할 것이다.

# 298
## 새 잡는 사람과 자고새

어떤 손님이 밤늦게 새 잡는 사람의 집을 방문하였다. 집주인은 마침 저녁거리가 없었으므로, 그 손님을 위해 저녁식사로 야생새를 잡는 미끼로 사용하던 자기의 자고새를 잡으러 갔다. 그가 자고새를 막 죽이려고 할 때, 자고새는 자신의 은혜를 몰라준다고 원망하였다.

"저를 미끼로 사용하여 새를 아주 많이 잡지 않았나요? 그런데 이제는 저를 죽이려 하는군요."

"내가 왜 너를 죽이려 하느냐고? 그건 네가 동료들에게 조금의 자비심도 가지고 있지 않기 때문이야."

새 잡는 사람이 말했다.


자신의 부모를 배신한 사람은 부모의 미움을 살 뿐만 아니라, 그 일로 덕을 본 사람들의 미움도 사게 된다.

# 299
## 암탉과 제비

암탉 한 마리가 뱀의 알을 발견하고 조심스럽게 알을 품어서 따뜻하게 만들었다. 이를 본 제비가 암탉에게 말했다.

"넌 정말 바보구나! 왜 알에서 깨면 제일 먼저 너를 잡아먹을 것을 품어주는 거지?"

사악한 마음은 아무리 친절하게 대한다 하더라도 사라지지 않는다.

# 300
## 뱀과 집족제비와 쥐들

어느 날 한집에 살고 있는 뱀과 집족제비가 싸움을 하게 되었
다. 이 때 뱀과 집족제비에게 매일 괴롭힘을 당하던 쥐들이 싸우
는 소리를 듣고 조용히 쥐구멍에서 나왔다. 쥐가 나오는 것을 보
자 싸움을 하던 뱀과 집족제비는 싸움을 멈추고 쥐를 공격하기
시작했다.


도시국가에서도 마찬가지이다. 선동가들의 싸움에 말려든 사람은 자신
도 모르게 양쪽편의 희생자가 되기 마련이다.

# 301
## 뱀과 게

뱀과 게가 같은 곳에서 살았다. 게는 뱀에게 꾸밈없이 친절하게 대했다. 그러나 뱀은 항상 잔꾀를 부리고 심술궂게 굴었다. 게는 그렇게 하지 말고 정직해지라고 뱀에게 계속 타일렀으며 자기가 뱀을 대하는 것처럼 자기에게 해 달라고 하였으나, 뱀은 들으려고 하지 않았다.

그래서 화가 난 게는 뱀이 잘 때 뱀을 물어서 죽게 하였다. 뱀이 죽어서 몸을 곧게 뻗고 누워 있는 것을 보고, 게가 소리쳤다.

"이봐, 친구! 죽은 다음에 그렇게 바르게 있어봤자 아무 소용없네. 내가 전에 타일렀을 때 말을 들었어야지. 그러면 이렇게 죽지는 않았을 텐데."


살아 있을 때에는 친구들에게 못되게 굴다가 죽은 후에 도움이 되는 사람들에게 적절한 우화이다.

# 302
## 발에 밟힌 뱀과 제우스 신

뱀 한 마리가 제우스 신에게 가서 사람들이 자신을 너무 자주 밟고 다닌다고 불평을 했다.

그러자 제우스 신은 말했다.

"네 등을 처음으로 밟은 사람을 물어버렸다면, 두 번째 사람은 너를 밟으려고 하지 않았을 것이다."


처음으로 자신을 공격하는 사람들에게 지지 않게 되면 다른 사람들에게도 만만하게 보이지 않는다.

# 303
## 제물로 바친 내장을 먹은 아이

시골에 사는 양치기 몇 명이 염소 한 마리를 제물로 바친 후에 이웃들을 초대하였다. 한 가난한 여자도 아들을 데리고 왔다. 축제가 무르익자, 너무 음식을 많이 먹어서 배가 터질 지경이 된 아이가 결국 먹은 것을 다 토하고 난 후에 소리쳤다.

"엄마, 제가 제 내장들을 토했어요!"

"그건 네것이 아니란다." 아이의 엄마가 말했다. "네가 토한 것은 너의 내장이 아니라 네가 먹은 내장들이란다."

다른 사람들의 재물만을 탐하다가, 그 재물을 돌려달라고 하면, 마치 자신의 재산이 나가는 것처럼 괴로워하는 사람들이 있다.

＊ 주(註) : 이 우화는 사실 농부들의 투박한 농담으로, 어쩌면 한 아이가 겪은 재미난 실화를 바탕으로 쓴 것일지도 모른다. 신에게 동물을 제물로 바치고 나면, 거기에 참석한 모든 손님들이 내장―즉 심장과 폐, 간 그리고 신장―을 먹는 것으로 잔치를 시작하는 것이 풍습이었다. 이 엄선된 소량의 음식은 제사의 신성한 진미였다. 이 우화에서 아이는 내장을 토하고서 그것이 자신의 내장이라고 생각하지만, 사실 그것은 염소의 내장이다.

# 304
## 메뚜기를 잡는 소년과 전갈

한 소년이 도시 성벽 앞에서 메뚜기를 잡고 있었다. 꽤 많은 메뚜기를 잡고 났을 때, 전갈 한 마리가 소년의 눈에 띄었다. 전갈을 메뚜기로 착각한 소년이 손바닥 위에 전갈을 올려놓으려고 하자, 전갈이 독침을 세우며 아이에게 말했다.

"그렇게 하기만 해봐! 여태까지 잡은 메뚜기를 전부 다 잃게 될 테니까."

착한 사람이나 나쁜 사람을 모두 똑같이 대해줘서는 안된다.

# 305
## 어린이와 까마귀

한 여자가 점쟁이에게 와서 그녀의 어린 아들에 대해 점을 쳤다. 점쟁이는 이 어린애가 까마귀(korax) 때문에 죽게 될 것이라고 말했다.

이 말에 깜짝 놀란 여자는 까마귀가 아이를 죽이지 못하도록 커다란 상자를 만들어서 그 안에 아이를 넣어 두었다. 그리고 매일 정해진 시간에 상자를 열고 아이가 먹을 만큼의 음식을 넣어 주었다.

그러던 어느 날, 여자가 상자를 열었다가 다시 닫으려고 할 때, 아이가 실수로 머리를 밖으로 내밀었다. 그래서 상자 문에 달린 갈고리 손잡이(korax)가 아이의 머리 위로 떨어져 아이는 죽고 말았다.

✻ 주(註) : 이 우화는 동음이의어를 이용한 말장난에 전적으로 의존하고 있다. 그리스어 '코락스korax'는 '까마귀'와 '까마귀 부리처럼 생긴 문고리 손잡이'란 두 가지 뜻이 있다. 또한 아테네인들은 누구나 '상자 안에 갇힌 사내아이'라는 착상에도 익숙할 것이다. 이것은 신화에 흔히 등장하는 모티프이기 때문이다.

# 306
## 목욕하는 어린이

어느 날, 강에서 목욕을 하고 있던 어린이가 물에 빠지게 되었다. 한 나그네가 지나가는 것을 본 어린이는 살려달라고 소리쳤다. 나그네가 아이에게 조심하지 않았다고 야단을 치자, 그 어린이는 이렇게 소리쳤다.

"어서 물에서 구해주기나 하세요. 저를 구해준 다음에 야단쳐도 늦지 않잖아요!'

친절하지 못한 행동을 하는 사람들이 핑계를 대는 경우가 있다.

# 307
## 돈을 맡은 사람과 호르코스 신

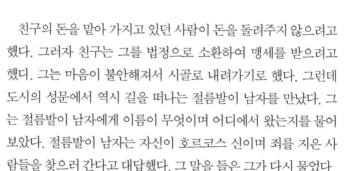

친구의 돈을 맡아 가지고 있던 사람이 돈을 돌려주지 않으려고 했다. 그러자 친구는 그를 법정으로 소환하여 맹세를 받으려고 했다. 그는 마음이 불안해져서 시골로 내려가기로 했다. 그런데 도시의 성문에서 역시 길을 떠나는 절름발이 남자를 만났다. 그는 절름발이 남자에게 이름이 무엇이며 어디에서 왔는지를 물어보았다. 절름발이 남자는 자신이 호르코스 신이며 죄를 지은 사람들을 찾으러 간다고 대답했다. 그 말을 들은 그가 다시 물었다.

"그러면 대개 얼마나 오래 있다가 다시 도시로 돌아오나요?"

"30년이나 한 40년 후쯤." 호르코스 신이 대답했다.

그러자 그는 당장 도시로 돌아와서 그 다음날 자신은 결코 돈을 받은 적이 없다고 재판정에서 맹세했다. 그 말을 하자마자 호르코스와 정면으로 마주쳤고, 호르코스 신은 그를 낭떠러지로 데리고 가서 밀어 떨어뜨리려고 했다. 그는 불만에 차서 항의했다.

"30년이 지나야 다시 돌아온다고 해놓고는, 하루도 마음 편하게 살도록 내버려 두질 않는군요."

그러자 호르코스 신은 이렇게 대답했다.

"누가 나를 화나게 하면, 나는 그날로 다시 돌아온다는 것을 몰랐지?"

신의 심판을 받는 날이 특별히 따로 정해져 있는 것이 아니다.

# 308
## 아버지와 딸들

딸이 둘 있는 한 남자가 한 딸은 정원사에게, 또 다른 딸은 옹기장이에게 시집을 보냈다. 얼마 후, 그 남자는 정원사의 아내가 된 딸을 방문해서 요즘 어떻게 지내고 있는지, 일은 잘 되는지를 물어보았다. 딸은 모든 것이 바라는 대로 잘 되어가고 있는데, 딱한 가지 바라는 게 있다면, 비가 내리거나 폭풍이 불어서 농장에 물을 줄 수 있기를 바란다고 했다.

그리고 얼마 후, 그 남자는 옹기장이의 아내가 된 또 다른 딸을 찾아가서, 요즘 어떻게 지내고 있는지를 물어 보았다. 그 딸은 별로 부족한 것이 없는데, 다만 한 가지, 날씨가 계속 좋아서 햇빛에 옹기가 잘 마르기를 바란다고 했다.

"너는 날씨가 좋기를 바라고, 네 언니는 비가 오기를 바라니, 나는 어떻게 기도를 드려야 하느냐?"

이처럼, 한 사람이 동시에 두 가지 상반된 것을 바랄 때, 사람들은 물론 둘 다 이루어지기를 바란다.

# 309
## 자고새와 한 남자

한 남자가 사냥을 하다가 자고새를 잡게 되었는데, 그가 자고새를 죽이려 하자 새가 간청했다.

"살려주세요! 그러면 제가 다른 자고새를 많이 데려올게요."

그러자 그가 말했다.

"자신의 친구와 동료들을 위험에 처하게 하다니, 너는 죽어 마땅하다."

친구를 상대로 음모를 꾸미는 사람은 스스로 위험에 처하거나 덫에 걸리게 된다.

✻ 주(註) : 고대 그리스에서는 길들인 자고새를 땅에 풀어놓고 야생 자고새들이 내려앉도록 유인하여 새를 잡는 풍습이 있었다.

# 310
## 목마른 비둘기

목이 마른 비둘기 한 마리가 물동이 그림을 보고 진짜 물인 줄 알고 크게 날갯짓을 하며 급하게 몸을 날려서 부딪치는 바람에 날개 끝이 부러졌다.

새는 바닥에 떨어졌고, 지나가던 사람이 그 새를 주웠다.


열정에 휩쓸려 아무 생각 없이 모험을 하는 사람은 일을 그르치게 된다.


* 주(註) : 그리스어에서는 서로 다른 종의 비둘기인 pigeon과 dove를 지칭하는 단어가 혼동되어 쓰인다. 이 우화에서 사용된 '페리스테라peristera'라는 단어는 일반적으로 집비둘기를 지칭한다. 하지만 이 우화에 나오는 비둘기는 야생 조류가 분명하다. 반면, 다음 우화에서는 집비둘기를 지칭하고 있다.

# 311
## 비둘기와 까마귀

새장에 갇힌 비둘기가 자신은 알을 아주 많이 낳는다고 자랑했
다. 이 이야기를 듣고 까마귀 말했다.

"여보게, 비둘기! 자랑 좀 그만하게나. 자식이 많으면 많을수
록, 자네는 노예 신세를 더욱 한탄하게 될 걸세."


인간들도 마찬가지이다. 자식이 있는 노예가 가장 비참하다.

# 312
## 두 개의 작은 주머니

옛날 옛적에 프로메테우스는 인간들에게 주머니를 두 개 만들어 주었다. 그 중의 한 주머니에는 다른 사람들의 결점을 넣어서 앞에 달아 주었다. 나머지 한 주머니에는 우리 자신의 결점을 넣어서 뒤에 매달아 주었다.

그 결과 인간들은 다른 사람들의 잘못은 금방 찾아내면서도, 자기 자신의 잘못은 보지 못하게 되었다.


자신의 잘못은 잘 알지 못하면서, 자신과는 전혀 상관이 없는 다른 사람들의 잘못에 참견을 하는 우둔한 사람들이 있다.


＊ 주(註) : 페라이perai는 어깨에 길게 메고 다니는 주머니 혹은 가죽지갑으로, 고대 그리스에서 음식을 나르는 데 흔히 사용되었다. 호머의 『오디세이』에 종종 등장한다. 두 개의 자루의 이미지는 고전 문화에 깊숙이 침투하여, 로마의 시인 카툴루스는 이렇게 말했다. "모든 사람들이 각자 자신에게 주어진 망상을 갖고 있다. 하지만 우리는 자신의 등 뒤에 매달린 주머니는 보지 못한다."

# 313
## 원숭이와 어부

　원숭이 한 마리가 큰 나무에 앉아 강에 그물을 던지는 어부들을 지켜보고 있었다. 잠시 후, 어부들은 점심을 먹기 위해 그물을 놓아 둔 채, 자리를 떴다. 그러자 천성적으로 따라 하는 것을 좋아하는 원숭이가 나무에서 내려와 어부 흉내를 냈다. 그러나 원숭이가 그물을 만지자마자, 그물에 걸려서 물에 빠져 죽을 위험에 처하게 되었다.

　그러자 원숭이가 탄식했다.

　"이게 모두 내 잘못이지. 먼저 방법을 배우지도 않고 어째서 고기를 잡겠다고 덤볐을까?"

　이 우화는 자신이 잘 알지도 못하는 일에 끼어들게 되면, 아무 이익이 없을 뿐만 아니라 해를 입는다는 걸 보여준다.

# 314
## 원숭이와 돌고래

옛날부터 긴 항해를 떠날 때는 여행의 지루함을 달래기 위해서 작은 몰타산 테리어 한 마리와 원숭이 몇 마리를 데리고 가는 경우가 있었다. 그래서 어떤 남자가 원숭이 한 마리와 함께 배를 타고 여행을 떠났다.

그들이 아테네 근처의 소우니온을 출발하였을 때, 거센 폭풍이 불어서 배가 뒤집히게 되자 원숭이를 포함해서 모든 사람들이 물 속에 빠졌다.

돌고래 한 마리가 원숭이가 사람인 줄 알고, 원숭이를 등에 태우고 해안까지 헤엄쳐 갔다. 피라우스 항구에 가까이 가자, 돌고래가 원숭이에게 아테네 사람이냐고 물었다. 원숭이는 그렇다고 대답하고는 부모님은 아테네의 저명 인사라고 하였다. 돌고래는 피라우스를 아느냐고 원숭이에게 물었다. 피라우스가 사람이라고 생각한 원숭이는 그를 알고 있으며, 사실은 자신의 친한 친구 중의 한 사람이라고 대답했다.

거짓말에 화가 난 돌고래는 물 속으로 잠수해버렸고, 원숭이는 물에 빠져 죽었다.


진실을 알지 못하는 사람들이 다른 사람들을 속이게 된다.

# 315
## 원숭이와 낙타

　동물들이 모여서 회의를 열었는데, 원숭이 한 마리가 자리에서 일어나더니 춤을 추자, 참석한 모든 동물들이 열화와 같은 박수를 보냈다.

　이것이 샘이 난 낙타는 원숭이보다 더 칭찬을 받고 싶었다. 낙타도 일어나서 춤을 추었는데, 너무 춤을 못 추어서 재미가 없어진 동물들은 막대기로 낙타를 쫓아버렸다.

　질투심 때문에 자신보다 뛰어난 사람들과 경쟁을 하려는 이들이 있다.

# 316
## 원숭이 새끼

원숭이는 한 번에 새끼를 두 마리씩 낳는다고 한다. 두 마리 새
끼 중에서 어미는 한 마리만 애지중지하며 젖을 주고 잘 키우고
다른 한 마리는 미워하고 전혀 돌보지 않는다고 한다.

그러나 신이 정해준 운명에 따라, 어미가 사랑으로 돌보아 주
고 꼭 껴안아 주던 원숭이 새끼는 그것 때문에 질식해서 죽게 되
고, 어미가 돌보지 않은 다른 새끼는 건강하게 잘 자라게 된다.


아무리 사전에 대비해도 우연을 이길 수 없다는 걸 보여준다.

# 317
## 항해자

몇 사람이 배를 타고 바다로 나갔다. 바다 한가운데에 이르렀을 때, 갑자기 거센 폭풍이 불어 배가 가라앉게 되었다. 배에 탄 사람들은 모두 옷을 잡아뜯으면서 눈물과 비탄에 잠겼다. 그들은 각자 자기 나라의 신께 기도를 올리면서, 자신들을 살려 주고 배를 구해만 준다면 감사의 제물을 바치겠다고 약속했다.

그러자 폭풍이 가라앉고 바다가 다시 조용해졌다. 뜻하지 않은 위험에서 살아난 사람들은 기뻐 춤추며 날뛰었다. 그 때 용감한 키잡이가 일어나서 외쳤다.

"여러분들, 기뻐합시다. 그러나 언제 다시 폭풍을 만날지도 모른다는 사실을 잊어서는 안됩니다."


우리는 너무 성공에 도취해서는 안되며, 언제 다시 상황이 바뀔지 모른다는 사실을 잊지 말아야 한다.

# 318
## 부자와 가죽장이

　부자가 가죽 일을 하는 집 옆으로 이사를 왔다. 가죽 일을 하는 집 마당에서 나는 냄새를 견디다 못한 부자는 가죽장이에게 다른 곳으로 이사를 가라고 재촉하였다. 가죽장이는 곧 간다고 하면서 계속 이사를 미루었다.

　그러나 계속해서 실랑이를 벌이는 동안, 부자는 냄새에 익숙해졌고, 더 이상 이웃을 못살게 하지 않았다.


　습관이 되면 짜증나는 일도 견딜 수 있게 된다.

# 319
## 부자와 곡하는 사람들

부자에게 딸이 둘 있었다. 그 중 한 명이 죽자, 부자는 곡을 해 주는 사람들을 샀다. 나머지 딸이 엄마에게 말했다.

"상을 당한 것은 우리인데, 애도하는 법을 모르니 참 딱하기도 해요. 우리와는 아무 상관이 없는 이 여자들이 가슴을 치며 저렇게 슬프게 우는데 말이에요."

어머니가 대답했다.

"놀라지 말아라, 얘야. 이 여자들이 그렇게 슬프게 우는 것은 돈을 받기 때문이란다."

자기 자신의 이익을 위해서 다른 사람들의 불행을 밑천으로 돈을 버는 사람들도 있다.

# 320
## 양치기와 바다

바닷가에서 양을 치던 한 양치기는 잔잔한 바다를 보고 배를 타고 다니며 무역을 하는 꿈을 꾸곤 하였다. 드디어 양치기는 양을 팔아서 대추야자를 사서 싣고 항해를 떠났다. 그러나 거센 폭풍이 일어서 배가 바다에 잠길 위험에 처했다. 그래서 그는 배에 있던 짐을 모두 바다에 던져버렸고, 천신만고 끝에 겨우 목숨을 구할 수 있었으나, 완전히 빈털터리가 되었다.

얼마 후, 한 남자가 와서 다시 잔잔한 바다를 보고 감탄을 하자, 양치기는 그에게 이렇게 말했다.

"이 아무것도 모르는 양반아, 바다는 지금 더 많은 대추야자를 기다리고 있는 거요. 그래서 이렇게 잔잔한 거란 말이오."

인간은 불행에서 교훈을 얻는다.

# 321
## 양치기와 양에게 꼬리치는 개

양치기가 큰 개 한 마리를 가지고 있었는데, 양치기는 개에게 죽은 새끼양이나 죽어 가는 양을 먹이로 던져 주었다. 그러던 어느 날, 양들이 우리 안에서 쉬고 있을 때, 양치기는 개가 몇몇 양에게 다가가 사랑스러운 듯 꼬리치는 모습을 보았다.

양치기는 이렇게 소리쳤다.

"이 녀석아! 난 네가 양이 어떻게 되길 바라는지 다 알아. 그런 일이 너한테 일어났으면 좋겠다."


아첨하기를 좋아하는 사람들에 대한 이야기이다.

# 322
## 양치기와 늑대 새끼들

양치기가 갓 태어난 새끼늑대 몇 마리를 발견했다. 그는 그 늑대새끼들이 나중에 다 자라서 자신의 양도 보호해주고, 다른 사람들의 양을 잡아오기를 바라는 마음에서 아주 정성을 다해서 길렀다.

그러나 늑대들이 다 자라 아무것도 두려울 것이 없게 되자, 양치기의 양들을 약탈하기 시작했다. 이것을 본 양치기가 한탄하면서 말했다.

"다 내 잘못이구나! 왜 늑대의 새끼를 길러서 내 양들을 잡아먹게 하였던고?"


나쁜 마음을 가진 사람들을 구해주다 보면, 우리도 모르는 사이에 우리를 공격할 힘을 그들에게 길러주는 꼴이 된다.

# 323
## 개와 함께 자란 늑대와 양치기

양치기가 늑대 새끼를 발견하고 집으로 데려와 개와 함께 키웠다. 다 자란 새끼늑대는 다른 늑대가 양을 물어가려고 하면, 개와 함께 쫓아내곤 하였다.

그러나, 개가 늑대를 따라잡지 못하고 돌아오는 경우가 가끔 있었는데, 그럴 경우 새끼늑대는 다른 늑대들을 끝까지 따라가서, 훔친 양을 나누어 먹은 다음에 돌아왔다. 만약 늑대들이 우리 밖의 양을 죽이지 못하면, 새끼늑대가 몰래 양을 죽여서 개와 나누어 먹었다.

그러나 결국 이것을 눈치챈 양치기는 그 늑대를 죽여서 나무에 매달아 놓았다.


사악한 천성을 타고난 사람은 착한 사람이 될 수 없다.

# 324
## 양치기와 새끼늑대

한 양치기가 새끼늑대를 발견하고 데려다 키웠다. 양치기는 새끼늑대에게 다른 집의 양을 훔쳐오는 것을 가르쳤다. 어느 날, 늑대가 양치기에게 말했다.

"당신이 내게 양을 훔쳐오는 방법을 가르쳐 주었으니, 이제 당신의 양도 조심하시오."

도둑질하고 약탈하는 법을 배운 영리한 사람은 낯선 사람보다는 자신의 주인에게 더 피해를 준다.

# 325
## 양치기와 양

한 양치기가 도토리가 많이 달린 떡갈나무가 있는 숲으로 양들을 몰고 갔다. 그는 나무 밑에 자신의 망토를 깔고 나무 위로 올라가 도토리들을 아래로 떨어뜨렸다. 도토리를 먹던 양들은 실수로 망토까지 먹어버렸다. 나무에서 내려온 양치기가 이것을 보고 소리를 질렀다.

"이 나쁜 놈들! 다른 사람들에게는 옷을 만들 털을 주면서, 너희를 먹여 키우는 나한테서는 망토까지 빼앗아가다니!"

자신들과는 전혀 상관이 없는 사람들에게는 너그러우면서, 자신의 가까운 피붙이에게는 인색하게 대하는 사람들이 많다.

＊ 주(註) : 역사 전체에 걸쳐, 도토리를 짐승과 인간 모두의 식량으로 이용하는 관습은 시골 사람들 사이에 보편적인 것이었다. 심지어 영어에는 동물 먹이로 사용되는 도토리에 관한 용어(pannage)가 따로 있을 정도이다. 색슨 시대에는 사료용 도토리를 돼지들에게 줄 수 있는 권리를 농부들에게 허용해주는 법이 통과되었다. 도토리는 인간을 위한 식량으로도 사용될 수 있는데, 말려야만 맛이 더 좋아진다. 말린 도토리는 영양가 높은 가루로 만들 수도 있다. 미국에서 가시참나무의 달콤한 도토리 열매는 치페와 인디언들 사이에서 인기가 높았다. 인디언들은 도토리를 굽거나 삶아 먹었으며, 특히 오리탕에 넣어 먹는 것을 좋아했다. 1920년대에 영국의 농무성은 동물 사료로 도토리의 사용을 권장하는 팜플렛을 발행하기도 했다. 또한 같은 시기에 영국의 의학 잡지 《란셋Lancet》은 도토리의 구성성분을 분석하여 발표했는데, 단백질 5.2%, 지방 43%, 녹말 상태의 탄수화물 45%, 수분 6.3%였다 (나머지 0.5%는 아마 쓴맛을 내는 성분으로 추정되었다).

# 326
## 늑대를 양 우리에 넣은 양치기

양치기가 양떼와 함께 늑대를 양 우리에 집어넣고 문을 닫았
다. 이것을 보고 개가 깜짝 놀라 말했다.

"양을 키워서 살아가는 사람이 어떻게 양 우리에 늑대를 들어
가게 할 수 있나요?"

사악한 사람과 함께 있게 되면 해를 입거나 심지어 죽음을 당할 수도
있다.

# 327
## 거짓말쟁이 양치기

마을에서 좀 떨어진 곳에서 양을 치던 양치기는 장난치는 것을 매우 좋아했다. 그는 마을 사람들을 놀리려고 늑대가 나타나서 양을 공격하고 있으니 도와달라고 소리쳤다.

마을 사람들이 몇 번이나 이 소리를 듣고 놀라서 양치기를 도와주려고 달려왔다가 속은 것을 알고 돌아갔다.

어느 날 진짜로 늑대들이 나타났다. 늑대들이 양을 약탈하고 있을 때, 양치기는 마을 사람들에게 도와달라고 소리쳤다. 그러나 양치기가 또 장난을 한다고 생각한 마을 사람들은 양치기의 말을 믿으려고 하지 않았다.

결국 양치기는 양을 모두 잃게 되었다.


거짓말쟁이는 진실을 말해도 다른 사람들의 비웃음을 살 뿐이다.

# 328
## 폴레모스와 히브리스

　어느 날 신들이 모두 결혼을 하기로 하고 제각기 운명이 정해
준 아내를 맞이했다. 그런데 전쟁의 신 폴레모스가 마지막으로
제비를 뽑을 차례가 되었을 때는 무자비한 폭력의 여신인 히브
리스만 남았다. 폴레모스는 히브리스를 미친 듯이 사랑하게 되
어 그녀와 결혼을 하였다. 그래서 폭력이 가는 곳에는 항상 전쟁
이 따라다니게 되었다.


　폭력이 난무하는 도시나 나라에서는 전쟁이 발발하거나 싸움이 일어나
게 된다.

# 329
## 강과 가죽

어느 날 강물에 떠다니는 가죽을 보고 강이 이름을 물었다.
"내 이름은 단단함(hard)이야." 하고 가죽이 대답했다.
그러자, 강은 더욱 세게 요동치면서 대답했다.
"내가 너를 금방 부드럽게 만들 테니까 새 이름을 구해보는 것
이 어때?"


종종 대담하고 오만한 사람들이 불행을 당하게 된다.

# 330
## 털이 깎인 양

서툴고 미련한 솜씨로 털을 깎는 사람에게 양이 말했다.

"내 털이 필요하면 조금만 남겨 놓고 잘라 가세요. 내 고기가 필요하다면, 털이 달린 채로 죽여주시구요. 그렇지만 계속 나를 이런 식으로 고통스럽게 하지 마세요."

기술이 형편없는 사람들에 관한 이야기이다.

# 331
## 프로메테우스와 인간들

제우스의 명령을 받고 프로메테우스는 인간과 동물을 만들었다. 그러나 제우스는 인간보다 동물의 수가 너무 많으므로, 동물 중의 일부를 인간으로 바꾸라고 하였다. 프로메테우스는 제우스가 명령한 대로 하였다.

그래서 원래는 동물이었으나 나중에 인간이 되어 짐승의 마음을 가진 인간들이 생겨났다.

꼴사납고 야만적인 인간들에 대한 이야기이다.

✻ 주(註) : 그리스 문학에서 인간의 창조자로서의 프로메테우스에 대한 보다 오래된 또 다른 기록은 기원전 4세기경 희극 시인 필레몬이 남겼다. 하지만 프로메테우스란 인물의 역사와 발전상은 여기서 다루기에는 너무 방대한 주제이다.

# 332
## 장미꽃과 아마란스

장미꽃 옆에서 자라던 아마란스가 장미꽃에게 말했다.

"넌 정말 아름답구나! 너는 신과 인간들을 기쁘게 해주고 있어. 나는 너의 아름다움과 향기에 찬사를 금할 수가 없단다."

그러자 장미꽃이 대답했다.

"하지만 아마란스야, 나는 단지 며칠밖에 살 수 없단다. 누가 나를 꺾지 않아도, 나는 금방 시들어 버린단다. 그렇지만 너는 항상 꽃을 피우고 영원히 싱싱한 채로 있잖아."

화려하게 짧은 시간 동안 살다가 곧 불행해져서 죽는 것보다는 차라리 화려하지 않더라도 오래 사는 것이 더 좋다.

＊ 주(註) : 아마란스, 즉 아마란토스amarantos는 시들지 않는 꽃이다. 마란티코스marantikos는 '소멸되어 버리다' 혹은 '시들다' 란 뜻이고, 마란시스maransis는 '쇠퇴하다' 혹은 '죽음을 맞이하다' 란 뜻이다. 그런데 그리스어에서 형용사 앞에 붙이는 글자 'a' 는 '아니다' 혹은 '없다' 란 뜻이므로, 아마란토스는 '시들지 않는' 혹은 '쇠퇴하지 않는' 이란 뜻으로 사용된다. 하지만 실제로 어떤 꽃을 지칭하는 것일까? 고대 그리스에서 아마란스는 에페수스의 아르테미스에게 바쳐진 신성한 꽃이었으며, 불멸의 상징으로 무덤을 장식하는데 쓰이기도 했다. 하지만 아마란스의 전통은 그리스인이 민족을 형성하기 오래 전인, 가장 최초의 인도 유럽 전통으로까지 거슬러 올라간다.

산스크리트어에서 아마라amara는 '죽지 않는, 불멸의, 소멸하지 않는' 이란 뜻이다. 인도 서사시 『마하바라타』에는 실제로 '아마라' 라는 신이 등장한다. 어떤 신비한 이유에서인지 숫자 33과 글자 U 역시 '아마라' 라고 불린다. 이 단어는 또한 탯줄, 후산, 수은, 신성한 산, 그리고 인드라 신의 성소 등을 가리키기도 한다. 힌두인들 역시 시들지

않는 꽃의 전통을 지니고 있는데, 소나무를 포함한 몇몇 꽃을 '아마라'
란 이름으로 부른다. 사실상 인도에는 최소 6가지 종류의 아마란스가
있었다. 그 중 어떤 것은 아마라 신과 연관이 있기도 하나, 어떤 것은
단지 형용사로만 쓰이기도 했다. 하지만 현대 학자들은 이 꽃의 종류를
모두 구분하지 못하는 것 같다. 이 전통은 아주 중요한 것이다.

　아마라트바amaratva(불멸)는 '신의 조건'이었다. 따라서 힌두교에
서 아마란스는 사실상 신 자체였다. 그리스 신들 중에 아마란스란 이름
이 붙은 유일한 신은 소아시아에서 기원한 아르테미스뿐이다. 로셔는
그의 저서 『신화 용어사전Mythological Lexicon』에서 그리스어의
아마란스는 때때로 아마린토스Amarynthos가 되기도 하는데, 그는
바로 나르시스의 아버지라고 지적하고 있다. 또한 그는 지리학자 스트
라보를 언급하고 있는데, 그의 『지리Geography』(X, 9, 448)에는 에
우보아 섬에 있는 아르테미스 아마린시아의 고대 성전에 대한 기록이
나온다. 스트라보는 에우보아 섬의 에레트리아에 아마린시아라고 불리
는 장소가 있다는 언급도 하는데, 그것은 아마 아주 오래된 성소였을
것이다. 이렇게 고대 에우보아 섬이 자주 등장하는 것은, 그리스 이전
시대의 전통이 명백히 살아남아 있음을 보여준다는 뜻에서 상당히 의
미심장하다. 버커트는 초기 그리스와 동방을 이어주는 고리로서 에우보
아 섬의 중요성을 지적했다.(『오리엔탈화의 혁명: 고대 초기 그리스 문
화에 끼친 근동의 영향Orientalizing Revolution: Near Eastern
Influence on Greek Culture in the Early Archaic Age』 월터
버커트, 하버드 대학 출판부, 1995년, p.10) 또한 에우보아 섬이 '동
양과의 무역을 개방한, 기원전 10, 9세기경의 비교적 풍요로운 사회'
였다고 주장했다. 고대 인도유럽 및 셈 문화 모두가 바로 이곳에 뿌리
를 두고 있었다.

　S. A. 핸포드는 예전 펭귄판 이솝우화(우화 142의 각주)에서 아마란
스의 전통이 최근 것이라고 주장하는 오류를 범했다. 그와는 정반대로,

이 전통은 어떤 문서보다도 더 오래 전으로 거슬러 올라갈 만큼 너무 오래되었기 때문에 그 기원을 추적할 수 없을 정도이다. 핸포드가 이 단어를 별로 오래되지 않았다고 말한 것도 틀렸다. 왜냐하면 아마란스란 형태의 이 단어는 그리스 문명 자체보다도 더 오래된 것이며, 앞서 살펴보았듯이 초기 인도유럽 문화로까지 거슬러 올라가기 때문이다. 이 단어는 오늘날 산스크리트어에도 남아 있는 것으로 보아, 아리아족이 나중에 그리스인이 되는 민족과 헤어져서 인도로 이주해오기 전에 생겨난 것이 분명하다. 따라서 아마란스란 개념은 최소한 기원전 2천 년 이상 되었거나 그보다 훨씬 더 오래되었음이 틀림없다. 이 모든 가능성을 고려해보았을 때, 불멸의 신을 상징하는 이 시들지 않는 꽃은 수만 년을 거슬러 올라간다. 우리는 네안데르탈인이 묘지에 꽃을 던졌다는 사실을 알고 있으며, 이 초기 인류의 성격과의 유사성은 그런 추정을 더욱 확실하게 뒷받침한다.

이 우화에서 언급하고 있는 실제 식물은 영어에서 돼지풀pigweed이라는 불명예스런 이름으로 불리는 풀이었던 것 같다. 오늘날 정원사들이 재배하는 좀더 멋진 '아마란스'는 '줄맨드라미love-lies-bleeding'이다. 하지만 아마란스는 결코 식물학적으로 정확한 명칭이 아니었다. 식물학의 아버지, 테오프라스투스도 이 식물을 언급하지 않은 것으로 보인다(그의 저서 『식물의 역사Historia Plantarum』에는 나오지 않지만, 또 다른 저서 『식물의 기원De Causis Plantarum』에는 색인이 없는 탓에 확신할 수는 없다)는 점에서 아마란스가 어떤 단일 식물로 기록될 만큼 정확한 명칭이 아니라고 여긴 것이 분명하다. 한 마디로, 불멸이란 의미를 담고 있는 아마란스는 하나의 식물이라기보다는 하나의 개념이었다. 그리고 아주 오래 전부터 잘 마르거나 혹은 잘 시들지 않는 속성을 지닌 식물은 무엇이든, 산스크리트어의 아마라트바—영원히 죽지 않는 신들의 조건—란 의미를 지닌 아마란스의 개념을 띠게 된 것이다.

# 333
## 석류나무와 산딸기 덤불

어느 날 석류나무, 사과나무, 올리브나무가 자신의 열매를 자랑하고 있었다. 토론이 다소 격렬해지자, 옆의 울타리에서 듣고 있던 산딸기 덤불이 말했다.

"여보게 친구들, 우리 이제 말다툼을 그만 하세."


훌륭한 사람들이 분열하면, 그보다 못한 사람들이 권력을 쥐게 된다.


＊ 주(註) : 우리가 사는 현대의 평등한 시대에는 이 농담의 참맛이 느껴지지 않겠지만, 이 우화의 요점만큼은 놀랍고 재미있다. 마치 노예가 주인에게 다가가서 자리에 앉으라고 권하듯이, 모두에게 무시당하는 덤불이 자신을 위풍당당한 과일나무들의 '친구'로 여기고 있기 때문이다.

# 334
## 나팔수

군대를 소집하는 책임을 지고 있는 나팔수가 적군에게 사로잡히자, 이렇게 애원했다.

"동지들, 정당한 사유 없이 제대로 생각해보지도 않고 나를 죽이지 말게나. 나는 자네들을 한 명도 죽이지 않았으며, 무기라고는 나팔 이외에 아무것도 없다네."

그러자 누군가 말했다.

"그러니까 넌 더욱더 죽어 마땅해. 네 스스로는 전투에 참가하지 않았지만, 너는 다른 사람들을 모두 깨워 전투에 참가하게 하는 죄를 지었으니까."

죄를 짓게 한 사람이 더 나쁜 사람이다.

\* 주(註) : 그리스어에서는 찰코스chalkos란 한 단어가 구리, 놋쇠, 청동을 모두 의미하는데, 이 우화에서는 분명히 '놋쇠'라고 하는 구어적인 의미로 사용되었다. 고대 그리스의 나팔인 살핑스salpinx는 특별히 전쟁 나팔이었다.

# 335
## 엄마두더지와 새끼두더지

    두더지는 원래 태어날 때부터 앞을 보지 못하는데 한 두더지가 엄마에게 자신은 앞을 볼 수 있다고 하였다. 정말 앞이 보이는가를 시험하기 위해서, 엄마두더지는 새끼두더지에게 유향을 주며 무엇인지 맞추어 보라고 하였다.

    "자갈이에요." 하고 새끼두더지가 말했다.

    그러자 엄마두더지가 말했다.

    "얘야, 넌 보지만 못하는 게 아니라 냄새도 못 맡는구나."


    불가능한 것을 자랑하는 허풍쟁이의 거짓말은 금방 탄로난다.

# 336
## 멧돼지와 여우

어느 날 멧돼지 한 마리가 나무에 엄니를 갈고 있었다. 그 때 여우 한 마리가 다가와서 사냥꾼이 나타나지도 않았고 위험하지도 않은데 왜 이를 갈고 있느냐고 물었다.

"다 그럴만한 이유가 있지. 갑자기 위험에 처하게 되면, 이를 갈 시간이 없기 때문이야. 그럼 이제 내 어금니가 제 할 일을 제대로 할 준비가 되었는지 한번 알아볼까."


위험이 닥칠 때까지 기다리는 것은 좋지 않다.

# 337
## 멧돼지와 말과 사냥꾼

멧돼지와 말이 초원에서 같이 풀을 뜯고 있었다. 멧돼지가 계속해서 풀을 망가뜨리고 물을 더럽히자, 말이 복수를 하려고 사냥꾼에게 도움을 청했다.

그러자 사냥꾼은 말이 굴레를 쓰고 자신을 등에 태워 주면 도와주겠다고 하였다. 말은 사냥꾼이 원하는 대로 다 해주기로 하였다.

그러나 사냥꾼은 말에 올라타서 멧돼지를 잡고는 집으로 말을 달려서 말을 마구간에 가두어 버렸다.

많은 사람들이 분노에 눈이 멀어서 적에게 앙갚음을 하다가, 그 때문에 다른 사람의 지배에 얽매이는 결과를 초래한다.

# 338
## 서로 욕을 하는 암퇘지와 개

　어느 날, 암퇘지와 개가 서로 욕을 하며 싸우고 있었다. 암퇘지는 아프로디테를 두고 맹세하건대, 개를 갈기갈기 찢어 놓겠다고 했다. 그러자 개가 빈정거리며 말했다.

　"네가 아프로디테님의 이름을 들먹이며 맹세를 하다니 참 잘하는 짓이다. 아프로디테님께서는 참으로 너를 끔찍이 사랑하셔서, 네 더러운 고기를 먹은 사람은 어느 누구도 절대 그분의 신전에 들어오지 못하게 하셨지."

　"그거야말로 여신께서 나를 총애하신다는 가장 확실한 증거지. 나를 죽이거나 학대하는 사람은 누구든 무조건 내쫓으신다는 뜻이니까 말이야. 네녀석으로 말하자면, 그 고약한 냄새가 죽었을 때보다 살아서가 더 지독하구나."


　신중한 웅변가는 적의 모욕적인 언사를 칭찬으로 바꾸는데 능숙하다.

# 339
## 말벌과 자고새와 농부

목이 마른 말벌과 자고새가 농부에게 가서 물을 좀 달라고 부탁하면서, 물을 먹게 해주면 은혜에 보답하겠다고 했다.

자고새는 포도나무를 심어주고 말벌은 침을 쏘아 도둑을 쫓아주겠다고 했다. 그러나 농부가 이렇게 대답했다.

"그렇지만 우리 집에는 약속을 내세우지 않으면서 모든 문제를 해결해 주는 황소가 두 마리나 있는걸. 너희한테보다 그 황소들에게 물을 주는 것이 훨씬 좋겠어."

도와주겠다고 약속을 하고도 해만 끼치는 부도덕한 사람들이 있다.

# 340
## 말벌과 뱀

어느 날, 말벌이 뱀 머리 위에 앉아서 침으로 계속해서 뱀을 괴롭혔다.

뱀은 아픈데도 말벌에게 복수를 할 수 없다는 게 화가 나서, 마차 바퀴 밑에 머리를 집어넣어 버렸다.

결국, 말벌과 뱀은 함께 죽고 말았다.


적과 함께 죽음도 불사하는 사람들이 있다.

# 341
## 황소와 야생 염소들

사자의 추격을 받은 황소 한 마리가 야생 염소들이 있는 동굴로 피신을 했다.

염소들에게 뿔로 받히고 온갖 괴로움을 당하면서 동굴 안에서 버티던 황소가 말했다.

"내가 너희들이 무서워서 참고 있는 것이 아니야. 동굴 밖에 있는 사자가 무서워서 참는 것뿐이라고."


우리보다 강한 사람이 무서워서 우리보다 약한 사람의 공격을 참는 경우가 있다.

# 342
## 숫염소와 포도 넝쿨

포도가 막 어린 싹을 틔우기 시작하였을 때, 숫염소가 싹을 뜯어 먹었다.

그러자 포도 넝쿨이 말했다.

"왜 나를 못살게 구는 거지? 푸른 풀은 다 먹어치운 거야? 네가 아무리 이래도, 사람들이 너를 제물로 바칠 때, 내가 필요한 양보다 더 적은 포도주를 제공할 거라고는 생각하지 마."


친구가 어렵게 일해서 얻은 것을 훔치려고 하는 사람들이 있다.

# 343
## 하이에나

하이에나는 매년 성(性)이 바뀌어서 일 년씩 교대로 암놈이 되었다가 수놈이 되었다가 한다고 한다. 그런데, 어느 날 수놈 하이에나가 암놈 하이에나에게 강제로 짝짓기를 하려고 덤벼들었다. 그러자 암놈 하이에나가 말했다.

"이봐, 만약 네가 그런 짓을 한다면, 조만간 너도 똑같은 일을 당하게 될 거라는 걸 명심해."

만약 판사에게 모욕을 당할 처지가 된다면, 판사에게 후임자에 관해서 이 우화를 말해줄 수 있을 것이다.

* 주(註) : 이 우화는 아테네에 기원을 둔 것으로 보인다. 왜냐하면 아르콘archons이란 구체적으로 아테네의 판사들, 혹은 9명으로 구성된 대집정관이기 때문이다.

하이에나 또한 기원전 4세기 아테네에서 즐겨 논의되던 주제였다. 그 당시에 아리스토텔레스는 하이에나의 성별에 대해서 글을 쓰고 있었는데, 그의 저서인 『동물의 역사』와 『동물의 생식에 관하여On the Generation of Animals』(A. L. 펙 옮김, 1942년, 로엡 라이브러리 Vol. 366)에 이 동물에 대한 언급이 나온다. 아리스토텔레스는 두 저서 모두에서 이 동물에 대한 세간의 속설을 반드시 반박해야 한다고 생각했다. 그러므로 첫번째 저서에서는 이렇게 썼다(VI, xxxii, 579b16). "사람들은 하이에나가 수컷과 암컷 모두의 생식기를 갖고 있다고 말하지만, 그건 사실이 아니다." 그런 다음 자신의 평소 관행대로, 해부학적인 사실들을 상세하게 나열한다. 한편 두 번째 저서에서는 (III, vi, 757a2) 하이에나가 수컷과 암컷의 생식기를 모두 갖고 있다는 '멍청한' 속설에 대해 쓰고 있다. 그는 또한 예전 작가인, 헤라클레아의 헤로도루스를 인용하고 있는데, 기원전 400년경에 한창 이름을 날렸던 헤로도루스는 어느 책(아마 그의 저서인 『헤라클레스의 역사』)에서 하이에나가 해마다 성을 바꾼다고 썼다. 아리스토텔레스는 상당히 혼동을 일으키기 쉬운 하이에나의 생식기를 너무 대충 살펴보는 데에서 이런 잘못된 해석이 비롯되었다고 설명하고 있다.

이 모든 논의들의 중요성은, 아리스토텔레스의 동물학적인 관심 덕분에 우리가 이 우화의 정확한 기원과 가장 오래된 연도의 근사치를 알 수 있게 되었다는 점에 있다. 하이에나가 해마다 성을 바꾼다는 생각은 특히 헤로도루스가 주장한 것으로 보아, 이 우화를 직접적으로 탄생하게 한 설화의 근원지 역시 헤로도루스일 것이다.

# 344
## 구두쇠

한 구두쇠가 재산을 금괴로 바꾸어서 한 곳에 묻어 두었는데, 마치 심장을 그곳에 묻어둔 것처럼 소중하게 여겼다. 그는 매일 보물이 있는 곳으로 가서 아주 흡족하게 바라보았다.

하인 한 사람이 이것을 보고 뭐가 있는지 궁금해서 땅을 파보았는데, 금괴가 나오자 그것을 갖고 도망쳐 버렸다. 얼마 후 금괴를 숨긴 곳에 다시 온 주인은 웅덩이가 파여 있는 것을 발견했다. 그는 너무 슬퍼서 머리를 쥐어뜯기 시작했다.

그 때 그곳을 지나던 한 사람이 그가 슬퍼하는 이유를 듣더니, 이렇게 말했다.

"여보세요, 그렇게 슬퍼하지 마세요. 당신은 그 금을 가지고 있었지만, 진짜로 가지고 있는 것이 아니었어요. 돌덩어리 하나를 땅 속에 묻고, 금덩어리를 묻어 두었다고 생각해 보지 그러세요? 내가 보기에는 금덩어리나 돌멩이나 쓰지 않기는 마찬가지인걸요."

재산이란 묻어 두기보다 쓰기 위해 있는 것이다.

# 345
## 대장장이와 강아지

대장장이가 강아지를 한 마리 기르고 있었다. 그가 일을 하고 있을 때, 강아지는 잠을 자고 있다가, 그가 앉아서 식사를 하려고 하면, 강아지도 그 옆에 먼저 와서 앉았다.

강아지에게 뼈다귀를 하나 던져 주면서, 대장장이는 이렇게 말했다.

"괘씸한 놈 같으니라고! 매일 잠만 자고! 내가 망치질을 할 때는 잠만 자다가, 내가 턱을 움직이면 금방 잠에서 깨는구먼."


다른 사람의 노력에 의존해서 사는 잠 많고 게으른 사람들이 있다.

# 346
## 겨울과 봄

어느 날 겨울이 봄에게 시비를 걸었다. 봄이 되면 사람들은 안정을 잃고, 어떤 사람들은 숲이나 초원으로 가서 백합이나 장미를 꺾어서 참 예쁘다고 감탄한 다음 머리에 꽂거나, 또 어떤 사람들은 폭풍이나 홍수조차도 겁내지 않은 채 배를 타고 바다 건너에 사는 사람들을 만나러 가기도 한다는 것이었다.

"나는 독재자같이 모든 것을 내 마음대로 할 수 있어. 나는 감히 하늘을 쳐다보지 못하게 만들고 땅만 보게 할 수 있지. 아니면 한동안 집에서 꼼짝하지 못하고 집만 지키게 할 수도 있어."

그러자 봄이 부드럽게 대꾸했다.

"그래서 사람들이 겨울이 가면 그렇게 좋아하는구나. 네가 아무리 그래도, 제우스 신에게 맹세컨대, 사람들은 봄이라면 아름다운 것 중에 가장 좋은 것으로 기억하고 있지. 그래서 내가 사라지면 사람들은 나의 추억을 간직하였다가, 내가 다시 돌아오면 아주 기뻐하는 거야."

# 347
## 제비와 뱀

재판소 안에 둥지를 튼 어미제비가 잠시 둥지를 비웠다. 그 사이 뱀이 기둥을 타고 올라와서 새끼제비들을 잡아먹었다.

둥지에 돌아와서 새끼들이 없어진 것을 발견한 제비는 통곡하였으며, 슬픔 때문에 제정신이 아니었다.

다른 제비가 와서 어미제비만 새끼를 잃은 것이 아니라고 위로하였다. 그러자 어미제비가 대답했다.

"아! 자식을 잃은 것도 슬프지만, 폭력의 희생자들이 도움을 받아야 마땅한 이곳에서 오히려 폭력의 희생자가 되었다는 게 더 슬프답니다!"

종종 가장 예상치 못했던 곳에서 불행이나 재난이 찾아올 때, 더욱더 견디기 힘든 법이다.

# 348
## 미모를 두고 고집스레 싸우는 제비와 까마귀

제비와 까마귀가 서로 자기가 더 아름답다고 다투고 있었다. 제비가 자신이 더 예쁘다고 하자, 까마귀가 이렇게 맞섰다.

"너의 미모는 오직 봄에만 피어나지만, 나의 미모는 겨울에도 변치 않아."

아름다움보다는 오래 사는 것이 더 값지다.

# 349
## 허풍쟁이 제비와 까마귀

　제비가 까마귀에게 "나는 아테네의 공주란다." 하고 허풍을 떨었다. 그리고 계속해서 테레우스가 자신을 욕보이고 자신의 혀를 잘라낸 이야기를 했다.

　그러자 까마귀가 비꼬며 말했다.

　"혀가 없이도 이렇게 허풍을 잘 떠는데, 혀까지 있었다면 어땠을까?"

　허풍쟁이는 거짓말을 해서 손해를 자초한다.

　＊ 주(註) : 우화 78의 주석을 참조할 것. 이 우화는 트레시아의 왕자 테레우스가 아테네의 필로멜라를 겁탈한 신화적 이야기를 바탕에 깔고 하는 농담이다. 프로크네와 필로멜라는 자매지간으로 아테네의 왕 판디온의 딸들이었다. 전쟁에 도움을 받는 대가로, 프로크네는 테레우스 왕자와 결혼을 했다. 하지만 테레우스 왕자는 프로크네가 죽었다고 거짓말을 하고서, 그녀의 동생인 필로멜라를 데려가기 위해 다시 아테네로 돌아왔다. 그리고 왕자는 필로멜라를 겁탈하고, 입을 막기 위해서 혀를 잘라버렸다. 하지만 필로멜라가 끝끝내 그 장면과 그 사건을 묘사한 천을 짜는 바람에 프로크네는 겁탈 사실을 알게 된다(신화에는 이 자매가 문맹이라서 글을 써서 대화하지 못한 것으로 나온다).

　두 자매는 프로크네가 낳은 테레우스의 아들 이티스를 죽여서, 그것을 테레우스에게 먹임으로써 복수를 감행한다. 그러자 테레우스는 후투티 새로, 프로크네는 나이팅게일로, 필로멜라는 제비로 변했다. 이 이야기는 누구나 잘 알고 있었기 때문에, 허풍쟁이 제비가 필로멜라인 척하는 것 자체가 우스꽝스런 농담이다.

# 350
## 흰털발제비와 새들

첫 겨우살이가 자라자, 흰털발제비는 새들을 모두 불러모아서 새를 잡는데 사용되는 끈끈이액의 재료인 겨우살이를 참나무에서 모두 떼어내서 앞으로 있을 불행을 미연에 방지하려고 했다.

그러나 뜻대로 안되자 사람들에게 자신들을 잡는데 겨우살이로 만든 끈끈이를 사용하지 말아달라고 부탁했다.

다른 새들은 흰털발제비의 이런 행동을 망령이라며 비웃었다. 왜냐하면 급기야 흰털발제비가 자신들의 적인 사람들에게 함께 살게 해달라고 청원을 하였기 때문이다.

사람들은 흰털발제비가 매우 똑똑하다고 칭찬을 아끼지 않았으며 살 곳을 만들어 주었다. 그리하여 다른 새들이 사람들에게 잡아먹혔을 때 흰털발제비는 사람들의 집에 둥지를 틀고 아주 안전하게 살 수 있었다.

미래에 닥칠 위험을 미리 예상하면 위험을 피할 수 있다.

＊ 주(註) : 그리스인들은 참새와 흰털발제비를 구별하지 않았기 때문에, 한 단어로 양쪽 모두를 지칭했다. 이 우화의 경우에는 흰털발제비를 지칭하는 것이 분명해 보인다. 고대 그리스에서는 제비가 대단히 흔했기 때문이다. 한편 겨우살이는 참나무 위에서 자라는 법이 좀처럼 없는데, 이 우화에서는 그렇게 되어 있는 것을 보면, 이 우화를 쓴 사람이 시골 사람이 아니었음을 짐작하게 해준다. 이 우화의 또 다른 판본도 있는데, 흰털발제비 대신 올빼미가 등장하며 1세기 라일란드 파피루스에 기록이 남아 있다. 또한 작가인 디오 크리소스톰 역시 그 판본의 이야기를 하고 있다. 새잡는 끈끈이를 만들 때 겨우살이 열매를 사용한다는 것은 앞서 언급한 바 있다.

# 351
## 거북이와 독수리

거북이가 독수리에게 나는 법을 가르쳐달라고 부탁하였다. 독수리는 그것은 절대로 불가능한 일이라고 대답했다. 그러자 거북이는 더 간절하게 애원하였다.

보다 못한 독수리는 발톱으로 거북이를 움켜쥐고는 하늘로 날아오르더니 갑자기 거북이를 놓아 버렸다.

결국 거북이는 바위 위에 떨어져 산산조각이 났다.

현명한 사람이 아무리 말려도 다른 사람과 계속 겨루려고 한다면, 자신이 피해를 입게 된다.

# 352
## 거북이와 산토끼

거북이와 산토끼가 자기가 더 빠르다고 서로 자랑을 했다. 그래서 거북이와 산토끼는 누가 더 빠른지 경주를 하기로 했다. 자기가 당연히 빠르다고 자만심에 빠진 산토끼는 서둘러 뛰어가지 않고, 길 옆에 누워 잠이 들었다.

그러나 자기가 느리다는 사실을 알고 있는 거북이는 쉬지 않고 기어서, 잠자고 있는 산토끼를 앞질러 마침내 경주에서 이겼다.

타고난 재능만 믿고 게으른 사람보다 열심히 일하는 사람이 더 낫다.

# 353
## 야생 거위와 학

야생 거위와 학이 늪지에서 먹이를 가지고 싸우고 있었는데, 그 때 사냥꾼이 갑자기 나타났다.

학은 재빨리 날아올랐지만 몸이 뚱뚱한 거위는 그만 잡히고 말았다.


사람들도 마찬가지이다. 도시에 전쟁이 일어나면, 가난한 사람들은 재빨리 다른 나라로 이민을 가서 자유를 누리게 된다. 그러나 부자들은 재산이 아까워서 쉽게 떠나지 못해 노예로 전락하는 수가 종종 있다.

# 354
## 항아리

흙으로 만든 항아리와 쇠로 만든 항아리가 강물에 떠내려왔다.
흙으로 된 항아리가 쇠로 된 항아리에게 말했다.

"나한테서 멀리 떨어져. 우리가 부딪치면 나는 산산조각이 난
단 말이야. 무의식중에 우리가 조금만 닿기만 해도 나는 부서지
게 되어 있어."


욕심 많은 이웃으로 인하여 가난한 사람들의 인생은 불운하기만 하다.

# 355
## 앵무새와 집족제비

　한 남자가 앵무새 한 마리를 사서 집안에 풀어놓았다. 순한 앵무새는 위로 날아올라 벽난로에 앉더니 신나서 울기 시작했다. 이것을 본 집족제비가 앵무새에게 너는 누구며 어디서 왔느냐고 물었다. 앵무새가 대답했다.

　"주인어른이 나를 사오셨다."

　집족제비가 다시 말했다.

　"아니 새로 온 주제에 이렇게 소리를 질러대다니! 여기서 태어난 나도 주인어른이 소리를 내지 못하게 하시고, 어쩌다 한 번 소리를 내면 얻어맞고 문 밖으로 쫓겨나는데."

　앵무새가 대답했다.

　"오, 그러셔? 그럼 어서 꺼져! 감히 너와 나를 비교할 수는 없지. 내 목소리는 너처럼 주인님을 짜증나게 하지 않거든."


　항상 다른 사람들에 대하여 불평만 해대는 심술궂은 비평가가 있다.

# 356
## 벼룩과 권투선수

어느 날, 벼룩이 병이 든 권투선수의 발에 튀어올라 발가락을 깨물었다. 화가 난 권투선수는 손톱으로 눌러서 벼룩을 죽이려고 하였다.

그러나 벼룩은 요리조리 잘 도망을 쳤다. 그러자 권투선수가 한숨을 쉬며 말했다.

"아, 헤라클레스여! 이 벼룩 한 마리와 싸울 때도 당신이 도와주지 않으신다면, 제가 상대 선수와 싸울 때에는 당신께 뭘 기대할 수 있겠습니까?"


중요하지 않은 사소한 일을 신에게 빌어서는 안된다.


＊ 주(註) : 이 우화는 검투사들과 권투선수들의 수호신이 신격화된 영웅, 헤라클레스였을 것이라는 흥미로운 단서를 제공하고 있다. 물론 헤라클레스는 일반인들의 '수호자'이기도 했다.

# 357
## 벼룩과 한 남자

어느 날, 벼룩 한 마리가 어떤 남자를 아주 화나게 하였다. 그래서 그는 벼룩을 잡아서 이렇게 말했다.

"요것 좀 봐라, 내 팔다리로 배를 채우려고 하네, 나를 사정없이 물어댔겠다?"

벼룩이 말했다.

"저는 원래 그런 놈이잖아요. 저를 죽이지 마세요, 이제 더 이상 괴롭히지 않을게요."

그러자 그 남자는 웃음을 터뜨리며 말했다.

"너는 이제 곧 내 손에 죽을 거야. 그 피해가 크든 작든 간에, 네놈의 번식을 막는 게 제일 시급하단 말이다."


강하고 약한 것을 떠나 나쁜 마음을 가진 사람은 동정할 필요가 없다.

# 358
## 벼룩과 황소

어느 날, 벼룩이 황소에게 물었다.

"너는 그렇게 크고 힘도 센데 왜 사람들을 위해서 하루 종일 일만 하니? 나는 인간의 살점을 무자비하게 물어뜯고 그들의 피를 실컷 빨아먹는데 말이야."

황소가 대답했다.

"나는 인간들한테 감사한단다. 그들은 나를 사랑하고 아껴주며, 자주 내 어깨와 이마를 쓰다듬어주거든."

"뭐라고?" 벼룩이 말했다. "네가 좋아한다는 그 쓰다듬기가 나에게는 최악의 불행이야. 그런 일이 일어나면, 난 인간들의 손에 짓뭉개져서 터져버릴 테니까."

허풍쟁이와 무가치한 인간들은 이 우화에 마음이 심란할 것이다.

# AESOP
## 이솝 우화 해설

로버트 템플

    이솝 우화, 이 얼마나 그럴 듯하게 들리는 말인지! 고대 그리스의 모든 작가들 중에서 이솝은 아마 가장 널리 알려진, 심지어 호머보다도 더 유명한 이름일 것이다. 하지만 이솝이나 그의 작품에 대해서 정확히 알려진 사실도 거의 없고, 그의 우화가 영어로 완전히 번역된 적도 없는 마당에, 이솝의 명성이 그토록 높다는 사실은 참으로 아이러니컬하다. 이런 점에서 그는 유명한 영화배우와도 같다. 세상 누구나 그를 잘 안다고 생각하지만, 사실은 단지 그가 연기한 몇몇 역할만을 알고 있을 뿐인 것이다. 그가 이제껏 해온 역할들은 기껏해야 어린아이들을 위한 이야기꾼 내지는, '급히 먹으면 체한다' 든가 '자만심은 화를 부른다' 와 같은 빅토리아조의 교훈들을 그럴 듯하게 치장해주는 사람이었다. 하지만 정작 이솝 우화에는 이런 부류의 교훈들이 단 하나도 등장하지 않는다. 요즘도 부모들이 아이들의 생일이면 잔뜩 사다주는 우화책들 역시 진짜 이솝 우화와는 상당히 거리가 있다. 그렇지만 '진짜 이솝' 라는 말은 선뜻 쓰기가 망설여지는데, 역사적 인물로서의 이솝은 어찌나 알려진 사실이 없는지 일부에서는 이솝이 실제로 존재하지 않았다는 주장까지 나오고 있기 때문이다.

하지만 이솝은 분명 실존인물이었던 것 같다. 플라톤 시대보다 앞서 존재했던 『이솝의 생애』라는 고서가 비록 그때 이미 전설이 되어버린 한 인물에 관한 환상적인 일화들로 대부분 이루어져 있기는 하지만, 아리스토텔레스나 그의 제자들과 같이 진지한 학자들이 허구와 사실을 구분해내려는 시도를 했다. 그리고 그 결과 이솝이 당시에 널리 알려졌던 것처럼, (소아시아로부터 온) 프리지아인이 아니라, 그리스 본토의 트라키아에 있는 메셈브리아라는 마을의 토박이였으며, 한동안 사모스 섬에서 살았다는 결론에 도달했다(이런 정보는 아리스토텔레스의 사라진 저작 『사모스 연구 Constitution of Samos』의 단편들 속에 남아 전해지고 있다).

이솝은 전쟁 포로로 잡혀서 노예가 된 듯하다. 그리스어에는 노예를 의미하는 두 가지 다른 단어가 있는데, 처음부터 노예로 태어난 자(doulos)냐 아니면 전쟁에서 사로잡혀 노예로 팔린 자(andrapodon)냐에 따라서 쓰임이 다르다. 이솝은 두 번째 범주에 속했던 것이 분명했다. 하지만 모든 권리를 박탈당하고 언제든 팔려 갈 수 있는 이런 신분에도 불구하고, 이솝은 거의 평생 동안 개인 집사 내지는 비서로서 생활했고 심지어 주인을 위해서 오늘날 우리가 '심복'이라고 부를 만한 역할까지 했던 것으로 보인다. 특히 그는 대단한 재담꾼이었던 것 같다. 토론과 협상에서 짧은 우화를 들려줌으로써 논쟁을 완전히 장악해버리는 그의 명성은 당대 사람들을 경악시켰고 깊은 인상을 심어주었다.

이렇게 해서 이솝이란 이름은 하나의 전설이 되었고, 그 후로 몇 세기 동안 재치 있는 우화에는 죄다 그 이름이 붙었다. 따라서 그 우화들 중 남아 있는 것들 대부분이 실제로 이솝이 쓰지 않은 것으로 보인다.

이솝은 기원전 6세기 초반에 살았고, 기원전 564년에 사망한 것으로 추정되고 있는데 어쩌면 정확할 수도 있다. 고대 그리스에서 가장 유명했던 고급 매춘부들 중에 도리카라고 하는 한 여인이 있었다. 로도피스라고 하는 별명으로 더 잘 알려진 그녀는 트라키아인으로 이솝과 같은 시기의 전쟁에서 붙잡혔던 것으로 추정된다. 두 사람이 동료 노예였기 때문이다. 도리카(그리고 아마 이솝도)는 이집트로 끌려갔는데, 아무도 저항할 수 없는 미모와 매력으로 지중해 전역에 걸쳐 쟁쟁한 명성을 떨쳤다. 레스보스에 있는 미틸레네 섬의 카락수스(여류 시인 사포의 오빠)는 로도피스에게 홀딱 빠진 나머지 엄청난 값을 치르고 그녀를 해방시켜 주었다. 당시에 카락수스는 레스보스의 포도주를 팔기 위해 사업상 이집트에 와 있었다. 사포는 오빠가 많은 돈을 터무니없이 써버린 것에 격분해서 오빠를 조롱하는 시를 쓰기도 했다.

이런 역사적 일화들은 이솝의 생존 시기를 실제 역사적 연대 속에 자리매김하는 데 도움을 준다. 반면 이솝이 크로이서스 왕과 친했다는 전설은 순전한 허구인 듯하다. 또한 이솝이 델피에 갔다가 「독수리와 쇠똥구리」(우화 19) 이야기를 들려주는 와중에 절벽에서 떠밀려 죽었다는 이야기도 역시 거짓이다. (하지만 이 마지막 이야기가 사람들 사이에서 어찌나 널리 믿어졌는지, 『말벌The Wasps』(1446)에서 아리스토파네스가 언급할 정도였다. 게다가 아주 잠깐 언급하고 지나간 것으로 봐서 청중들이 그 이야기의 자세한 내용을 이미 잘 알고 있음을, 아리스토파네스 역시 파악하고 있었음이 분명하다. 그때가 기원전 422년이었다.)

이솝 우화들 중에서 최고의 이야기들은 재치와 농담으로 가득 차 있기 때문에, 희극작가인 아리스토파네스가 이솝 우화를 제일 좋아했다는 사실은 전혀 놀랍지 않다. 현전하는 그의 희곡들 속에는 이숍과 그의 우화에 대한 언급이 수차례 나온다. 몇몇 언급들은 그의 시대에 이숍의 이야기들이 누렸던 위상을 보여주는 단서가 된다는 점에서 흥미를 끈다.

기원전 414년에 쓴 『새들The Birds』(470)이란 작품에서는 한 등장인물이 또 다른 인물에게, 새들의 오랜 가계를 모른다고 비난하면서 "그게 모두 이숍을 열심히 읽는 버릇을 들이지 못한, 너의 맹목적이고도 탐구심이 없는 정신 탓"이라고 말한다. 이 대사를 통해서 우리는 초기에 수집된 이숍 우화가 이미 책의 형태로 나와 있었음을 추정할 수 있다.

그리고 『말벌』에 나오는 두 가지 언급도 꽤 흥미로운데, 565행에서 아리스토파네스는 이숍 이야기가 어떻게 받아들여졌는지 짐작할 수 있을 만한 암시를 주고 있다. "어떤 이들은 지난날의 전설이나 혹은 재치 있고 현명한 이숍의 재담을 들려준다……" 또한 1255행에서는 두 명의 등장인물들이 주연에 대해서 이야기하다가, 그 중 한 명이 그런 술자리에 으레 뒤따르기 마련인 난동과 숙취를 불평하자, 상대방이 이렇게 반박한다. "자네도 알겠지만 신사들과 술을 마시게 되면 그런 법이 없다네. 신사들은 차라리 재미있는 이야기를 들려주지. 연회에서 들은 이숍 이야기나 혹은 시바리스의 재담 같은 걸 말이야. 그럼 모든 게 유쾌한 농담이 되어버리거든……" 그러자 상대방은 이렇게 대답한다. "오, 그래. 나도 그런 이야기들을 많이 알아둬야겠어."

이런 언급들은, 기원전 5세기의 아테네에서는 좀더 세련된 주연이나 향연의 자리일수록 잘 받아치는 말대답이나 재치 있는 이야기들이 반드시 오고갔음을 보여준다. 또한 그런 자리에 참석한 사람들은 자신이 재간꾼이며 재사라는 인상을 심어주기 위해 열심히 이숍을 연구하거나, 만약 집에서 '탐독할' 이숍 우화 책이 없는

412

경우에는 자신들이 들은(연회에서 배운) 이야기들을 애써 기억하고 적어놓기도 했다는 사실을 알 수 있다. 지금까지 남아 있는 우화들은 대부분이 익살스러운 농담이거나 아니면 심지어 오늘날 우리가 '일행 시'라고 부르는 짤막한 경구들이다. 아리스토파네스는 특히 이솝이 그 당시 최고의 익살꾼이라고 생각했던 것이 분명하다.

이솝의 높은 인기는, 소크라테스가 감옥에서 사형 집행을 기다리는 동안 이솝 우화를 시로 개작하겠다고 마음먹었다는 플라톤의 기록(『파이돈』60b)을 통해서도 알 수 있다. 플라톤의 대화편에도 이솝에 대한 언급이 여러 차례 나오는데, 특히 대화편『첫 번째 알키비아데스』에는 60번째 우화가 아주 기발한 방식으로 인용되고 있다. (이 대화편은 계속 논란이 되는 플라톤의 대화편들 중 하나로 작가가 분명하지는 않다.)

하지만 그리스 시대의 이솝에 대해서 가장 깊은 이해를 보여주는 사람은 아리스토텔레스와 그의 제자들이었다. 아리스토텔레스는 수수께끼나 속담, 민담 등을 체계적으로 모으는 수집가였다. 그는 특히 델피의 신탁이 공표하는 신탁을 전문적으로 연구했고 그 역사를 기록하는 데 열심이었다. 그러므로 아마 다른 모든 것들을 수집하듯이 이솝 우화 역시 열심히 수집했을 것이다. 그리고 그것을 체계화하도록 제자들에게 맡겼을 것이다.

아리스토텔레스는 분명히 알렉산더 대왕과 함께 군사 원정에 나갔던 그의 조카 칼리스테네스를 통해서, 아시리아의 『아히카르의 책Book of Ahiqar』을 손에 넣었을 것이다. 그런데 그 책에는 우화들이 실려 있었고 그 중 몇 편은 진짜 '이솝' 우화와 관련이 있었다. 아리스토텔레스의 동료 철학자인 테오프라스투스는 이 책을 그리스어로 번역하고 주석을 달아서 똑같은 제목(그리스어로는 아키카로스Akicharos)으로 출간했다(지금은 완전히 소실되었지만). 그러고 나서 테오프라스투스의 제자인 팔레룸의 데메트리우스가 거의 백여 편에 달하는 이솝 우화 모음집을 만들었고, 그것이 이후로 몇 세기 동안 이솝 우화집의 표준이 되었다. 만약 데메트리우스의 노고가 없었더라면, 오늘날 우리에게 알려진 이솝 우화의 대부분은 분명히 사라져버렸을 것이다. 그는 이솝 우화뿐만 아니라, 아테네에 있는 아리스토텔레스의 철학 학원인 라이시엄의 서가(거의 아리스토텔레스 개인의 '지방 대학 도서관'이라고 할 수 있는)에 있는 자료들을 수집하여 『일곱 현자들의 격언』이란 책도 편찬했다. 데메트리우스는 이곳에서 상당 기간 동안 학생으로 지냈었다.

아리스토텔레스의 또 다른 제자, 카마일레온은 데메트리우스와도 서로 잘 아는 사이였는데, 소위 『리비아 이야기들』이라고 하는 것을 연구했다. 아리스토텔레스는 그의 『수사학』(II, 20, 132b)에서 이 책을 또 다른 우화집이라고 부르면서, 연설할 때 유용하게 써먹을 수 있는 소재로서 '이솝 우화나 혹은 리비아에서 온 우화들'을 들고 있다. 우리가 잠시 후에 살펴보겠지만, 『리비아 이야기들』중 몇 가지는 오늘날 이솝 우화집 속에 남아 있다.

카마일레온은 사라져버린 한 저서(알베르타 로렌조니가 이 저서의 일부 조각들을 수집하여 영국의 저널인 《뮤지움 크리티쿰》(13/14(1978-9) 321 ff.)에 실었다)에서, 『리비아 이야기들』의 저자가 퀴비소스 혹은 퀴비세스라고 밝혔다. 그뿐만 아니라, 또 다른 우화집인 『시바리스(역주—남이탈리아의 옛 도시) 이야기』의 저자가 토우리스이며 소아시아에서 유래한 『길리기아 이야기』의 저자는 코니스라는 또 다른 인물이라고 밝힌 것으로 미루어보아서, 카마일레온은 계속해서 여러 나라의 우화들을 연구하고 논의했던 것 같다.

카마일레온의 연구를 물려받은 듯 보이는 또 다른 작가 테온은 한 걸음 더 나아가 프리지아나 이집트에서 온 우화들까지 언급하고 있다. 그리고 이 우화집들 중의 상당 부분 혹은 전부가 오늘날 우리의 『이솝 우화집』속에 들어 있음을 명심해야 할 것이다.

실제로 아리스토텔레스는 초기 버전의 이솝 우화 두 편을 기록해 놓았는데, 『기상학Meterology』에 이 책의 우화 29번이, 『동물의 신체부위The parts of Animals』에 우화 7번이 실려 있다. 그리고 『수사학』에는, 당시 사모스 섬에서 살고 있던 이솝이 강물을 건너려다가 물살에 휩쓸린 여우의 우화를 들려줌으로써 대중 집회에서 인기 있는 정치가의 목숨을 구해주었다는 흥미로운 일화가 등장한다. 이 우화에서 바위틈에 낀 여우는 벼룩 떼의 공격에 시달리게 되는데, 자신을 불쌍하게 여기는 지나가던 고슴도치에게 그래도 자신을 구해주지 말라고 요청한다. 왜냐하면 "이 벼룩들은 지금쯤 내 피로 잔뜩 배가 불러 있지만, 만약 당신이 그들을 쫓아낸다면 굶주린 또 다른 벼룩 떼가 몰려와서 내 남은 피를 몽땅 빨아먹어 버릴" 것이기 때문이었다. 이솝은 이 우화를 예로 들면서, 그의 의뢰인인 정치가는 이미 부자이기에 시민들의 재물을 착취할 필요가 없는데, 만약 그를 사형에 처하고 또 다른 정치가들이 온다면 재물을 모두 훔쳐가고 말 것이라고 말한다. 아리스토텔레스는 사모스 섬의 역사를 연구하는 데 상당한 시간을 바쳤기에, 이 이야기가 사실일 가능성이 대단히 높다. 따라서 이 이야기는 이솝이 사모스인들의 대중 집회에 나가 변론을 하는 변호사였으며, 그 후로 수 세기 동안 많은 웅변가들이 그렇게 하듯이 우화를 이용하여 변론을 했음을 알려주고 있다. 이 우화는 진짜 이솝의 우화가 분명한 듯한데, 이후에 소실되어 버렸다(그래서 이 우화집에는 실려 있지 않다).

B. E. 페리는 중요한 이솝 학자들 중 한 사람으로, 20세기의 그 어느 누구보다도 이 주제에 관해 많은 글을 발표해왔다. 그런데 그런 그의 견해에 따르면, 원래 이솝 우화는 신화적인 요소를 더 많이 담고 있었을 것이라고 한다. 우화 13, 「제우스와 사람들」이 그런 예가 될 것이다. 이런 우화들은 대개 사람이나 동물들이 왜, 어떻게 해서 오늘날과 같이 되었는지를 설명해주는 이상한 신화들과 유쾌한 비틀림이 뒤섞여 있다. 또 다른 예로는, 143화 「북풍과 태양」, 31화 「제우스와 아폴로」, 10화 「제우스와 행운의 단지」(그리스 신화에 나오는 판도라의 상자 이야기와 관련이 있는 우화), 15화 「판사 제우스」, 35화 「사자와 프로메테우스와 코끼리」, 258화 「꿀벌과 제우스」, 302화 「발에 밟힌 뱀과 제우스 신」, 307화 「돈을 맡은 사람과 호르코스 신」, 328화 「폴레모스와 히브리스」, 331화 「프로메테우스와 인간들」 등을 들 수 있다. 7화 「제우스와 프로메테우스와 아테나와 모모스」는 가끔 등장인물이 바뀌어서, 다른 판본에는 「포세이돈, 제우스, 아테나와 모모스」로 실려 있으며 아리스토텔레스의 『동물의 신체부위』에는 또 다른 판본이 기록되어 있다.

단지 신들의 정체성만이 바뀌고 달라지는 것이 아니다. 페리는 시간이 흐름에 따라서 우화들이 '탈신화화'되는 경향이 있음을 정확하게 파악했다. 그에 대한 가장 완벽한 예는, 우화 29화이다. 이 우화에서는 '땅'이 바다를 삼킨다고 나오지만, 아리스토텔레스의 『기상학』(III, 356B11)을 보면 원본에서는 바다를 삼키는 것이 '땅'이 아니라 카리브디스Charybdis(역주—시칠리아 섬 앞바다의 커다란 소용돌이를 지칭함. 그리스 신화에서는 가이아와 포세이돈의 사이에서 태어난 딸)였다. 하지만 그리스 문화가 발전해가면서 사람들의 신앙심도 점점 더 약해졌고 옛날 신화들은 더 이상 어떤 특별한 신비감을 갖지 못하게 되었다. 따라서 우화들도 애초에 가졌던 신화적 요소들을 버리고, 자연의 중립적인 힘들이 그 자리를 대신하게 된 것이다. 한마디로 우화는 점점 더 세속적이고 일상적이 되었으며, 고대의 특성들을 대부분 잃었다는 것이다.

이런 발전 과정을 추적해보면, 여러 가지 많은 사실들 중에서 특히 어떤 특정 우화가 얼마나 오래되었으며, 또한 우리 앞에 놓인 판본이, 그것이 정말 이솝이 쓴 것이든 아니든 간에, 얼마나 세속화된 것인지를 짐작할 수 있다.

페리가 생각하기에 연도를 추정하는 데 도움을 줄 수 있는 우화의 또 다른 요소는 '로고스logos' 라는 단어의 변천이었다. 예전 시대, 즉 알렉산더 대왕의 통치에서부터 시작된 헬레니즘 시대 이전에는 우화를 '로고스' 라고 불렀다. 하지만 그 이후에 그런 의미로 '로고스' 란 단어를 사용하던 용례는 완전히 사라져버렸다. 그 대신 '뮈토스mythos' 란 단어가 사용되었다. 수많은 우화의 말미에 등장하는 '교훈' 에는 세 가지 유형이 있다. 어떤 교훈은 '이 로고스는 다음과 같은 진리를 보여준다.' 라는 말로 시작하고, 또 어떤 우화는 '이 뮈토스는 보여주고 있다.' 라고 시작되며, 세 번째 유형은 '그러므로…' 와 같이 전혀 다른 말로 시작된다. 페리는 첫 번째 유형에 속하는 우화들이 두 번째 유형의 우화들보다 더 오래되었다고 믿었다. 두 가지 단어의 용례 변화에 따라서 첫 번째 우화들은 대략 알렉산더 대왕 이전의 것으로, 그리고 두 번째 우화들은 그 이후의 것으로 추정할 수 있다. 이 주장은 상당히 타당성이 있으며 아마 맞을 것이다.

하지만 이 번역본에서는 그 두 가지 유형을 구별하지 않았다. 그리스어가 정말 말 그대로 수백 번쯤 반복된다면 무척 지겨울 것 같았기 때문이다. 대신 그냥 '이 우화는 (이런 교훈을) 보여주고 있다' 라고 썼다. 하지만 그 두 가지 유형을 반드시 구별해야 할 만큼 우화들의 연도에 관심이 많은 독자는 누구나 샹브리 판본의 그리스어 텍스트를 참고할 수 있다. ('텍스트에 관한 주'를 참조). 하지만 '로고스'든 '뮈토스'든 어느 쪽도 들어가지 않은 경우에는 '이 우화는 보여주고 있다'라는 문장을 쓰지 않았으므로, 그런 우화들은 분명히 구별할 수 있다. 이 세 번째 유형의 우화에 대해서는 아마 그 중 대부분이 보다 후대에 지어진 것이라고 생각할 수 있지만, 고대적인 특성을 간직하고 있는 일부 우화들은 오히려 가장 오래된 것일 수도 있다. 교훈은 우화보다 나중에 덧붙여졌을 것이라고 짐작되기 때문에, 교훈에 의한 추정 연도가 우화 자체의 창작 연도는 아니고, 다만 모음집의 연도를 알려줄 뿐이다.

교훈에 대해서 좀더 언급을 할 필요가 있다. 대부분의 독자들이 금방 알아차렸겠지만, 사실 교훈은 종종 바보같이 들리고 우화 자체보다 흥미나 재치면에서 훨씬 뒤떨어진다. 그 중 어떤 것은 심지어 한심하다 못해서 소름이 끼치기까지 한다. 왜냐하면 교훈은 나중에 우화 수집가들이 덧붙인 것이기 때문이다. 그래서 이 책에서는 우화와 교훈을 따로 분리해서 글씨체를 다르게 했다. 모든 우화들에 교훈이 붙어 있는 것은 아니지만, 대부분이 그렇다. (이 번역본에서 교훈이 없는 우화는 원래 텍스트에 없는 것이다.)

가끔씩 정말로 문학적이면서 가치 있는 교훈이 나오는 경우도 있는데, 예를 들면 우화 90번에 붙은 교훈이 그렇다. "그러므로 어떤 재주로도 얻을 수 없는 것을, 우연은 종종 아낌없이 주기도 한다." 이런 교훈들은 좀 더 철학적인 사고에서 덧붙여진 것이다. 하지만 '이 우화는 보여주고 있다'는 식으로 된 교훈들은, 단지 연설이나 웅변에 써먹기 위해서 우화를 수집했던 연설가들과 수사학자들이 쓴 것으로 추정된다. 이런 교훈들은, 특별한 용도에 써먹을 적당한 이야기를 찾느라 우화집을 뒤적거리는 독자들에게 길잡이를 제공하려는 의도에서 나왔다. 예를 들어서 우화 38번은 "논쟁을 벌이는 사람들을 겨냥한 것"이며, 우화 141번은 "곤경에 처해 있을 때, 약속을 지키지 않으려고 발뺌하는 사람들에게 교훈을 준다"고 되어 있다. 또한 우화 13번에는 "이 우화는 덩치는 크지만 마음이 옹졸한 사람에게 적용된다"고 적혀 있으며, 우화 258번은 "자신의 질투심으로 인해서 고통받는 사람들에게 적용할 수" 있다고 밝혔다.

교훈은 때때로 대중 집회나 법정과 같은 특수한 상황을 직접 언급하기도 한다. 예를 들어 우화 300번에서는 "도시국가에서도 마찬가지이다. 선동가들의 싸움에 말려든 사람은 자신도 모르게 양쪽편의 희생자가 되기 마련이다"라는 교훈이 나온다. 또한 우화 313번에서는 "이 우화는 자신이 잘 알지 못하는 일에 끼어들면, 아무 이익이 없을 뿐만 아니라 해를 입는다는 걸 보여준다"는 교훈이 나오는데, 자신이 정치에 참여하고 있지 않으면서 정책에 대해 감히 비판하고 나서는 시민에게 딱 적합한 비난이다. 그리고 우화 310번은 "열정에 휩쓸려 아무 생각 없이 모험을 하는 사람들"을 겨냥하고 있는데, 이것은 열정만으로 경솔한 정책을 쫓는 정치 선동가들을 비판하는 데 쓸 수 있다. 만약 대중 집회에서 연설을 하는 사람이 위협적이지만 막강한 권력을 지닌 지배자를 달래고 싶다면 우화 31번을 써먹을 수 있을 것이다. 거기에 덧붙여진 교훈은 이 우화가 다음과 같은 정서를 표현하고 있다고 설명하고 있다. "우리가 도저히 이길 수 없는 훨씬 강한 라이벌과 힘을 겨룰 때, 자칫하면 스스로 웃음거리가 될 수 있다."

어쩌면 이 우화들이 지금까지 보존될 수 있었던 것은 이런 웅변가들과 수사학자들의 실용주의적 활용 덕분인지도 모른다. 그러므로 그들이 붙인 교훈에 대해서 투덜거리지 말아야 한다. 사실 교훈의 기원과 본질을 깨닫기만 하면, 장식 주전자에 흥미를 느끼게 되는 것처럼, 교훈 자체가 키치스런 매혹을 불러일으키기도 한다.

우화 자체도 많은 사람들이 상상하듯 달콤한 아이들의 동화가 전혀 아니다. 아동용 이솝 우화집의 대부분은 조심스럽게 이야기를 선별하여 대대적으로 개작을 하고 인위적으로 내용을 늘린 것이라서, 원래 이솝 우화와는 그저 약간의 관계가 있을 뿐이다. 가장 흥미로운 우화들—다시 말해 좀더 기괴하고 신화적인 우화들—중에서 최소한 백 편 정도는 아예 영어로 번역된 적도 없었다. 그러므로 우화 전체가 이런 식으로 '순화' 되고 '표백' 된 채, 지금까지 고전이란 잘못된 이미지를 주고 있는 것이다. 어쩌면 진짜 이유는 따로 있는지도 모른다. 고전이란, 합의에 의해서 만들어지는 어떤 것인데, 만약 그리스 고전 학자가 아닌 일반 사람들이 보다 기괴한 이솝 우화들을 읽을 수 있었다면, 당장 그 합의가 깨지고 말았을 테니까 말이다.

이솝 우화는 우리가 믿고 있는 것처럼 우아하게 포장을 입힌 빅토리아조의 교훈이 아니다. 오히려 야만적이고 거칠고 잔인하며 자비심이나 동정이라고는 눈곱만큼도 없다. 또한 절대적인 군주제 이외에 다른 어떤 정치 체제도 없다. 단 하나의 예외가 있을 뿐, 모든 왕들은 폭군이며, 쥐를 잡아먹으려고 덮치는 처녀처럼 정말로 인간의 탈을 쓴 짐승인 등장인물도 있다.

이곳은 주로 사납고 잔혹한 남자들의 세계이며 교활함과 사악함, 살인, 배신, 속임수의 세계이며, 타인의 불행을 보고 웃음을 터뜨리고 조롱과 경멸이 난무하는 세계이다. 이곳은 또한 신랄한 유머와 번뜩이는 재치와 영리한 말장난, 남들보다 한수 앞서는 술책, '내가 진작에 그랬잖아!' 의 세계이기도 하다. 이솝 우화의 세계가 어찌나 삭막한지, 두 가지 생각을 떠올리지 않을 수 없다. 첫째, 여자는 철저히 미천하고 힘이 없는 존재로 내몰렸기 때문에 남자들의 행동에 영향을 미치거나 완화시킬 수 없었으며, 본질적으로 노예였다는 사실이다. (지금까지 남아 있는 법정 연설문을 분석해보면 그 사실을 알 수 있는데, 고대 아테네에서는 여자가 상속자가 되었을 때, 남편과 아이들과 강제로 헤어져서 이혼을 해야 했으며, 단지 그녀가 아버지의 집안 내에서 재산이 전해져 내려가는 법적 통로라는 이유 때문에 전혀 생면부지의 먼 친척과 결혼을 해야만 했다. 가문의 재산은 반드시 그 가문의 남자가 소유해야만 했던 것이다.) 둘째는 형제 인류에게 온정을 베푸는 것이 특별히 권장할만한 행동이라는 대중적 합의가 전혀 없었던 것처럼 보인다는 사실이다.

특히 두 번째 사실은 상당히 중요하다. 왜냐하면 우리는, 기독교의 전파로 인해 파생된 서구 문화의 윤리적 변화를 과소평가하는 경향이 있기 때문이다. 물론 오늘날의 서양 세계에도 야만과 폭력 그리고 부패가 널리 퍼져 있기는 하지만, 그런 와중에도 아이들에게 다정하게 대하고, 불행을 겪는 사람들을 걱정해주고, 가난한 이웃을 돕고, 복잡한 길을 건너는 노인들을 부축해주고, 물에 빠지거나 거리에서 살해를 당하는 곤경에 빠진 누군가를 도와주러 나서는 것은 좋은 일이라는 대중적인 합의가 보편화되어 있다. 하지만 고대 그리스에서는 예외적인 몇몇 개인들의 경우를 제외하면, 이런 식의 태도는 아예 존재하지도 않았던 것 같다. 오히려 이솝 우화의 세계에서 기반을 이루는 풍조는 '오직 너 자신만을 의존하라' 그리고 '만약 불행을 당한 사람들을 만난다면 완전히 쓰러질 때까지 걷어차라' 하는 것이다. 이솝 우화에서 정글의 법칙은 동물들의 세계뿐만 아니라 인간들의 세계 또한 지배하고 있는 듯 보

인다. 그렇기 때문에 아마 우화라는 형식이 더욱 잘 들어맞았는지
도 모른다.

한편 이솝 우화는 고대 그리스의 일상생활을 엿볼 수 있는 환상
적인 기회를 제공한다. 가발이나 개목걸이같이 매일 사용하는 물
건들에 대한 상세한 묘사가 등장하곤 하는데, 더러 깜짝 놀랄 만한
내용들도 있다. 한 마디로 이런 우화를 통해서, 당시 사람들의 집
안을 들여다보고, 쥐들이 좋아하는 먹이가 무엇인지—따라서 식
료품 창고에 무엇이 들어 있었는지, 애완동물들은 어떤 대접을 받
았는지, 아들들이 어쩌다 버릇이 나빠졌는지, 모든 사람들이 얼마
나 미신적이었는지, 상인들이 어떻게 사고하고 행동했는지, 농부
가 어쩌다가 어리석게도 상인이 되겠다는 생각을 하고 얼마 안 되
는 물건을 싣고 바다로 나갔는지, 항해 중 끔찍한 난파가 얼마나
자주 일어났는지, 또한 당나귀들이 얼마나 학대를 받았으며 구두
쇠는 어떻게 금을 땅에 파묻었는지, 주인은 어떻게 새 노예를 샀고
사람들은 재치 있는 말대꾸로 어떻게 단박에 조롱을 받아쳤는지
를 알 수 있는 것이다. 이러한 통찰을 통해서 우리는, 플라톤이나
투키디데스를 읽어서는 알 수 없는 고대 그리스의 일상생활에 대
한 이해를 얻을 수 있다. 이 우화에서 우리는 지식인 계층이 섞이
지 않은, 농부들과 상인들 그리고 모든 평범한 그리스인들을 직접
대면하게 된다. 이솝 우화에 농부들의 거친 농담들이 등장하는데,
그 중 어떤 농담들은 오늘날 지구상의 어느 시골에 적용해도 어색
하지 않을 정도이다.

우화집이란 근본적으로 우스갯소리들을 모아놓은 책이다.

아르테미도루스의 『오네이로크리티카Oneirokritika』(기원후 2세
기 후반)가 고대의 꿈풀이 책이었던 것과 마찬가지로, 이 우화집들
도 고대의 농담 모음집이었다. 따라서 이런 모음집들은 사람들이

책장을 슬슬 넘겨보다가 상황의 요구에 잘 들어맞는 내용을 찾도록 만들어졌다. 다시 말해서 실제로 써먹을 의도로 모아놓은 자료집인 것이다.

이솝 우화에서 너무나 특징적으로 나타나는 유머와 야만성의 결합은 수많은 고전 학자들을 멀어지게 만든 원인이 되었다. 농부들의 거친 농담이나 시장 사람들의 행태에 관심을 쏟는 것은 자신의 품위에 어울리지 않는 일이라고 생각하는 속물적인 학자들이 많은 것도 사실이다. 고전 학자들이 이상할 정도로 이솝 우화에 관심을 기울이지 않고, 여태껏 영어 완역본이 출간되지 않은 데에는 이런 여러 가지 요인들이 작용했을 것이다. 내가 알기로는, 그렇다고 그리스어로 된 이솝 우화집이 출간된 적도 없었다.

이렇듯 정작 이솝 우화집은 전체 혹은 일부분이라도 출간하지 않으면서, 1965년에 로엡 라이브러리 출판사는 이솝 학자인 B. E. 페리의 『바브리우스와 패드루스Babrius and Phaedrus』를 출간했다. 바브리우스와 패드루스는 기원후 1세기경에 이솝 우화를 운문으로 바꾸고 내용을 늘렸던 문학가들이었다. 도대체 원래 작품은 이토록 무시하면서, 이들에 대해서는 그토록 꼼꼼하게 번역을 하고 편집을 해가며 관심을 기울이는 까닭이 무엇이란 말인가? 바브리우스와 패드루스는 이류, 아니 삼류 개작 작가들로, 그들 자체로는 재미도, 감동도 전혀 줄 수 없는데 말이다. 『바브리우스와 패드루스』 책의 마지막에 페리는 「이솝의 전통 속에서 본 그리스와 라틴 우화들의 개론적 분석」이라는 상당히 긴 글을 부록으로 붙여놓았다. 하지만 이 글은 샹브리 판본에서 발견된 모든 우화들을 전혀 언급하지 않을 뿐만 아니라, 실린 정보들조차 모두 믿을 만한 것은 아니다.

우리는 이 책에서 동물과 식물의 정확한 정체를 밝히는 데 지대한 노력을 기울였다. 왜냐하면 중요한 문제들이 관련되어 있기 때문이다. 붉은부리까마귀chough를 그대로 붉은부리까마귀라고 부르는 걸 끝까지 고집한 것은 단지 현학적이어서가 아니다. 요즘 영국에서는 거의 멸종되다시피 한 이 까마귀가 고대 그리스에서는 어찌나 흔했던지 오늘날 런던의 거지들이 똥개들을 몰고 다니듯이 그리스의 거지들은 이 붉은부리까마귀들을 몰고 다녔던 것이다. 따라서 그리스어에서 'to chough'는 곧 '구걸하다'라는 뜻이었다.

정확한 용어의 사용을 통해 또한 고대 그리스에서 집안에서 기르던 애완동물은 고양이가 아니라 길들인 족제비gale였다는 사실을 알 수 있다. 우화 37, 38, 275를 참조할 것. 이 우화집에서 오직 우화 81, 82, 83만이 진짜 고양이ailouros가 등장하는데, 고양이 의사가 나오는 우화 83의 경우에는 이 우화가 기존 우화집에 덧붙여지면서 동물의 정체가 바뀌었을 가능성이 높다. 고양이는 비록 이집트에서부터 그리스로 전해지긴 했지만, 알렉산더 대왕 이후 헬레니즘 시대가 오기 전까지는 그리스 가정에서 극히 보기 드물거나, 아예 없는 동물이었다. 그러므로 아프로디테 여신이 고양이를 아가씨로 변신시켜 주었다는 그 유명한 우화(37)는 집족제비에 관한 것이었다.

우화를 번역하는 일에는 온갖 위험이 도사리고 있다. 심지어 리델과 스콧의 『렉시콘Lexicon』(역주—대표적인 그리스어 사전)에도 나오지 않는 단어들도 있다. 또한 'diarragentos'(우화 226에서 갈매기의 식도가 '찢어지다'란 뜻으로 쓰인)같이 희귀한 단어의 경우에, 바브리우스에 대한 언급(그의 우화 38에서 나무꾼이 도끼로 소나무 몸통을 '쪼개' 버린다)은 사전에 나오면서(하지만 이것도 1966년 판본부터 사라져 버렸다) 이솝에 대한 언급은 전혀 없다.

아마 이것 역시 오랫동안 고전 학자들이 이솝을 무시해왔음을 보여주는 또 하나의 증거일 것이다.

일단 어쩔 수 없이 이솝 우화와 친숙해지게 되자, 수많은 아이디어와 이론들이 물밀듯이 머릿속에 떠올랐다. 우리는 특정 유형들과 이야기 부류를 발견하기 시작했는데, 여기서 잠깐 그 점을 언급하고 지나가야겠다. 그것은 어떤 이상한 변칙들과 관련이 있다. 우선 그 변칙들 중 한 가지를 들어보면, 우리는 야생 당나귀가 사자와 함께 먹잇감을 찾아 사냥을 나가는 동물로 몇 번이나 등장한 것이 아무래도 너무 이상하다고 생각했다. 사냥이 끝난 다음, 당나귀와 사자는 먹이를 나누는데, 야생 당나귀는 절대로 고기를 먹지 않는다는 명백한 사실이 이 이야기들에서는 완전히 간과되고 있는 것이다.

동시에 사자가 나오는 우화들은 다른 대부분의 우화들 보다 좀더 정치적이고 풍자적이라는 점에서 대단히 비슷하며, 여우는 절대적 군주인 사자에게 교활한 궁정기사나 신하 노릇을 하는 경향이 있다는 사실이 눈에 띄기 시작했다. 그래서 이런 특정 우화들의 밑바닥에는 궁정과 군주들을 풍자하려는 의도가 깔려 있는 것은 아닐까 의심하기 시작했다. 전혀 그리스식이 아닌, 다른 종류의 정치 풍자를 내비치는 일련의 우화들이 있었던 것이다. 그런 우화에는 또한 그리스에서는 아주 생소한 동물들이 등장했다. 예를 들어 그리스에서 여우는 자칼의 대용물이었다. 고대 그리스 사람들 중에 실제로 사자를 본 사람은 극히 드물었다. 기껏해야 신성한 섬인 델로스에서 기묘하게 생긴 낙소스의 사자 석상을 본 것이 전부였을 것이다. 그 석상은 고고학자들이 종종 지적하듯이, 실제 관찰을 통해서가 아니라 상상에 의해 만들어진 것으로 신체 비례가 부정확하여 꼭 굶주린 사냥개들처럼 보인다. 그리스인들이 성소에 놓

425

을 사자 상조차 제대로 조각할 수 없었다면, 어째서 그토록 많은 우화들에 사자를 등장시키고 싶어했을까? 과연 실제로는 어떤 일이 벌어졌던 것일까?

게다가 당시 그리스에는 아예 있지도 않았던 낙타가, 그곳에 서식하는 돼지보다도 더 자주 우화에 등장한다는 사실을 생각하면, 상황은 더욱 이상해진다. 이런 모든 이국적인 요소들은 도대체 무슨 연유란 말인가? 이쯤 되면, 오늘날 우리가 알고 있는 이솝 우화의 대부분이 그리스가 아닌 다른 나라에서 유래되었음이 명백해진다. 따라서 아리스토텔레스가 앞서 언급한 바와 같이 이솝 우화와 리비아 이야기를 한데 묶어서 언급했다는 사실이 더욱 특별한 흥미를 불러일으키는 것이다. 왜냐하면 『리비아 이야기들』에는 틀림없이 리비아의 동물들이 등장했을 텐데, 리비아는 특히 사자와 자칼이 출몰하기로 악명이 높았을 뿐만 아니라 낙타도 많았기 때문이다. 그러므로 사자가 등장하는 상당수의 이솝 우화들은, 지금은 모두 사라지고 달리 흔적조차 남지 않은 바로 그 『리비아 이야기들』의 일부였을 가능성이 높다.

우화 186에는 낙타와 코끼리, 원숭이가 나오는데, 이들 중 어느 것도 그리스의 동물이 아니었다. 따라서 이 우화는 외국에서 유래된 것이 분명하다. 또한 이 우화에는 코끼리가 새끼돼지를 무서워한다는 상세한 내용까지 포함되어 있는데, 그리스인들이 도저히 이런 사실까지 알았을 리가 없다. 그것은 오직 코끼리를 기르는 사람들만이 알 수 있는 습성인데, 도대체 누가 코끼리를 길렀단 말인가? 그런데 이후에 카르타고인들은 코끼리를 이용하여 알프스 산맥을 넘었고, 결국 우리는 또다시 리비아를 지목하지 않을 수 없다. 그런가 하면 우화 188에는 춤추는 낙타가 등장한다. 도대체 그리스에서 어느 누가 낙타의 걸음걸이를 빗대어 웃기는 우화를 쓸 수 있을 만큼, 낙타에 대해 충분한 지식을 갖고 있단 말인가? 그러므로 이번에도 역시 리비아를 지목하게 되는 것이다.

한편, 리비아와는 반대로 이집트적인 요소를 지닌 우화들도 있다. 그 분명한 예가 바로 우화 19다. 이 우화는 사실상 이집트의 신성한 전통들을 뒤섞어 놓은 것이다(주를 참조). 이집트적인 요소들이 두드러지게 나타난 또 다른 예는 우화 183이다. 이 우화에서는 새 잡는 사람이 코브라에게 물리는데, 그리스에는 이 뱀이 없다. (물론 이 우화는 리비아의 이야기일 수도 있다.) 한 가지 확실하지 않은 점은, 이집트나 리비아에 끈끈이를 가지고 새를 잡는 사람들이 있었느냐 하는 것이다. 반면 그리스 우화에서는 그런 새잡이가 주요한 등장인물이었다. 하지만 만약 그리스인이 이 우화를 썼다면, 분명히 새잡이가 코브라가 아니라 그냥 독사의 머리를 밟도록 했을 것이다. 독사는 여러 다양한 우화에 종종 등장하며, 그리스에서 흔한 독 있는 뱀이기 때문이다. 또 한 가지, 원숭이 우화들 중 일부는 분명히 그리스에서 유래된 이야기가 아니다. 우화 313에는 높은 나뭇가지에 앉아서 강물에 그물을 던지는 어부들을 바라보는 원숭이의 이야기가 나오는데, 이것이야말로 그리스에서 결코 일어났을 법하지 않은 일이다. 원숭이와 낙타가 나오는 우화 315 역시 그리스에서 유래되지 않았을 것 같은 또 다른 이야기이다. 그리스인들은 대부분의 경우에 두 동물 모두 볼 기회가 없었다(비록 도시의 그리스인들은 더러 애완동물로 원숭이를 기르기도 했지만).

결국 동물 그리고 때로는 심지어 식물과 관련된 변칙들이 여러 차례 발견된다. 그리고 이런 사실은 상당수의 우화가 외국에서 전래되었다는 가설하에서만 설명이 가능하다. 우리가 앞서 살펴본 바와 같이, 고대 그리스에서는 외국의 우화집들이 널리 유통되고 있었다. 비록 그 중에 단 한 권도 전해 내려오지 못했지만. 따라서 그 우화들 중 일부가 이솝 우화에 흡수되었을 것이라는 추정은 상당히 타당성이 있다. 또한 우화들을 보존하는 데 있어서 팔레룸의 드미트리우스가 한 역할에 대한 연구에서, B. E. 페리가 발견한 사실은 이런 결론을 이끌어내는 데 상당한 용기를 주었다. 페리는 드미트리우스의 이솝 우화 모음집이 백 편도 채 안 되는 우화들을 담고 있으며, 심지어 그 중 몇 편은 나중에 책에서 삭제되어 샹브리 판본에는 포함되지도 못했다는 사실을 밝혀낸 것이다. 이 주장에 따른다면, 이솝 우화집에는 적어도 250여 편에 달하는 가짜 이솝 우화들이 덧붙여진 셈이다. 물론 이들 중에는 아주 짧고, 딱히 감동적이지도 않은 습작 같은 우화들도 몇 편 있다. 하지만 한 가지 분명한 것은, 현존하는 이솝 우화는 리비아 이야기는 물론이고, 이집트와 길리기아, 그리고 여타 다른 모든 나라의 우화들을 모두 하나로 수용하고도 남을 만큼의 넉넉한 포용력을 지녔다는 사실이다. 예를 들어 우화 97은 실제로 소아시아의 미안데르 강둑을 배경으로 삼고 있으며, 강어귀가 밀레투스라는 사실을 너무나 당연하게 전제하고 있다.

사자의 우화들은 특히 정치적 풍자가 강하게 드러나는 것 같다. 또한 사자의 친구라는, 야생 당나귀의 기묘한 역할도 두드러진다. 사자가 등장인물로 나오는 우화를 읽어본 독자들은 누구든지 이 우화들의 전체적인 성격이 다른 대부분의 우화들과는 다소 다르다는 사실을 발견하게 될 것이다. 우화 58과 같이 단 몇 줄짜리 이야기는 쉽사리 그리스 우화라고 단정할 수 있다. 왜냐하면 이 우화에서는 사자를 단지 추상적인 의미에서, 그저 힘의 상징으로만 써먹고 있기 때문이다. 하지만 우화 107과 108, 110, 59, 60, 62, 63, 232, 234, 235, 236, 237, 238 그리고 64는 모두 같은 곳에서 유래된 듯이 보인다. 이 우화들은 마치 그리스가 아닌 다른 나라의 풍자집, 그것도 대단히 높은 문학적 수준과 신랄한 위트를 지닌 정치적 풍자집의 일부분이나 발췌문과 같은 인상을 풍긴다. 또한 야생 당나귀라는 기묘한 등장인물은 실제로 육식을 하는 다른 어떤 동물의 대체물인 듯싶다. 여우가 원래는 자칼이고 야생 당나귀가 원래는 하이에나였을 가능성도 있다. 우화에서는 이러한 동물들의 교체가 종종 일어난다고 알려져 있다. 적어도 사자는 그리스에까지 잘 알려져 있었기에 원래 그대로 받아들여질 수 있었다 하지만 자칼이나 하이에나는 그리스에는 아예 없었던 동물이었기에, 자칼은 낯익은 여우로 대체되고 하이에나는 아주 빨리 달릴 수 있는 야생의 다른 동물로 대체되었을 것이다. 하지만 초식동물인 당나귀가, 사자와 먹잇감을 나누겠다는 기대를 갖고 함께 사냥에 나가고 싶어하지는 않을 것이라는 약점은 그대로 남아 있었다.

결국 오늘날 이솝이란 이름하에 하나로 묶인 우화들의 기원은 이처럼 수없이 많은 곳에서 찾을 수 있다. 인도에서 발견된 우화들과 공통점을 지닌 몇몇 우화들 사이의 관계에 대해서 말하자면, 어느 쪽에서 어느 쪽으로 이야기가 전해졌는지 우리는 결코 확인할 수 없을 것이다(이들의 유사성에 대해서는 이 책에 실린 몇 가지 우화들의 각주에 자세히 설명되어 있다).

나는 여기 모인 우화들이, 우리의 과거를 더 깊이 이해하는 측면에서나, 인간의 본성을 연구하는 측면에서나 참으로 엄청난 중요성을 지니고 있다고 확신한다. 인간의 유형을 동물로 재현한다는 착상은 심오한 단순성이라는 장점을 지니면서도, 그저 단순하지만은 않다. 이솝 우화 전체를 읽어본 사람이라면 누구든, 앞으로는 좀더 자비를 베풀겠다는 결심을 하지 않을 수 없을 것이다! 너무나 많은 짐승들이 처참한 종말을 맞이한다. '저 바깥세상은 온통 정글이다! 라고 신랄하게 주장하는 미국식 인생관이야말로 이솝 우화의 모토가 될 만하다.

우화는 분명 비틀린 유머와 격언과 재치 있는 방백과 가시 돋친 경구들의 놀라운 원천이다. 무엇보다 우화는 재미있다. 때때로 다소 끔찍한 재미이긴 하지만. 어쨌든 우리들도 바나나 껍질을 밟고 넘어지는 사람을 보고 언제나 깔깔대며 웃지 않는가! 그런데 어째서 이솝 우화를 읽으며 웃지 못하겠는가?